HIJO SECRETO

ANNA CLEARY
Seis años después

HARLEQUIN

Editado por Harlequin Ibérica.
Una división de HarperCollins Ibérica, S.A.
Avenida de Burgos, 8B - Planta 18
28036 Madrid

© 2024 Harlequin Ibérica, una división de HarperCollins Ibérica, S.A.
N.º 90 - 12.9.24

© 2009 Ann Cleary
Seis años después
Título original: At the Boss's Beck and Call

© 2002 Michelle Reid
Pasión oriental
Título original: The Arabian Love-Child
Publicadas originalmente por Harlequin Enterprises, Ltd.
Estos títulos fueron publicados originalmente en español en 2012 y 2003

I.S.B.N.: 978-84-1074-022-8
Depósito legal: M-15205-2024
Impreso en España por: BLACK PRINT
Fecha impresión Argentina: 11.3.25
Distribuidor exclusivo para España: LOGISTA
Distribuidor para México: CODIPLYRSA
Distribuidores para Argentina: Interior, DGP, S.A. Alvarado 2118. Cap. Fed./Buenos Aires y Gran Buenos Aires, VACCARO HNOS.

Capítulo Uno

Sólo llegaba unos minutos tarde. No tenía que preocuparse.

Al bajarse del abarrotado autobús que la dejó en la bulliciosa George Street de Sídney una mañana de invierno y esperar para poder cruzar la calle, Lara Meadows se recordó a sí misma que era fuerte.

Era valiente y todavía guapa... Su cuerpo tenía unas bonitas curvas y su cabello una preciosa tonalidad dorada.

Se llevó la mano a la cicatriz que tenía en la parte de debajo de la nuca.

En realidad el aspecto físico no significaba nada en el mundo editorial. Lo realmente importante era que era inteligente y profesional, que era buena en su trabajo y que sabía defender sus ideas. No comprendió por qué estaba tan nerviosa...

Después de todo, Alessandro sólo era un hombre. Hacía seis años había sido extremadamente encantador, sofisticado y divertido. Tenía un brillante pelo negro, unos preciosos ojos oscuros, una sensual boca... Había sido arrebatadoramente guapo en él. Pero ella no había hecho nada de lo que debiera arrepentirse. Debía ser él el que estuviera preocupado.

3

Entró por las puertas de cristal del edificio Stiletto y se dirigió a toda prisa hacia los ascensores. No había nadie de su planta por allí. Seguramente todos se encontraban en la sala de conferencias, ansiosos por hacer creer a los jefes del otro lado del mundo que llegaban siempre puntuales. Ansiosos por impresionar a Alessandro.

Respiró profundamente. Había pretendido llegar a su hora, pero hacer trenzas llevaba su tiempo y a Vivi le gustaba que le quedaran perfectas. Después había tenido que llevarla andando al colegio… y no le había parecido justo apresurar a una niña de cinco años a la que le fascinaba todo lo que veía.

Se recordó a sí misma lo tolerante y fácil que había sido Alessandro. Seguro que era la última persona a la que nadie debía temer como jefe, a no ser… Repentinamente el miedo se apoderó de ella. A no ser que fuera alguien que no le había informado de algo que él podía considerar bastante importante en su vida…

Alessandro Vincenti aceptó la carpeta que le entregó la temblorosa secretaria y le dio las gracias a ésta. La mujer, empleada de Stiletto Publishing y seguramente temerosa de su futuro profesional, se dirigió hacia la puerta. Alessandro le dirigió lo que esperó fuera una sonrisa tranquilizadora. Nunca le había gustado intimidar a la gente amable.

Una vez que la mujer se hubo marchado, se echó para atrás en la silla de cuero en la que estaba sentado y abrió la carpeta. Recordó que los australianos podían ser gente interesante, aunque un poco singulares.

Forzándose a familiarizarse con el personal de la empresa, ojeó las fichas de los empleados de los distintos departamentos… si es que podía llamárseles de aquella manera. No comprendió qué habían hecho los responsables de Stiletto antes de aquel debacle.

Cuando había ojeado más o menos la mitad de las fichas, le llamó la atención un nombre. Un nombre que lo alteró por completo y que le hizo revivir ciertos sentimientos que había creído enterrados, un nombre que le recordaba plácidas tardes en las playas, un precioso cabello rubio y el olor a hierba en verano. Le empezó a bullir la sangre en las venas…

¿Podía ser? ¿Realmente podía ser…?

—Umm… Beryl —dijo, llamando a la secretaria por el interfono—. Este L. Meadows… ¿quién es? —preguntó cuando la mujer entró en el despacho.

—Es una mujer, señor Vincenti. Lara Meadows. Lleva trabajando en Stiletto más o menos seis meses. Bill… quiero decir el señor Carmichael, nuestro director, me refiero a exdirector… tenía muy buena opinión de ella.

Alessandro sintió cómo le daba un vuelco el estómago. Se forzó a que la expresión de su cara no mostrara la gran impresión que sentía. Fingió interés en otros empleados de Scala Enterprises.

—¿Y éste quién es? —continuó preguntando como si

Lara Meadows nunca lo hubiera humillado, como si nunca le hubiera hecho sentir un torbellino de emociones–. ¿Y éste?

Le pareció increíble haber encontrado a Lara después de tantos años. Era impresionante que trabajara para la empresa que Scala Enterprises había decidido establecer como su punto de apoyo en el hemisferio sur. Frunció el ceño. Se quedó pensativo. El destino le había hecho coincidir de nuevo con su Larissa.

Pensó que seguramente estaría casada, aunque obviamente había mantenido su apellido de soltera tras la boda. Se habría casado con algún estúpido al que no le importara que lo humillaran.

No le extrañaba que Bill hubiera tenido tan buena opinión de ella. Se atrevía a sospechar que la atracción que sin duda había sentido por Lara había sido lo que le había llevado a la ruina…

La situación en la que se encontraba era muy irónica. Tanto si Lara había sido consciente de ello como si no, había habido un momento en el que había tenido su destino en sus manos. Y en aquel momento era él el que tenía el destino laboral de ella en las suyas…

La venganza, un plato que era mejor servir frío, siempre había sido la táctica favorita de su madre. Se planteó si seis años habrían sido suficientes para apagar el fuego que lo había consumido y que había terminado con su dignidad.

En realidad iba a ser muy interesante volver a verla, ver cómo estaba y cómo se enfrentaba a él.

Mientras Lara se miraba en el espejo del ascensor, pensó que Alessandro podría estar calvo o tener una gran barriga. Pero cuando comenzó a acercarse a la sala de conferencias, le temblaron las piernas. Tenía miedo. Aunque, a pesar de todo, estaba emocionada. La idea de volver a verlo la tenía muy alterada.

Se planteó si el italiano la recordaría con la misma intensidad que ella lo recordaba a él. Por lo que le habían contado de su vida, tal vez ni siquiera la recordara. Era todo un playboy.

Se detuvo en la puerta de la sala de conferencias e intentó tranquilizarse, pero le resultó imposible.

Había conocido a Alessandro hacía seis años, cuando había ofrecido su primera y única conferencia internacional acerca de uno de sus libros. El acto se había celebrado en Sídney ya que la editorial para la que trabajaba en aquel momento no había tenido dinero para ofrecer la conferencia en el exterior. Había sido su primera conferencia, su primer… todo.

En la fiesta que se había celebrado había habido una gran conexión entre ambos y a ello habían seguido unos días maravillosos. Habían dado largos paseos, habían conversado acerca de literatura, música, Shakespeare… de todo lo que a ella le apasionaba.

Él se había negado a describirse a sí mismo como

italiano o más concretamente veneciano. Riéndose, le había dicho que era ciudadano del mundo y había mostrado un gran respeto ante las ideas que ella había expresado. Nunca antes se había sentido tan fascinada al conversar con nadie, tan emocionada, tan encantada. Y cuando había descubierto el origen del apellido de su acompañante...

Lo había buscado en internet y se había quedado impresionada. Alessandro se había mostrado renuente a contestar al bombardeo de preguntas que le había realizado, pero finalmente le había contado parte de la historia de su rama de los Vincenti venecianos. Sus antepasados habían sido marqueses desde los principios de la república veneciana. Y aquellos marqueses habían pertenecido a las familias nobles que habían elegido a cada *dux* que había gobernado el país.

Todos sus antepasados habían gozado del título de Marchese d´Isole Veneziane Minori.

Finalmente él, ante su insistencia, le había confesado que era el *marchese* de la familia en aquellos momentos. Era marqués, el Marchese d´Isole Veneziane Minori.

¡Se había quedado tan impresionada! Recordó el momento en el que Alessandro se lo había contado, durante la primera tarde que habían acudido a la playa. Recordó el bronceado cuerpo del italiano tumbado a su lado y la manera en la que la había mirado con aquellos preciosos ojos oscuros. Momentos después la había besado por primera vez. Por la noche habían cenado juntos y más tarde...

Incluso después de tantos años, al recordar el hotel Seasons sintió cómo un escalofrío le recorría por dentro. Si las paredes de aquella suite hubieran sido capaces de hablar…

La semana que había planeado pasar él en Australia se había convertido en dos, después en tres, y más tarde se alargó durante todo el verano hasta que ya no pudo seguir retrasando su regreso al Harvard Business School, el siguiente destino al que le enviaba su empresa.

La última vez que lo había visto subiendo por las escalerillas del avión había tenido la mirada empañada debido a las lágrimas, pero la promesa que le había hecho Alessandro le había ayudado a seguir adelante.

El pacto.

Como siempre le ocurría cuando pensaba en ello, sintió cómo le daba un vuelco el estómago. Habría mantenido su parte del pacto si hubiera podido, pero el destino se había interpuesto. Como una tonta, habría ido a recibirlo, por si acaso él había decido regresar. Pero se habían desatado los incendios en los montes, había ocurrido lo de su padre, la angustiosa época que había pasado en el hospital. Y después… Después había sufrido una grave crisis de identidad.

Pero Alessandro no sabía nada de aquello. Reunió todo su coraje y abrió la puerta de la sala de conferencias.

La sala parecía estar repleta. Stiletto no tenía tantos miembros en su plantilla, sólo seis en la editorial, más dos asistentes a tiempo parcial, pero era extraño verlos a todos reunidos. Junto con el personal de publicidad y los encargados de ventas y producción, sumaban casi veinte personas. Divisó una silla vacía y se apresuró a sentarse tan silenciosamente como pudo. Todo el mundo estaba muy atento. En ausencia de Bill, Cinta, la encargada de ventas y marketing, se había ofrecido a representar a la empresa. Más sinuosa que nunca vestida con un ceñido traje, estaba dando un caluroso discurso de bienvenida al nuevo equipo que iba a dirigirles.

Alessandro…

Al verlo, se le aceleró el corazón. Estaba sentado a un lado del atril junto a la que Cinta presentó como Donatuila Capelli, una sofisticada ejecutiva de Scala de Nueva York.

Deseó que Alessandro no se hubiera percatado de que había llegado tarde y se alegró de haber decidido arreglarse, aunque las botas que llevaba la estaban matando…

Durante unos segundos Alessandro se quedó paralizado, tras lo que respiró profundamente para intentar tranquilizarse. Era ella. La mujer que había llegado tarde era Lara Meadows. El mismo pelo rubio que recordaba, aunque mucho más largo, su gracia, su esbelta figura… Ninguna otra mujer que hubiera entrado jamás en una sala había tenido aquel efecto sobre él.

Se giró levemente hacia la derecha y observó cómo Lara cruzaba las piernas al relajarse en la silla. Las largas y hermosas piernas que recordaba estaban parcialmente cubiertas por botas que lograban captar la atención en sus suaves rodillas. Sexy, muy sexy. Sintió cómo su compostura profesional se veía alterada y cómo se excitaba.

Ella había tenido el descaro de llegar tarde. No sabía qué era el respeto.

Lara giró la cabeza y vio una perfecta mano apoyada en una rodilla. Sabía que si giraba la cabeza aún más podría ver la cara de Alessandro. Lo hizo y vio que él estaba frunciendo el ceño mientras miraba al suelo. Incluso desde aquella distancia podía ver claramente que seguía manteniendo las mismas densas y oscuras pestañas y que conservaba la belleza de sus clásicas facciones.

Parecía más serio de lo que había esperado, pero ante algo que Donatuila Capelli dijo levantó la mirada y esbozó una educada sonrisa, sonrisa que provocó que ella sintiera que todos los músculos de su cuerpo se alteraban. Observó que seguía teniendo los mismos maravillosos ojos, tan expresivos y sofisticados como hacía seis años.

Ignorando que tenía el pulso acelerado, se quedó sentada muy rígida en su silla. Alessandro no le afectaba. Había dejado de hacerlo hacía mucho tiempo... Era el hombre que se había despedido de ella con un beso para después casarse con otra persona. Pero cuando él se levantó y dio un pequeño discurso con su preciosa voz con acento italiano, recordó por qué se había enamorado de él, recordó por qué había perdido la cabeza de aquella manera.

Se preguntó si la habría visto...

Alessandro miró a las personas reunidas en la sala de conferencias, pero evitó la última fila y a la rubia que había dejado una profunda huella en su alma.

En circunstancias normales era un administrador muy tolerante. Cuando le enviaban para hacerse cargo de la adquisición de una empresa y lograr que volviera a ser competente, lo que acostumbraba hacer era asegurarles a los empleados su puesto de trabajo, ofrecerles un aumento de sueldo y una mejora en sus condiciones de trabajo.

Pero desafortunadamente había algunas situaciones en la vida en las que un hombre se veía obligado a demostrar su autoridad. Aquella actitud irreverente que tenían algunos australianos, aquella tranquilidad, debía ser analizada. Y la arrogancia que habían mostrado algunos empleados de aquella triste empresa debía desaparecer por completo. Iba a hacerles temblar un poco mientras les mostraba la frágil situación en la que se encontraban.

No iba a haber peleles trabajando para Scala Enterprises.

—Prepárense para algunos cambios importantes.

Al principio Lara apenas oyó las palabras que atemorizaron por completo a sus colegas. En la sala se respiraba cierta tensión, pero estaba demasiado absorta analizando a su examante como para darse cuenta de nada. Cuando lo miró a la cara se sintió embargada por una dolorosa sensación y tuvo que forzarse a contener las lágrimas. Su corazón estaba muy comprometido con él.

El Alessandro que tenía delante era incluso más

sexy que el que había coqueteado con ella y le había hecho sentir la mujer más sexy del mundo tantos años atrás. Si juzgaba el buen aspecto que tenía era obvio que cuidaba mucho su alta figura. Calculó que tendría alrededor de treinta y cinco años, mientras que ella tenía sólo veintisiete. Era todo un hombre de negocios que parecía estar mucho más centrado que cuando lo había conocido.

Era todo un *marchese*.

Uno cuyo dulce tono de voz podía dejar clara la dura realidad.

Dejó de prestarle atención a su sexy acento italiano y se concentró en las palabras que estaba diciendo. Con cada frase que añadía saltaba una alarma, que creaba un gran impacto a los presentes en la sala, cuya preocupación se hacía palpable. Incluso la serena Donatuila lo miró en varias ocasiones con el ceño fruncido.

–Han fracasado como empresa –acusó él en un momento dado–. Y yo pretendo rescatarlos, por muy doloroso que pueda llegar a ser. A finales de la semana que viene la señora Capelli y yo acudiremos a la Convención Internacional del Libro, en Bangkok, como delegados. Antes de marcharnos habremos reorganizado Stiletto Publishing. Entonces estarán en el camino de transformar una empresa aislada en una importante compañía parte de una organización global. Obviamente todos requerirán cierta reeducación. Algunos incluso deberán emplear su tiempo libre.

Una gran inquietud se apoderó de los presentes,

pero Alessandro continuó hablando con una inexorable tranquilidad.

–Cada proyecto editorial será analizado con microscopio, así como también lo será cada empleo. De aquéllos que mantengan su puesto de trabajo espero dedicación. Así mismo se espera lo mejor de las personas que forman parte de Scala Enterprises. Y esto se aplica a todo: a los proyectos personales, a los plazos que hay que cumplir, a la puntualidad… Y me refiero a la puntualidad en todos los aspectos: a la llegada al trabajo, al regresar de los descansos, al asistir a reuniones…

Sintiéndose muy culpable, Lara se echó para atrás en la silla mientras observaba como él miraba a cada empleado a la cara. Cuando posó sus ojos en ella, muy acalorada, no sintió ningún cambio en su expresión. Parecía no haberla reconocido. Parecía no querer verla.

–Creo que debería advertirles… –añadió Alessandro con una letal suavidad– no soporto la impuntualidad. No me gusta que me hagan esperar. En Scala no se permite la debilidad humana. Exigimos que nuestros empleados cumplan con sus obligaciones. Durante los siguientes días la señora Capelli y yo nos veremos con cada uno de ustedes. Prepárense para defender el derecho a mantener sus puestos de trabajo.

Los empleados de Stiletto Publishing se quedaron muy impresionados ante aquello. A continuación Alessandro les agradeció a todos su atención y les pidió que se marcharan.

Lara se levantó y se dirigió a la puerta de la sala junto a sus compañeros. Pero una vez fuera se detuvo al plantearse si no debía hablar con Alessandro, si no debía romper el hielo. Volvió a entrar en la sala de conferencias, pero él ya se había marchado, sin duda con mucha prisa de empezar la sangría. Vaciló durante un segundo. Se planteó si sería inteligente interrumpirle en aquel momento. Parecía tan eficiente y distante que quizá no fuera la mejor ocasión para reavivar su antigua relación. Aunque tal vez fuera útil por lo menos informarle de su presencia. Lo último que quería era darle la impresión de que estaba nerviosa por algo.

Pensando en aquello y con el pulso muy acelerado, se dirigió al que había sido el despacho de Bill. La puerta estaba cerrada, probablemente por primera vez en su historia. Se quedó allí de pie durante unos segundos mientras respiraba profundamente. Era una mujer valiente, fuerte. Era madre.

Ignorando lo acelerado que tenía el corazón, levantó el puño y llamó. Estaba a punto de intentarlo de nuevo cuando Donatuila apareció por una esquina y se acercó a ella a toda prisa.

–¿Quieres algo? –le preguntó, dirigiéndole una fría mirada.

–He… he venido a ver a Alessandro.

–Para ti el señor Vincenti, cariño. ¿Cómo te llamas?

–Lara –contestó ella, indicando la puerta del despacho–. ¿Está él…?

–No, no está –la interrumpió Donatuila–. Y te sugiero que vuelvas a tu mesa y esperes tu turno. El señor Vincenti te recibirá, al igual que a todo el mundo –añadió justo antes de abrir la puerta del despacho y entrar dentro.

Lara observó cómo cerraba la puerta prácticamente en su cara y sintió cierta indignación. Se planteó que tal vez había sido un error intentar hablar con Alessandro en privado.

Estaba a punto de marcharse cuando la puerta se abrió de nuevo y Alessandro salió del despacho. La miró fijamente a los ojos.

Aturdida, ella pensó que había olvidado lo bien que olía. Su masculina fragancia la embargó.

–Oh, Alessandro –dijo–. Simplemente pensé en venir a… saludarte.

Algo brilló en los ojos de él, que durante una fracción de segundo esbozó una mueca. Entonces se echó a un lado y le indicó que entrara al despacho.

Al entrar, Lara vio que habían colocado otro escritorio junto al de Bill, que era enorme. Donatuila Capelli estaba sentada allí mientras analizaba una gruesa carpeta.

Alessandro la miró y sujetó la puerta abierta.

–Tuila, por favor, discúlpanos. Tardaremos un segundo.

Donatuila se marchó entonces del despacho, no sin antes dirigirle la Lara una abrasadora mirada.

Él cerró la puerta y ambos se quedaron a solas. De nuevo.

Lara había olvidado lo intensamente magnético que era el italiano. Era algo más profundo que sus preciosos ojos oscuros y dura belleza masculina. Tenía algo que la atraía de manera visceral.

Debía controlarse ya que Alessandro estaba casado. Pero su cuerpo no comprendía razones. Sus sentidos, sus instintos, su parte más femenina se sentían extremadamente atraídos hacia él. Sabía que no podía esperar que la besara, había pasado mucho tiempo y estaba casado, pero cada célula de su cuerpo estaba deseando lanzarse a sus brazos.

–¿Sí? –preguntó entonces Alessandro con una fría cortesía–. ¿Necesitas algo?

Ansiosa, ella realizó un movimiento involuntario para tocarlo. Consternada, vio como él apartaba la mano… discreta pero firmemente.

–Te-te acuerdas de mí, ¿verdad? Lara…

–Vagamente. Nos conocimos en la Convención Internacional del Libro, aquí en Sídney, ¿no es así? –respondió Alessandro, mirándola con frialdad a los ojos para a continuación comprobar la hora en su reloj–. ¿Puedo ayudarte? ¿Quieres algo en particular?

Impresionada, ella se quedó mirándolo fijamente durante un momento, tras lo que negó con la cabeza.

–Bueno, no. Sólo quería… saludarte.

–Realmente no tengo tiempo para recordar viejos tiempos –contestó él, exasperado–. Estoy seguro de que lo comprendes… tenemos una agenda muy apretada. Así que… a no ser que haya algo específico…

–No, no hay nada específico –respondió Lara,

impactada–. Nada que merezca la pena mencionar. Si-siento mucho haber interrumpido tu trabajo.

Se marchó de aquel despacho esbozando una fría y orgullosa sonrisa… aunque nunca antes se había sentido más humillada.

Una vez a solas en su despacho, Alessandro pensó que Lara se había merecido aquel rechazo. No comprendía cómo había tenido la poca vergüenza de presentarse en su despacho y reclamarlo como amigo. Pero se preguntó por qué tenía que parecer tan…

Le dio un vuelco el estómago. Era simplemente una rubia más. El mundo estaba repleto de rubias bellas. Aunque si no… si no la hubiera mirado a los ojos…

Capítulo Dos

En el despacho de Lara, sus compañeros estaban muy agitados.

–¡Que no se permite la debilidad humana! ¿Lo habéis oído? ¡Vaya estupidez!

–¿Habéis visto sus ojos? ¿Cómo puede ser alguien tan caliente y heladoramente frío al mismo tiempo?

–Caliente, cruel y despiadado. Sólo tenéis que mirarle la boca. Oh… –comentó una joven del despacho– esa boca…

Lara se sentó en silencio en su escritorio mientras los demás intercambiaban opiniones. Intentó asimilar que el nuevo y frío Alessandro no sentía nada por ella, ni siquiera amistad. Aun así, se sentía ridículamente afectada ante todo lo que decían de él.

–Supongo que debíamos haber esperado algo así –dijo Kirsten, la jefa del despacho–. Scala no es precisamente una empresa dedicada a la caridad. Tal vez incluso nos venga bien un poco de organización. Y supongo que todos podemos defender nuestros puestos, ¿no os parece? Y, de todas maneras, ese tipo no estará por aquí mucho tiempo. No podrá descubrir nuestros encantos.

Lara intentó con todas sus fuerzas que la expresión de su cara no revelara nada. ¿Qué dirían sus compañeros si descubrieran que Alessandro ya había descubierto sus encantos? Recordaba aquella suite del Seasons como uno de los lugares sagrados de Sídney.

Jamás olvidaría la última tarde que habían pasado juntos.

Antes de haber conocido a Alessandro, jamás había estado en un hotel realmente caro. Él se había alojado en una preciosa suite con unas vistas espectaculares a la bahía. Ella había temido el amanecer de aquel día con cada poro de su cuerpo. Había sido el más bonito y el más duro. Cada segundo había sido precioso y cada momento agridulce. El adiós había estado demasiado cerca.

Había hecho todo lo que había podido para ocultar lo angustiada que estaba. Después de comer Alessandro la había llevado a su habitación; le había dicho que para reflexionar sobre las cosas.

Allí había servido champán y habían brindado.

Antes de que ella hubiera podido beberse su copa, él se la había quitado de las manos con delicadeza y la había dejado sobre una mesa. Entonces la había mirado a los ojos con intensidad, tras lo que la había comenzado a desnudar. Una vez desnuda, la había llevado a su cama…

Había sido maravilloso. Tan sincero y conmovedor. Fue uno de sus encuentros sexuales más apasionados. Después, tumbada a su lado en la cama mientras le acariciaba en cuerpo con ternura, reunió todo su coraje.

–Sabes, Alessandro… –había comenzado a decir con voz temblorosa– te echaré de menos. Desearía que no tuvieras que marcharte.

Él había guardado silencio durante lo que pareció una eternidad.

–Tengo que marcharme –había dicho finalmente con un profundo tono de voz–. Yo también he estado pensando, tesoro, y quería proponerte algo. ¿Por qué no vienes conmigo?

–¿Qué? –había contestado Lara, impresionada–. ¿Te refieres a… América?

–Claro, a América, ¿por qué no? Te encantaría. Es sólo por unos meses. Cuando termine el semestre regreso a Italia. Y puedes venir a casa conmigo.

Ella no respondió de inmediato. Pensó en sus padres, en su trabajo, en el hecho de que se embarcaría en una gran aventura con un hombre que apenas conocía. Le resultó emocionante y aterrador al mismo tiempo.

–Seríamos… una pareja –había añadido Alessandro.

Emocionada, Lara había pensado que había encontrado al hombre de su vida. Un hombre increíblemente bello y fantástico. Un hombre culto con el que podía hablar. Un hombre con el que podía compartir los secretos de su alma.

Pero su parte racional le había hecho plantearse qué tipo de compromiso estaba ofreciendo realmente él y qué habría querido decir con la palabra pareja. ¿Amantes? ¿Compañeros?

–Vaya –había contestado–. Eso sería… maravilloso. Estoy abrumada, sinceramente, Alessandro. Me siento honrada.

–Honrada –había repetido él con un extraño brillo reflejado en los ojos.

Ella se había angustiado al pensar que lo había herido.

–¿Es ésta tu manera de decir que no, tesoro? –había preguntado Alessandro con una gran dignidad.

–No, no –se había apresurado Lara a asegurar–. En absoluto. Es sólo que… Bueno, ya sabes… ha sido tan… repentino. Necesito unos minutos para asimilarlo. Pero… espera. No tengo pasaporte –añadió, aliviada ante aquella perfecta excusa para retrasar su decisión.

Pero él frunció el ceño y negó con la cabeza como si aquel pequeño obstáculo no supusiera ningún problema en el mundo civilizado del que procedía.

–Puedo cambiar mi vuelo –sugirió–. Podemos organizarlo para que tengas el pasaporte en veinticuatro horas.

En aquel momento a ella se le ocurrió la idea del pacto. La prueba de amor.

–Está bien. No, espera. Mira, tengo una idea… Alessandro, cariño… –dijo. Jamás se había referido a él de aquella manera–. Todo ha ocurrido muy rápido. Tal vez… tal vez deberíamos darnos la oportunidad de estar seguros de que estamos haciendo lo correcto.

–¿No estás segura de querer estar conmigo? –respondió él.

–Lo estoy. Claro que sí. Pero me gustaría tener un poco de tiempo para organizarme. Ya sabes, tendría que despedirme de mi madre y de mi padre... y avisar en el trabajo. Y quizá tú también tengas que pensar en ello. Si nos damos un poco de tiempo para pensar... podríamos hacer algo como lo que hicieron en aquella película. ¿Has visto alguna vez *Algo para recordar*, con Cary Grant y Deborah Kerr?

Alessandro no había visto aquel clásico ni le entusiasmaba la idea de separarse de Lara unas semanas. Pero, con reservas, había accedido.

Ella había sido muy joven y había creído sinceramente que era lo correcto. Lo inteligente. Si su *marchese* se hubiera encontrado con ella en lo alto del Centrepoint Tower de Sídney seis semanas después, se habría sentido como en el cielo.

Pero tristemente había resultado que su instinto había sido acertado.

Aunque ella hubiera sido capaz de llegar al Centrepoint Tower a las cuatro de la tarde de aquel fatídico miércoles, Alessandro no habría estado allí. Y lo sabía porque había descubierto que durante todo el tiempo que había estado seduciéndola, su novia había estado en Italia preparando la boda de ambos.

Había averiguado todo aquello después. Pero en ocasiones sentía cierto desasosiego al pensar que tal vez él había volado hasta Sídney sólo para descubrir que ella no se había presentado a su cita. Aunque siempre racionalizaba su miedo y se aseguraba a sí misma que no lo habría hecho. Cuando había visto la noticia de su boda en la revista que había estado ojeando en la consulta del doctor, el mundo se le había venido encima y se había dado cuenta de lo tonta que había sido; había estado ansiosa por acudir a su cita con Alessandro en la torre y lo habría hecho si no hubiera sido por el cruel destino…

—Oye, cariño, despierta —dijo Josh, el compañero que tenía justo enfrente—. ¿Qué crees que quiso decir con eso de que tal vez tengamos que emplear nuestro tiempo libre?

—¡De ninguna manera lo haré! —espetó Lara—. ¿Qué pasaría con Vivi?

—No tienes que preocuparte. Dile que tienes una pequeña boca que alimentar y él mirará tus grandes ojos azules y se derretirá. A los italianos les encantan los niños.

—¿Tú crees? —respondió ella, sintiendo que se alteraba por dentro—. ¿Dónde has oído eso?

—Es cierto. Los italianos verdaderos, los que son de Italia, sienten adoración por la familia. Lo sé porque leí un artículo al respecto el mes pasado en *Alpha* —explicó Josh.

Lara también había leído aquello sobre los italianos. El espanto que les causaban las familias rotas y que los niños crecieran sin ambos progenitores.

Se planteó si le hablaría a Alessandro de Vivi. Sabía que él tenía derecho a conocer la existencia de su hija, pero le asustaba mucho la posibilidad de que fuera uno de aquellos hombres que robaban a sus hijos y se los llevaban del país. Su pequeña Vivi no era ningún árbol que poder trasplantar a Londres o

Venecia. Tenía cinco años y todo lo que conocía era Newtown, su abuela, su colegio, el parque…

Tras la reacción que Alessandro había tenido ante ella aquella mañana, tenía que decidir qué contarle y cómo hacerlo.

Las entrevistas comenzaron tras el descanso matutino y la gente salía del despacho de los nuevos gerentes con expresión de preocupación, indignados por algo que había dicho Donatuila o comentando lo siniestro que era Alessandro. Lo aterrador que era. Lo guapo que era.

—Oh, Dios mío, ¿has visto sus ojos? —dijo alguien, susurrando—. Tiene unas pestañas larguísimas.

—Y su voz —respondió otra persona—. Ese acento. Es como de Londres mezclado con italiano, ¿verdad?

—No es un acento ordinario italiano. Es siciliano.

En un momento dado comenzó a correr el rumor de que David, de finanzas, había sido despedido. Lara esperó el momento de su entrevista muy angustiada, contemplando las cosas que le diría al extraño que era el padre de su hija…

Beryl asomó la cabeza por la puerta del despacho de Alessandro.

—Perdóneme, señor Vincenti, los constructores han llegado.

Él le dio las gracias, le dijo a Tuila que se tomara un descanso y se levantó para enseñarle al arquitecto las oficinas. Discutió con éste el diseño de las salas mientras los demás hombres tomaban medidas. Explicó que con la distribución que había en aquel momento los despachos estaban muy abarrotados. Parecía que todo el mundo había salido a comer, pero repentinamente vio una cabeza rubia agachada sobre la máquina de café de los empleados. Volvió a sentir que le faltaba el aire…

Observó cómo Lara Meadows se giraba para responder sonriendo a uno de los constructores. Un intenso deseo se apoderó de él.

Se apartó a un lado para dejar de observar la tentación que ella representaba y escuchó con atención lo que le explicaba el arquitecto… mientras luchaba contra las llamaradas que le estaban recorriendo por dentro.

Necesitaba disciplina. No podía negar que la presencia de Lara lo había alterado muchísimo, pero iba a tener que controlarse. Mientras regresaba a su despacho tras haber terminado de hablar con el arquitecto, pensó que no tenía por qué ser difícil. Debía mantenerla apartada de sí hasta que se acostumbrara a la idea de volver a verla. Debía evitar oír su voz, oler su perfume…

No debía permitir que su encantadora risa le afectara.

Debía cancelar la entrevista con ella. No tenía deseo alguno de volver a estar a solas con ella… ¿o sí?

Según iba avanzando la tarde, Lara se sintió cada vez más nerviosa. Todo el mundo de su departamento había realizado su entrevista, todos menos ella. Incluso habían comenzado a llamar a gente de otros departamentos. Se preguntó si Alessandro estaría haciéndole esperar a propósito.

Tal vez quería que se quedara hasta más tarde de las cinco para compensar por haber llegado tarde por la mañana. Pero su madre estaría esperándola con Vivi, ansiosa por poder acudir a su clase de oboe.

Se planteó si sería correcto hacer partícipe a Alessandro de la vida de su hija. Ni siquiera sabía si le gustaban los niños y sería terrible hacerlo si resultaba una mala influencia. Pensó en la esposa de él, que se convertiría en madrastra de Vivi, y se sintió horrorizada al recordar la mala imagen de las madrastras. Tal vez incluso el matrimonio Vincenti tuviera hijos, hijos que sentirían cierto rechazo ante una hermana sorpresa.

Quizá incluso el mismo Alessandro sintiera lo mismo. Después de todo, el mundo estaba repleto de hombres que tenían hijos de anteriores relaciones, hijos por los que sentían una completa indiferencia.

Aunque, en realidad, una situación como aquélla podría ser lo mejor para Vivi y ella. Alteraría menos sus vidas. No habría conflictos, ni expectativas, ni recriminaciones.

Cuando faltaban trece minutos para las cinco, Lara dejó de esperar que la llamaran para su entrevista. Se quitó las botas que llevaba puestas para descansar los pies un rato antes de la caminata hasta la parada de autobús. Pero a las cinco menos once minutos una figura alta y atractiva apareció en la puerta del despacho. Todos sus compañeros guardaron silencio repentinamente. Ella levantó la vista y se encontró con la mirada de Alessandro. Sintió cómo la adrenalina le recorría el cuerpo.

—Lara —dijo él—. ¿Puedes venir?

Durante un segundo ella se quedó allí paralizada por la espectacular oscura mirada de Alessandro. Entonces, como un ser dominado por una fuerza irresistible, se levantó. Al hacerlo, sintió cómo él le miraba las piernas. Se ruborizó al darse cuenta de que sus pies estaban cubiertos sólo por un par de medias.

—Vaya —farfulló, agarrando sus botas a toda prisa. Se sentó de nuevo para ponérselas y sintió cómo Alessandro la miraba fijamente.

Por alguna razón que desconocía, sintió una gran excitación. Pensó que él podía disfrutar de la visión de sus pies casi desnudos. Era lo más cercano que llegaría jamás a volver a ver cualquier parte de su cuerpo desnuda.

Capítulo Tres

Por segunda vez aquel día, Alessandro abrió la puerta de su despacho y le indicó a Lara que entrara. Ella entró con mucho cuidado de no tocarlo. Aun así, sintió cómo se le ponía el vello de punta. Se sintió aliviada al comprobar que Donatuila no estaba.

Habían colocado unos cuantos sillones junto a la ventana para las entrevistas.

Tras lo que había ocurrido aquella mañana, esperó a ser invitada a sentarse, pero él se quedó de pie durante un momento mientras la analizaba con la mirada y esbozaba una dura mueca.

A pesar de su determinación, cuando Alessandro bajó la mirada de su boca a sus pechos, sintió que un intenso cosquilleo le recorría el cuerpo… acompañado de una gran excitación.

Un tenso silencio se apoderó entonces de la situación y se sintió forzada a romperlo.

—Alessandro…

—Te has dejado el pelo más largo —la interrumpió él en voz baja—. Por lo demás, no has cambiado.

—Sí, ahora lo llevo más largo.

Alessandro sonrió y sus profundos ojos oscuros reflejaron una gran calidez y el encanto que Lara había conocido hacía seis años.

–Vas a tener que perdonarme. Todavía estoy un poco afectado por el *jet lag*. Los dos hemos cambiado. Por favor… –dijo él, indicándole una silla.

Ella se sentó, aliviada al darse cuenta de que parecía que Alessandro se acordaba de su persona y de que todavía seguía siendo el amable y cortés hombre que recordaba.

Él se sentó a su vez en una silla delante de ella y abrió una carpeta con su nombre.

Lara sintió que se le aceleraba el corazón y para controlar el temblor de las manos las entrelazó en su regazo.

–No podía creérmelo cuando nos dijeron que serías tú el nuevo gerente –comentó.

–¿No? ¿Te quedaste decepcionada? –quiso saber Alessandro.

–¿Decepcionada? Bueno, claro que no. Simplemente me… me…

–¿Te pusiste algo nerviosa? No te preocupes, no tienes que defenderte. Esto será simplemente un asunto laboral –comentó él con cierta nota discordante.

–No puedo quedarme mucho tiempo –dijo ella, mirando el reloj–. Hay alguien esperándome.

–Ah –respondió Alessandro, mirándola fijamente a los ojos–. No permitiremos que hagas esperar a nadie –añadió, esbozando una sarcástica mueca.

Lara sintió cierta intranquilidad y se preguntó si él no habría dicho aquello con burla.

Alessandro bajó la mirada a la carpeta que tenía delante. Sintió un nudo en el estómago y pensó que naturalmente ella tendría a alguien esperando. Algún payaso ingenuo.

En la carpeta de Lara no había nada de interés, aparte de una dirección en Newtown y un número de teléfono. No había indicación alguna de lo que había estado haciendo durante los anteriores seis años. Fuera quien fuera quien hubiera estado encargado de Recursos Humanos en aquella empresa de pacotilla, merecía ser despedido.

Se quedó mirando la página, forzándose a no posar los ojos en Lara... aunque la imagen de ésta se había quedado grabada en su retina. Su cara seguía teniendo la misma belleza delicada. Seguro que había muchos estúpidos incapaces de contenerse ante el intenso color azul de sus ojos. Ella siempre tendría un hombre al lado.

Aunque sabía que era un riesgo, se permitió mirarla de arriba abajo y sintió que se le aceleraba el pulso a pesar de su autocontrol. Tanto si lo quería como si no, la química que había entre ambos todavía era peligrosamente potente. Y estaba seguro de que ella también la sentía.

Aparentemente parecía relajada, pero su postura denotaba cierta rigidez que sugería que sentía la carga eléctrica que se respiraba en el ambiente. Cuando lo miraba, sus pupilas estaban ligeramente dilatadas.

–Veo que comenzaste a trabajar en esta empresa en febrero –comentó él.

Lara pensó que la formalidad era la mejor opción, aunque su cuerpo no parecía estar de acuerdo.

–Sí, efectivamente.

A continuación contestó las preguntas que le hizo Alessandro acerca de sus proyectos, cada vez más consciente de la química que había entre ambos. Sabía que no debía quedarse mirándolo, que no debía obsesionarse con aquel atractivo hombre como si todavía fuera suyo… aunque no pudo evitar percatarse de que no llevaba ningún anillo puesto. Se preguntó cuál sería la razón y qué habría sido de su esposa. Se planteó que tal vez ésta y él habían acordado no llevar alianzas. Pero no podía ser. Según la revista que había leído, Giulia Morello era un personaje público perteneciente a una pudiente familia y sería muy extraño que una esposa italiana permitiera que su marido no llevara alianza.

Mientras Alessandro le preguntaba por su trabajo, analizó su cara y recordó la manera en la que acostumbraba a besarla. Sintió una extraña sensación de posesión, como si todo su ser debiera pertenecerle a él. De inmediato se sintió avergonzada y pensó que ninguno de los dos tenía ningún derecho a sentirse de aquella manera, ya que Alessandro estaba casado.

–No aparecen otros trabajos editoriales anteriores a éste en tu ficha. ¿Qué otro trabajo has hecho que te cualificara para tu puesto actual? –quiso saber él, mirándola con gran intensidad.

–Bueno, sobre todo trabajos de asistente personal. Y he estudiado mucha literatura… como tal vez recuerdes.

Tras decir aquello Lara sonrió, pero Alessandro

evitó su sonrisa al bajar la mirada. Parecía que cualquier mención a su antigua relación estaba prohibida. Suponía que debía respetarlo, aunque pensó que tampoco había necesidad de tanta frialdad.

Incluso… hostilidad…

–Bill pensaba que merecía la pena darme una oportunidad con la lista de libros infantiles –se apresuró a decir para terminar con el tenso silencio que se había apoderado de la situación–. Él…

–Le gustabas –interrumpió Alessandro con la ironía reflejada en sus oscuros ojos.

–Bueno, sí –respondió ella casi a la defensiva–. Supongo que sí.

–Desde luego –dijo entonces él. Aunque lo hizo educadamente, no parecía un cumplido.

Lara sintió como si el hombre que había conocido hacía seis años estuviera detrás de una barrera. En un esfuerzo por llegar a él, se echó hacia delante y sonrió.

–Mira, Alessandro… se me hace muy extraño hablar contigo así cuando ambos nos conocemos… nos conocimos tan bien. ¿Cómo… cómo has estado?

–Creo que sería mejor si pudieras olvidar nuestra corta relación –contestó él, mirándola a los ojos–. Es algo del pasado. Lo que tengo que hacer ahora es reformar esta empresa para convertirla en un activo viable para Scala Enterprises. Prefiero centrarme en eso.

Ella se apresuró a echarse para atrás. Se mordió el labio inferior hasta hacerse sangre.

–Oh, está bien. Claro. Si-si es lo que quieres.

Algo del pasado. Aquello era todo lo que significaba para Alessandro. No comprendía por qué estaba siendo tan frío y se planteó si tal vez había oído algo sobre ella. O quizá era por algo del pasado.

La posibilidad que en ocasiones se había planteado volvió a pasársele por la cabeza. Pero no podía ser. Él no podía haber vuelto a Sídney para encontrarse con ella porque nunca había tenido serias intenciones acerca de su relación. Al poco tiempo de haberse despedido de ella se había casado con otra mujer.

—Alessandro, ¿hay algo que no comprenda? Sé que es incómodo que los dos trabajemos temporalmente en el mismo lugar, pero no tiene por qué suponer un problema, ¿no es así? Seguro que podemos… dejar a un lado…

Él la miró a los ojos con gran dureza, tras lo que esbozó una enigmática sonrisa.

—¿Nuestra antigua relación? Desde luego —respondió—. Considera que nunca existió. Por lo que a mí respecta no hubo ningún idilio de verano entre nosotros, ni largas tardes de pasión, ni seductores besos que nos emborrachaban al uno del otro. Olvida que tus labios tocaron los míos. Me alegra que tomes una actitud tan sensata. Vistas con perspectiva, estas relaciones parecen tener una magia que es, en realidad, engañosa. Lo más inteligente que podemos hacer es considerarnos como extraños.

—¡Extraños! —exclamó Lara, ruborizándose al recordar su cuerpo los apasionados momentos que había vivido junto a Alessandro—. No estoy segura de poder ser tan sofisticada. No creo que pueda llegar a considerarte un extraño –añadió muy dulcemente–. Aunque, claro, no fui yo la que se casó.

Un tenso silencio se apoderó entonces de la situación, tras lo que él la miró con una intensa dureza reflejada en los ojos.

–Creo que estás subestimando tu capacidad para seguir adelante, Lara –comentó–. De todas maneras, por mucho que me gustara disfrutar de desnudarte en alguna habitación de hotel, tengo muchísimo trabajo que realizar.

En ese momento agitó ligeramente la carpeta.

–¿Entonces…? ¿Podemos dejar a un lado nuestros asuntos personales? ¿Continuamos? –preguntó con un autoritario tono de voz.

Resentida, ella se sintió muy tensa.

Alessandro le dirigió una fugaz mirada y continuó hablando tranquilamente.

–Hay algo que me llama la atención, que ha despertado mi curiosidad. Llevas trabajando poco tiempo en esta empresa, pero cuando nos conocimos tenías una prometedora carrera por delante en el mundo editorial. ¿Qué has estado haciendo con tu… impresionante talento… aparte de este trabajo a tiempo parcial?

Lara pensó que definitivamente él había dicho la palabra «impresionante» con bastante sarcasmo. Sintió que el enfado la embargaba al apoderarse de su mente la preciosa pequeña cara de ojos oscuros, largas pestañas y rizos morenos de su hija.

Se echó para atrás en la silla y examinó a Alessandro con la mirada. El Marchese d´Isole Veneziane Minori no era el hombre encantador que recordaba. Era un frío y socarrón autócrata. Se planteó si se merecía conocer la verdad…

—No quiero aburrirte con los detalles de mi vida, Alessandro. Lo cierto es que supongo que lo que he estado haciendo es algo demasiado personal como para que te interese. Es suficiente con que te diga que he hecho otras cosas diferentes al mundo editorial.

—No hay necesidad de ponerse a la defensiva, Larissa.

—¿Seguro? —respondió ella—. Sabes una cosa… no eres el hombre que recordaba.

—¿No? ¿A quién recuerdas?

—A otra persona. A alguien… amable.

A él le brillaron los ojos, aunque la expresión de su cara permaneció implacable.

—Pues tú, por otra parte, estás igual a como te recuerdo —comentó—. A pesar mío.

—Bien —contestó ella, agarrando su bolso y levantándose muy dignamente—. En ese caso, no te haré perder más el tiempo.

Alessandro se levantó a su vez y Lara se apresuró a dirigirse a la puerta. Él debió hacerlo al mismo tiempo ya que tropezaron entre sí y una potente corriente eléctrica les recorrió a ambos el cuerpo.

Ella se sintió aún más alterada cuando Alessandro la agarró para estabilizarla. La embargó el masculino aroma de él…

—Ten cuidado —dijo él con su profunda voz.

A Lara se le quedó la boca seca al mirarle los labios y se sintió muy excitada.

Entonces, abruptamente, en el mismo preciso instante, ambos se apartaron el uno del otro. Ella se sintió aturdida e inquieta... incapaz de controlar la excitación que parecía haberse apoderado de cada célula de su cuerpo.

–Lo siento tanto –se disculpó Alessandro–. No sé cómo ha ocurrido eso.

Lara se recompuso rápidamente y se dirigió hacia la puerta. Al agarrar el picaporte, vaciló. La actitud de él acerca de su relación había sido tan... negativa, tan represiva. Y no sabía si debía permitir que tuviera la última palabra.

Orgullosa, se giró para enfrentarlo y vio que había vuelto a sentarse a su escritorio.

–¿Alessandro?

Él la miró con una interrogación reflejada en la cara.

–Hay algo que necesito... preguntarte. Algo que necesito comprender –dijo ella.

–¿Sí?

–¿Recuerdas el pacto?

Alessandro se puso muy tenso y su cara reflejó una gran frialdad. Frunció el ceño.

–¿El pacto?

–El pacto que hicimos.

La expresión de la cara de él no cambió y Lara se arrepintió de haber mencionado aquel asunto. Pero Alessandro estaba esperando a que continuara hablando y no podía echarse atrás.

–Ya sabes, cuando tuviste que regresar a Harvard para terminar tus estudios. El acuerdo de que si todavía nos sentíamos de la misma manera… que si pensábamos que todavía queríamos estar juntos, nos veríamos en seis semanas en el Centrepoint Tower.

Él miró al suelo mientras esbozaba una irónica mueca. A los pocos segundos levantó la mirada.

–Recuérdame… ¿cuál era mi parte en este acuerdo?

–Accediste a regresar de Harvard en tus vacaciones del trimestre.

–¿Y tu parte era…?

–Oh, bueno… –comenzó a decir ella, que siempre se había sentido avergonzada sobre lo fácil que había sido su parte del acuerdo– yo debía encontrarme contigo allí. Debía viajar desde Bindinong.

Alessandro se levantó y se apoyó en la parte delantera del escritorio.

–¿Desde Bindinong? –dijo con sarcasmo–. Creo que está claro quién tenía la parte más fácil del pacto –añadió con un extraño brillo reflejado en los ojos.

Bindinong no estaba muy lejos de Sídney. Cuando había vivido allí con sus padres sólo había tardado en llegar a la ciudad noventa minutos en tren. No estaba tan lejos como Harvard…

–Sé que visto con perspectiva parece un pacto muy improbable de cumplir, pero en aquel momento ambos creímos… sentíamos sinceramente… ¿No lo recuerdas? Tú querías que yo me fuera contigo, o por lo menos eso fue lo que dijiste, y yo era muy joven. Jamás había viajado al extranjero ni me había separado de mis padres. Me sentía insegura, comprensiblemente, de arriesgarlo todo por…

38

–Según parece, por mí –la interrumpió él, levantando las cejas de manera burlona.

A Lara le impresionó que Alessandro tuviera una opinión tan mala de ella.

–Dime… ¿de quién fue la idea? –continuó él con dureza–. ¿La idea de este… pacto?

El cinismo que estaba empleando dejó muy impactada a Lara. Cualquiera que lo escuchara pensaría que ella había hecho algo malo. Pero nadie podía esperar que una mujer abandonara su vida para marcharse con un hombre al que sólo conocía desde hacía tres semanas sin tomarse un tiempo para pensar.

–¿Bueno…? –insistió Alessandro.

–Oh, pues… Mira, olvídalo. Simplemente olvídalo. Éste no es el momento adecuado para hablar de ese tema –respondió Lara, cansada de su actitud.

Se giró hacia la puerta, pero se detuvo en seco al hablar de nuevo Alessandro.

–Dime, Lara Meadows. ¿Fuiste? ¿Mantuviste tu parte del acuerdo? –preguntó con burla.

–No, no. No lo hice –contestó ella, enfadada ante la manera en la que él estaba burlándose de lo que de hecho había sido la mayor tragedia de su vida–. Y tú tampoco lo hiciste, o lo habrías sabido. Jamás tuviste la intención de mantener el pacto, ¿verdad?

Era ridículo que después de seis años aquello todavía siguiera doliéndole. Era consciente de que sólo había supuesto una pequeña diversión para Alessandro mientras éste había estado en Sídney.

Sintió una abrumadora necesidad de marcharse

de allí. De correr. De correr a su casa y abrazar a su pequeña niña.

Pero el orgullo y las ansias de continuar hablando le ayudaron a mantener la valentía.

–Mucho mejor que ninguno de los dos se lo tomara en serio. Después de todo ése era el acuerdo. No deberíamos guardar rencor si alguno se echaba para atrás. Gracias a Dios que lo hicimos ambos ya que si no tendríamos algo de lo que arrepentirnos, ¿no crees?

Tras decir aquello se marchó del despacho y dio un pequeño portazo al hacerlo. Una vez fuera se apoyó en la puerta y respiró profundamente, completamente furiosa. Si él tuviera la menor idea de lo mucho que lo había amado…

De lo mucho que había llorado…

En ese momento pensó en la otra cosa que debía haber preguntado. Ya que había abierto aquella vieja herida, podía haber intentado saberlo todo.

Volvió a abrir la puerta del despacho y asomó la cabeza. Alessandro estaba sentado muy erguido en su escritorio mientras analizada con una adusta expresión algunas carpetas.

–Por cierto, Alessandro… –dijo con dulzura– ¿has traído a tu esposa contigo?

Él levantó la mirada y posó sus ojos en los de ella durante un largo momento.

–¿Mi esposa? No tengo esposa, *carissa*.

En ese momento fue Lara la que se quedó mirándolo. Entonces se dio cuenta de lo que había dicho.

–Larissa –corrigió–. Lara, quiero decir, Lara.

Capítulo Cuatro

Mientras se duchaba en la suite del hotel tras una dura sesión en el gimnasio, Alessandro pensó en Lara.

La entrevista que había tenido con ella no había resultado tan satisfactoria como había esperado. Haber utilizado su poder para castigar a una mujer, por mucho que ésta se lo hubiera merecido, no era la actuación de un hombre honorable. No había disfrutado al hacerle daño y no podía decir que hubiera salido airoso de su encuentro. El momento en el que ella había admitido que no había ido a la cita con él lo tenía angustiado. Sus ojos habían reflejado algo que no había sabido identificar y se planteó la posibilidad que se le había pasado por la mente en muchas ocasiones… que a Lara le hubiera resultado imposible acudir a la cita… Pero, como siempre, se preguntó por qué no lo había telefoneado para explicarse, por qué había estado inaccesible.

Salió de la ducha y tomó una toalla con la que se secó rápidamente. Al haber visto de nuevo a Larissa aquel día había sentido una gran carga eléctrica, había sido una situación muy tentadora. Se dijo a sí mismo que tal vez debía haberle dado una oportunidad de explicarse.

41

Una vez seco, se puso una bata y se miró en el espejo. Pensó que quizá debía buscar compañía femenina y quitarse a Lara Meadows de la cabeza.

Era una vieja solución que en realidad jamás había funcionado.

Se dirigió al minibar del salón de la suite, donde encontró unas pequeñas botellas de whisky. Se sirvió una en un vaso junto con un par de cubitos de hielo.

A continuación se dirigió a mirar por uno de los grandes ventanales de la suite, que tenía unas espectaculares vistas del puerto. Supuso que podía salir para disfrutar de la noche, pero la única persona que conocía en la ciudad, aparte de Tuila, que estaba hospedándose con unos parientes, no querría pasar tiempo con él.

Suspiró y se apartó de la ventana. Había elegido hospedarse en el Seasons porque estaba muy cerca del edificio Stiletto y por la gran cantidad de restaurantes que había por aquella zona de Sídney. Pero no le apetecía cenar solo en alguna bonita mesa para amantes.

Supuso que debía pedir la cena al servicio de habitaciones del hotel y comenzar a planificar la distribución de personal de la empresa.

Aunque también podía telefonear a Lara con la excusa de preguntarle algo acerca del funcionamiento de Stiletto y sugerirle que podían quedar para cenar.

Reprendiéndose a sí mismo, se quitó de inmediato aquella idea de la cabeza. Ella se daría cuenta de que estaba utilizando un pretexto y jamás había necesitado ninguno para ver a una mujer.

Lara era la única fémina que lo había rechazado, pero la atracción física que sentía por ella permanecía intacta… a pesar de lo que había ocurrido hacía seis años.

Se preguntó qué sería de su vida. Lara había insinuado que tenía novio, pero una mujer que tenía un hombre a su lado no quedaba con él después del trabajo, sino que volvía a casa para verlo. Se planteó que tal vez aquello había sido una excusa para haber podido marcharse antes en caso de haberse sentido angustiada.

Tal vez vivía sola…

Capítulo Cinco

Lara dudaba que el amor pudiera reavivarse una vez que había sido pisoteado, por lo que no comprendía por qué sentía como si hubiera perdido el control.

Ya había oscurecido cuando llegó a la puerta de su casa. Aunque la vivienda que Vivi y ella compartían con su madre carecía de encanto, la vuelta de Alessandro a su vida, aunque fuera breve, había provocado que el mundo volviera a ser animado y emocionante.

Pero estaba muy dolida por la entrevista. No comprendía por qué había empeorado las cosas al sacar el pacto a colación. Sólo había querido comprobar que él no había volado hasta Sídney para verse con ella, pero su preocupación sólo había logrado despertar el sarcasmo de Alessandro. Se había dado cuenta de que éste jamás había considerado en serio el pacto. ¿Por qué lo habría siquiera considerado cuando tenía pensado casarse con su prometida?

Greta abrió la puerta, acompañada por dos gatos y Vivi, la cual se lanzó a los brazos de su madre con gran entusiasmo.

–La abuela y yo hemos hecho crepes y he comido muchos –informó la pequeña.

–Espero que no te pongas enferma –respondió Lara, abrazando a su hija y dándole un sonoro beso. Entonces se giró hacia su madre–. Lo siento. He llegado tarde, mamá. Me han entretenido en el trabajo en el último minuto. El-el nuevo equipo de dirección y todo eso…

–Bien, bien –contestó su madre con brillo reflejado en sus azules ojos–. ¿Hay alguien con talento? –quiso saber–. No importa –añadió al ver la cara que puso su hija–. Puedes contarme todo más tarde. Estoy a punto de marcharme a mi ensayo.

Tras decir aquello se retiró al apartamento que tenía en una zona de la casa. Lara y Vivi subieron las escaleras para dirigirse a su piso.

Lara pensó que realmente Vivi se parecía mucho a Alessandro. Tras todos los inútiles esfuerzos que había realizado durante el embarazo para ponerse en contacto con él, siempre había pensado que si volvía a verlo sería una persona honesta y le informaría de inmediato. No era la clase de mujeres que por celos o miedo escondían la existencia de sus hijos. Era una persona tranquila y estable. Protectora y responsable, así como madura y racional.

Aun así, si analizaba la realidad, debía admitir que era más complicada de lo que había esperado. El Alessandro que había visto aquel día no era la misma persona que había pensado que conocía. El padre de su hija era un extraño, uno que tenía su vida en el otro extremo del mundo. No podía predecir cómo cambiaría la vida de Vivi, ni la suya, si tenía contacto con él.

Mientras bañaba a la niña y escuchaba cómo le contaba todo lo que había hecho durante el día, se planteó qué debía decirle a su madre. Greta conocía la identidad del padre de su nieta, pero no sabía que Alessandro había vuelto a aparecer en su vida.

Durante la cena, mientras observaba cómo Vivi escondía los guisantes de su plato bajo una hoja de lechuga, supuso que sabría cuál sería la actitud de su madre. Le diría que debía contarle toda la verdad a Alessandro, que éste se merecía saber la verdad, así como Vivi. Pensó que antes o después alguien en el trabajo mencionaría delante de él que ella tenía una hija y, cuando descubriera su edad, no tenía que ser un genio para suponer la verdad.

No reconocer que Vivi era su hija privaría a ésta innecesariamente de un padre pero, por otra parte, el trastorno que sufrirían sus vidas si Alessandro quería ejercer sus derechos de progenitor le daba miedo. Quizá Vivi estaba mejor sin él.

Tras acostar a la niña y leerle un cuento, se preguntó qué habría pasado con la esposa de Alessandro. Tal vez éste le era infiel constantemente…

Pero, fuera lo que fuera, lo que estaba claro era que la química que había habido entre ambos hacía seis años seguía muy presente. Cuando la había tocado en la accidental colisión que habían tenido, se había sentido muy alterada, casi excitada…

Cerró los ojos y pensó que era obvio que tras seis años de no haber estado con un hombre, era normal que Alessandro hubiera tenido cierto impacto en ella.

Cuando casi había terminado de limpiar la cocina, el teléfono sonó. Supuso que sería su madre.

–Hola, cariño. Sube.

Hubo un momento de silencio al otro lado del hilo telefónico.

–¿Le dices eso a todo el mundo que telefonea?

Lara se quedó paralizada al reconocer la voz del padre de su hija.

–Soy Alessandro –continuó él al no obtener respuesta.

–Ya lo sé –logró contestar ella, forzándose a mantener el control.

–Tenemos que hablar.

–No sé de qué –dijo Lara con frialdad–. Pero está bien. Dime.

–Debemos hacerlo cara a cara.

–Es imposible –respondió ella, emocionada–. Esta noche no puedo.

–Pero estás en casa –comentó él.

–Bueno, sí. Pero no puedo salir fuera. Tengo… obligaciones.

–Entonces iré a verte.

–¡No! No puedes venir aquí –protestó Lara, alarmada–. De todas maneras, después de haberte visto hoy, de las cosas que has dicho… no podemos tener nada que decirnos el uno al otro. Somos extraños, ¿recuerdas?

–Pero tú no lo aceptas. Estoy seguro de que eso fue lo que dijiste –dijo Alessandro–. Sabes que hay cosas de las que tenemos que hablar.

–Cosas. Oh, ¿te refieres a cosas del trabajo?

–¿Qué otra cosa si no?

Ella tenía el corazón revolucionado. Pensó que de ninguna manera eran temas laborales los que él quería discutir. Lo que quería era verla…

Lo cierto era que la fascinante conexión que había habido entre ambos todavía existía. La emoción. Y ella quería verlo. Estaba deseándolo. Si pudiera quedar con él en algún sitio…

–Estaré en tu calle en un par de minutos –dijo entonces Alessandro.

–¿Qué? –gritó ella. Pero era demasiado tarde. Él ya había colgado.

De inmediato, telefoneó a Greta, pero su madre no debía haber regresado todavía. Entonces se dio cuenta de que llevaba puestos unos pantalones de chándal y una desgastada camiseta. Se apresuró a ir a su dormitorio para ponerse unos pantalones vaqueros y una bonita camiseta. A continuación se peinó y se pintó los labios.

Se dirigió a la ventana y gritó cuando vio un coche oscuro acercándose a su casa. Agitada, se echó para atrás y pensó que lo mejor sería que hablara con Alessandro en el porche. Incluso podría invitarle a entrar en la casa de Greta como si fuera suya.

A no ser…

A no ser que Vivi hubiera dejado allí algún juguete. Y también estaban las fotos.

Pero si entraba en su casa y veía a Vivi, no tendría tiempo para preparar a la pequeña ni para contarle a él tranquilamente lo que había ocurrido.

Nerviosa, comenzó a dar vueltas por la vivienda,

deteniéndose en varias ocasiones en la puerta de la habitación de Vivi para comprobar cómo estaba.

Cuando el timbre de la puerta de la casa de Greta sonó, se planteó si apresurarse a contestar o defender a su cachorra como una tigresa enloquecida… y entró en el dormitorio de la niña para arroparla con las sábanas.

Capítulo Seis

Alessandro miró la vivienda del número treinta y siete de la calle con mucha curiosidad. Parecía tener dos plantas con balcones en ambas. Era una zona agradable.

Había luz en una de las ventanas de la planta de arriba y le pareció ver pasar una figura por detrás de las vaporosas cortinas. Pensó que sería Lara y se le aceleró el pulso.

Justo cuando estaba a punto de salir del coche de alquiler, un taxi se detuvo delante de la casa. Una mujer se bajó de éste. Era una fémina de mediana edad que llevaba consigo una especie de funda, como de un instrumento musical. Se agachó para hablar con el taxista, tras lo que entró en el número treinta y siete de la calle.

Él esperó un momento. Entonces se bajó del coche y se acercó a la casa de Lara. Llamó al timbre y a los pocos segundos la mujer que había visto bajarse del taxi abrió la puerta. Vista de cerca se parecía mucho a Lara, aunque su rostro reflejaba mucho más el paso del tiempo. Lo miró de arriba abajo con unos alegres ojos azules.

Sin duda era la madre de Lara.

Embargado por una sensación de triunfo, pensó

que todavía no había visto a ningún hombre por allí.

–Soy Alessandro Vincenti –informó a la mujer–. ¿Vive aquí Lara Meadows?

Durante un segundo la cara de la mujer reflejó una gran impresión, tras lo que sus ojos reflejaron un intenso brillo.

–Ah, sí. Es aquí, desde luego. Si espera un momento voy a buscarla –contestó, girándose. Pero tras andar unos pasos se detuvo y exclamó–. ¡Oh, aquí está! Lara, ha venido alguien a verte. Ales… ¿Perdóneme? ¿Dijo que se llamaba Alessandro Vincenti?

Desde lo alto de las escaleras, Lara escuchó la voz de su madre en conversación con Alessandro y sintió que se le revolvía el estómago.

Milagrosamente logró bajar hasta la planta principal sin tropezarse.

Estaba increíblemente guapo. Parecía más alto que nunca. Cuando la vio aparecer la miró a los ojos y ella sintió cómo la adrenalina se apoderada de su cuerpo y cómo se le debilitaban las rodillas.

Alessandro se había cambiado de ropa y llevaba puestos unos modernos pantalones y chaqueta, combinados con un polo negro que lograba resaltar el color aceitunado de su piel.

–Hola –saludó, completamente alterada. No miró a su madre por miedo a ruborizarse, pero aun así sintió cómo un intenso acaloramiento se apoderaba de su cuello y orejas.

–Bueno, este… Alessandro, ¿cómo estás? –balbuceó.

–Bien. ¿Y tú?

–Bien, bien. ¿Has tenido problemas en encontrar la casa?

–No. Tengo el… ¿cómo lo llamáis aquí? GPS.

Ella observó cómo miraba a su madre y se apresuró a presentarlos.

–Ésta es mi madre –dijo antes de girarse hacia Greta para explicarle… como si pudiera tener alguna explicación que el jefazo de la empresa se presentara en su casa en su primera noche en la ciudad–. Alessandro ha venido para dirigir Stiletto. Quiere… quiere preguntarme ciertas cosas sobre la empresa.

Ante lo inverosímil que era aquello no pudo evitar ruborizarse. Impactada, vio cómo él le tomaba la mano a su madre.

–Me alegra conocerla, *signora* Meadows.

Aunque Greta respondió de manera comedida, Lara se dio cuenta de que estaba absolutamente embelesada. Y de que no se creía nada de aquello.

–Oh, Dios mío, mamá… –se apresuró a decir antes de que ésta invitara a Alessandro a cenar– me acabo de acordar. ¿Te importaría subir para comprobar que haya apagado la plancha?

Greta pareció asustada.

–Sólo quiero que compruebes que todo está bien en la planta de arriba, por favor. Si no te importa –insistió Lara.

En ese momento los ojos de su madre reflejaron comprensión.

–Claro, cariño. Desde luego. No queremos que

se incendie nada. Hace mucho frío… haz pasar a Alessandro.

Lara esperó a que su madre se alejara. Entonces le habló al padre de su hija en voz baja.

—Te dije que no vinieras, pero ya que estás aquí, ¿qué quieres?

Él la miró de arriba abajo.

—Tranquila, *bambina*. Dejemos de fingir que no nos alegra vernos. ¿Has cenado ya?

—Estás muy equivocado. ¿Por qué me alegraría ver a alguien que frío y arrogante…?

Ella dejó de hablar ya que no era capaz de decir la palabra.

Alessandro sonrió y su cara reflejó una gran calidez.

—Bastardo es la palabra que estás buscando. Por la misma razón tal vez yo quiera ver a alguien que es una pequeña mentirosa.

Lara no supo a qué se refería él. Se preguntó si tal vez había oído algo sobre Vivi.

—Bueno… ya… ya hemos cenado.

—¿Tan pronto? –preguntó Alessandro, sorprendido.

Ella se sintió un poco avergonzada de tener que ser tan hostil, pero no podía hacer otra cosa.

Al no obtener respuesta, Alessandro inclinó la cabeza hacia el extremo opuesto de la calle.

—He visto un restaurante por aquí cerca –dijo–. Venga, vamos a tomar una copa de vino.

Lara pensó que tras la manera en la que la había tratado en el trabajo, él tenía mucho valor. Pero fue consciente de que el momento de la revelación había llegado y de que no podía evitarlo.

Por lo menos Alessandro había decidido abandonar su hostilidad. Para la conversación que suponía que mantendrían, debía existir una atmósfera tranquila. Cordial. Racional.

Tal y como era ella y como volvería a ser en cuanto su corazón se tranquilizara y la alocada excitación que estaba recorriéndole las venas dejara de hacerlo. Sabía que era una debilidad por su parte el disfrutar del hecho de que la vieran en público con un hombre tan increíblemente atractivo... pero no podía evitarlo.

Tomó su chaqueta del perchero y se la puso mientras él la esperaba fuera mirando el vecindario. Cuando cerró la puerta de la vivienda tras de sí, Alessandro le dirigió una tentadora mirada que la alteró por completo. Entonces ambos comenzaron a andar y ella intentó que no fuera muy evidente lo mucho que estaba saboreando el paseo. En numerosas ocasiones había soñado con aquello, había fantaseado que su amante volvía para buscarlas a su hija y a ella.

Seis años atrás él le había explicado que era un auténtico veneciano al que le encantaba pasear por las ciudades. Al recordar aquella época, se sintió muy emocionada. Accidentalmente Alessandro le rozó el hombro, el brazo y la cadera y, al hacerlo, ella sintió una descarga eléctrica que le recorría el cuerpo. Entonces puso cierta distancia entre ambos y miró al cielo, consciente de que en realidad estaba deseando volver a disfrutar de aquellos deliciosos roces.

El problema era que había vivido como una monja durante mucho tiempo y ello había debilitado sus defensas ante los altos y bellos italianos de ojos brillantes. Pero necesitaba mantener la calma. Lo que dijera aquella noche era de vital importancia.

–Me sorprende que todavía sigas viviendo con tus padres. Pensé… ¿no está Bindinong en las Montañas Azules? –preguntó él en un momento dado, mirándola a los ojos.

–Tras la muerte de mi padre, mi madre y yo nos mudamos a Sídney.

Alessandro se detuvo en medio de la acera.

–Has perdido a tu padre. Lo siento mucho. ¿Estaba enfermo? ¿O…?

–No, no. Murió en un incendio en el monte. Fue durante aquel verano tan caluroso –explicó Lara, apartando la mirada. No podía contarle la verdad, no de aquella manera. Respiró profundamente antes de continuar hablando–. La casa de mis padres se quemó por completo. Perdimos… casi todo. Tras aquello, mi madre quería empezar de nuevo en otro lugar.

–*Per carità* –comentó él, que parecía realmente impresionado–. Es una tragedia terrible –añadió, acariciándole una mejilla.

Fue una caricia leve, pero delicada. Como siempre le ocurría a ella cuando se mencionaba el incendio y alguien le mostraba simpatía, sintió un nudo en la garganta. Bajó la mirada y se apresuró a apartarse. Sintió un intenso deseo de contarle la verdad, de explicarle que la tragedia que había vivido su familia había interferido en sus planes de estar con él. Pero al recordar lo frío y burlón que había sido aquella misma mañana lo pensó mejor.

—Siento mucho lo de tu padre, Larissa —dijo entonces Alessandro, agarrándola por los brazos.

Ella sintió cómo todos sus sentidos se alteraban y una enorme tentación de acurrucarse contra él. La sincera preocupación que reflejaban los oscuros ojos de Alessandro le hizo parecer de nuevo el cariñoso hombre del que se había enamorado.

Recordó que él podía hacer aquello muy bien, podía hacer creer a una mujer que le importaba, podía utilizar unos modales exquisitos… Pero entonces se dio cuenta de que los ojos de Alessandro reflejaban algo más, un abrasador brillo que no tenía nada que ver con la conversación. Supo que, si lo miraba a la boca, terminarían besándose…

—Fue… una tragedia —reconoció, tensa debido al esfuerzo por controlar su mirada—. Pero mi madre y yo lo superamos. Nos teníamos la una a la otra. Teníamos… cosas buenas por las que vivir —añadió con voz quebrada, controlando a tiempo lo que iba a decir.

Él comenzó a andar de nuevo en silencio durante unos segundos, tras lo que le dirigió una discreta mirada cargada de sensualidad. Lara sintió cómo le daba un vuelco el estómago y supo que Alessandro se había dado cuenta de lo tensa que estaba.

Cuando por fin llegaron al centro comercial del barrio, se dirigieron a un restaurante que tenía una zona acondicionada como bar en uno de sus extremos. Había un par de mesas en unos íntimos recovecos y Alessandro la guió hacia una de ellas. Una vez que ambos se hubieron sentado, él tomó la carta de vinos y se acercó a Lara para que pudiera mirarla al mismo tiempo. Ella analizó la carta consciente del calor que desprendía el cuerpo de él y de que sus brazos estaban rozándose.

El encargado de la barra también estaba ocupándose de atender las mesas aquella noche, así que tuvieron mucho tiempo para decidir.

Finalmente el camarero se acercó a la mesa y Alessandro ordenó un Merlot, tras lo que se echó para atrás en su banqueta y le dirigió a Lara ocasionales miradas a la cara y las manos. Ella se sintió más consciente que nunca de su cuerpo y se preguntó si le ocurriría lo mismo a todo el mundo que se encontraba con un examante. No sabía si el acaloramiento que se había apoderado de su cuerpo continuaría aumentando hasta provocar que ardiera por dentro.

Cuando les sirvieron el vino, él brindó con su copa.

–*Salute.*

Lara se permitió mirarlo a los ojos y vio que éstos reflejaban un intenso y profundo brillo. Su sensual boca le recordó entonces placeres pasados y tuvo que bajar la mirada. Era muy importante que no se dejara seducir de nuevo.

Pensó en Vivi y en la reacción que tendría Alessandro cuando le informara de la existencia de la pequeña.

–Háblame de tu vida –pidió entonces él–. ¿Hay algún hombre en ella?

Aunque aquella pregunta había parecido muy inocente, Lara se dio cuenta de que él esperó la respuesta con cierta tensión. Le tentó la idea de mentirle, pero sería muy triste. Había sido decisión suya el llevar una vida de celibato.

–Ahora mismo no.

–¿Por qué no? –insistió Alessandro, impresionado.

Ella dio un trago de vino antes de contestar.

–¿Existe siguiera una respuesta a esa pregunta? –dijo, bajando la mirada. A los pocos segundos la levantó y lo miró directamente a los ojos–. ¿Y tú? ¿Hay alguna mujer en tu vida?

–No hay ninguna en particular –respondió él.

–Pero… había una mujer en tu vida. Tu esposa.

–Durante muy poco tiempo. Fue… un error. Nos casamos por razones equivocadas –confesó Alessandro con una adusta expresión reflejada en la cara.

–Debías conocerla cuando estuviste aquí la vez anterior –comentó Lara–. Cuando estuviste conmigo.

–La conozco desde que éramos niños.

Ella sintió cierta impotencia al darse cuenta de que no podía competir con una relación como aquélla.

–¿Le hablaste… de mí? –quiso saber.

–Le conté todo –contestó él, mirándola a los ojos.

–¿Y aun así ella quiso seguir adelante con la boda?

Alessandro bajó la mirada y guardó silencio.

–¿La amabas? –no pudo evitar preguntar Lara.

–Conteste lo que conteste lo utilizarás en mi contra, de una manera u otra.

–Entonces sí que la amabas –dijo ella, sonriendo, aunque en realidad aquello le había partido el corazón.

–¿A ti eso qué te importa?

–No me importa –espetó Lara con voz temblorosa mientras dejaba la copa en la mesa.

Inesperadamente, él se acercó para levantarle la cara con la mano y darle un apasionado beso fugaz. El contacto con la sensual boca de Alessandro fue completamente electrizante. Impresionada, ella no pudo evitar que sus labios respondieran con ansia ante aquella deliciosa fricción. Al abrazarla él con una mano por las costillas, sintió que un intenso cosquilleo se apoderaba de su boca y un abrumador deseo de sus pezones.

Debía haberse resistido, pero Alessandro introdujo entonces la lengua en su boca con el inteligente arte de hacía años y se derritió por completo.

Mientras el masculino sabor y aroma de él embriagaba sus sentidos, un intenso acaloramiento se apoderó de sus pechos y sintió que se le endurecían los pezones. Todas sus zonas erógenas despertaron vibrantemente a la vida.

Justo cuando estaba a punto de sentarse en su regazo y abrazarse a su cuerpo, se oyó un ruido en el restaurante que pareció hacer consciente a Alessandro de dónde se encontraban. Éste la soltó y ambos volvieron a guardar la compostura.

Ella miró a su alrededor y comprobó aliviada que nadie tenía la atención puesta en ellos. Aturdida, excitada, posó los ojos de manera recriminatoria en su acompañante.

Con el corazón revolucionado se dio cuenta de que estaba ocurriendo de nuevo. El hombre más atractivo del planeta estaba logrando hipnotizarla de nuevo.

Parecía que la historia estaba repitiéndose. Una conversación, un agradable paseo, aquellas primeras ligeras caricias, el primer dulce beso… beso al que habían seguido otros más apasionados acompañados de hambrientas caricias…

La habitación de hotel… Oh, Dios, la habitación de hotel…

Y entonces había llegado la obsesión…

Pero aquella velada él había omitido algunos pasos para directamente ser apasionado y sexy. La diferencia era que ella tenía a alguien más en quien pensar y realmente debía resistirse.

No comprendió cómo se había permitido sucumbir tan fácilmente ante aquel primer movimiento de él. Debía ser fuerte. Fría. Tenía que mantener el control.

—Alessandro, ¿qué estás haciendo? ¿Crees que simplemente puedes retomar las cosas donde las dejaste? Ahora tengo una vida diferente, soy una persona diferente. Tú vas a estar aquí sólo durante un par de días y hay algo que necesito…

Él la tomó de las manos con un intenso brillo reflejado en los ojos.

–Tienes el mismo sabor…

Lara se sintió realmente tentada por la sensualidad que desprendía Alessandro, pero sabía que debía ser fuerte. Tenía que pensar en Vivi.

–Olvídate de mi… sabor –espetó–. Hay algo importante de lo que debo hablarte –añadió, mirando su reloj–. Y no puedo llegar tarde a casa. Mi madre trabaja.

–¿Trabaja? ¿A estas horas?

–Es matrona. Esta semana su turno empieza a las once.

A pesar de la ansiedad que se había apoderado de ella, una extraña tranquilidad la embargó… consecuencia de la descarga de adrenalina que le recorrió el cuerpo.

–Tengo una hija –dijo por fin.

Él se puso muy tenso y un incómodo silencio se apoderó de la situación.

–¿De verdad? ¿Tienes una hija? –contestó con la interrogación reflejada en la mirada–. Me sorprende que no lo mencionaras antes.

–Lo sé –respondió Lara, nerviosa–. Lo habría hecho pero, como te he dicho, me resultó imposible contactar contigo.

Alessandro pareció ponerse aún más tenso. Entonces parpadeó.

–¿Ponerte en contacto conmigo? –dijo mientras la comprensión se apoderaba de sus ojos–. Dios mío–. ¿Cuántos… años tiene tu hija?

–Cinco.

–¿Estás intentando decirme que es… mía?

–Sí, Alessandro. Es tu hija.

Él sintió una extraña sensación en su pecho. Miró a Lara a los ojos en busca de alguna señal de que estuviera mintiendo, pero sólo vio sinceridad reflejada en éstos.

–Pero… me lo habrías dicho, seguro que me lo habrías dicho –comentó con cautela.

–Lo habría hecho si hubiera podido –aseguró ella, posando la mirada en los dedos de Alessandro, que la soltó de inmediato–. Cuando telefoneé a Harvard, ya no estabas allí.

–Pero sabías que trabajaba para Scala Enterprises. Podrías haber telefoneado a la dirección de la empresa o haber enviado una carta.

–Envié una carta a la oficina de Milán, donde habías trabajado antes. Donde habías dicho que habías trabajado. Para serte sincera, no sabía si alguna de las cosas que habías dicho era cierta. Debes comprender que cuando leí la noticia de tu boda… no sabía si tu esposa recibiría la noticia de buena gana. Ni tú.

Lara bebió un poco de vino con la esperanza de calmarse.

–Ahora que ya lo sabes, ¿qué pretendes hacer? ¿Ejercer de padre?

Él pareció realmente impresionado.

–¿Ejercer de padre? –dijo, negando con la cabeza–. ¿Cómo podría? Mi hogar está en Europa. Viajo. Constantemente. No soy… no soy la clase de hombre que… –añadió con los ojos brillantes–. Hay que analizar con calma la situación. Necesitarás dinero, eso es fácil… no hay problema, pero… sobre ejercer de padre. ¿Qué esperas? ¿Qué quieres de mí?

–Nada –confesó ella con gran sinceridad, aunque, en realidad, estaba atemorizada.

Alessandro se quedó profundamente impresionado ante aquella respuesta.

–Lo siento –se apresuró Lara a disculparse–. Eso ha sido un poco brusco. Sólo quiero que comprendas que no tiene que suponer el fin de tu vida actual. No estoy pidiéndote nada. Probablemente las cosas sean distintas aquí a como son en Italia. No se espera que la gente se case si no quiere, así que puedes relajarte. No tienes que llevarme al altar.

Él tomó aire como si fuera a hablar a continuación, pero ella levantó una mano para detenerlo.

–Por si te lo estás planteando, no tienes ninguna oportunidad –continuó–. De todas maneras, ya es demasiado tarde. Nos gustan… las cosas como están. Mi madre, Vivi y yo.

Alessandro se quedó sentado en silencio mientras esbozaba una mueca. Pero repentinamente se bebió lo último que le quedaba de vino y se levantó.

–Marchémonos de aquí.

Capítulo Siete

Una vez fuera del restaurante, mientras caminaba junto a Lara, Alessandro respiró profundamente el frío aire de la noche. Tenían que tratar asuntos muy importantes y no lo haría con éxito si continuaba tan alterado. Ella le había dejado claro que no lo quería en su vida y no comprendía por qué le molestaba tanto.

Obviamente, desde un punto de vista racional, para la pequeña sería mejor no tener contacto con él antes que verlo de vez en cuando y crear una relación que nunca podría llegar a más. En ese aspecto las cosas estaban mejor como habían estado hasta aquel momento.

Tal vez la niña estaba mejor de aquella manera. ¿Qué podría ofrecerle él a una pequeña?

Miró la delgada silueta de Lara y le pareció increíble que hubiera estado embarazada, que él la hubiera dejado embarazada. Intentó imaginársela con una tripa muy grande y se le aceleró el pulso. Durante un loco momento deseó haber podido verla en estado…

Hacía sólo unos minutos había estado deseando llevarla a su hotel para poseerla con pasión, pero en aquel momento ese tipo de deseo era lo último que debía ocupar su mente. Lara era madre, mientras que él... él era padre.

Pensó que jamás podría ser un buen padre dada la experiencia que tenía al respecto. Numerosas imágenes del infierno que había sido su niñez se apoderaron de su mente. Pero con una gran fuerza de voluntad se apresuró a dejar de pensar en aquello.

De una cosa estaba seguro; el destino había establecido que algunos hombres no debían estar al cuidado de niños pequeños. Muchos estudios aseguraban que la gente se comportaba como padres al igual que sus padres lo habían hecho con ellos.

Aunque... tal vez no siempre fuera ése el caso. ¿Quién aseguraba que él seguiría la conducta de su padrastro cuando su afán en la vida había sido ser completamente diferente a aquel débil y violento hombre? ¿Sentiría en alguna ocasión ganas de pagar su furia con una mujer y una niña? No podía imaginarse en una situación parecida. En alguna ocasión se había sentido muy enfadado, incluso enfurecido, pero jamás había experimentado la necesidad de pagarlo con otras personas. Se aferró a lo que le había asegurado su madre; que había salido a su padre, a aquella alta y delicada figura que no era más que una sombra en su memoria.

Pero qué ocurriría si estaba equivocado y había absorbido en su alma todo el veneno de su padrastro.

—Alessandro —dijo entonces Lara, tirándole de la manga—. Ve un poco más despacio. Tengo que ir corriendo para mantener tu ritmo.

–Lo siento. Estoy… tenemos mucho en qué pensar –respondió él, aminorando el ritmo.

–Lo sé. Mira… siento haber tenido tan poco tacto al decírtelo. Sé que debe haberte causado una gran impresión.

–Así es –concedió Alessandro.

–Querrás realizar una prueba de ADN –comentó ella–. Estoy dispuesta a hacerla, aunque no tendrías ninguna duda si vieras…

Él se detuvo en seco y levantó una mano.

–Por favor. Si no voy a involucrarme en esta situación, es mejor que no me des detalles sobre ella.

Tras decir aquello se ruborizó, consciente de lo frío e incluso inhumano que había parecido. Se dio cuenta de lo impresionada que se había quedado Lara, pero era mejor para todos que no tuviera ningún tipo de relación con la niña.

–Investigaré acerca del procedimiento para realizar la prueba de ADN y realizaré mi parte por separado –continuó–. Estoy seguro de que podemos coordinar el proceso.

–Está bien. De acuerdo –respondió ella–. Por favor, Sandro, no estés tan enfadado.

Al oír a Lara, Alessandro sintió cómo todo su resentimiento afloraba de nuevo. Se giró hacia ella y levantó las manos.

–¿Qué esperas, Lara? Has mantenido una niña… mi… mi… oculta durante cinco años. Estoy… impactado. Es una impresión muy grande.

–Bueno, creo que sé algo sobre eso –comentó ella con voz temblorosa.

Él la agarró de los brazos y la forzó a mirarlo.

–Las cosas no tuvieron que ser así, tesoro. Habrías podido tener mi apoyo. Si hubieras querido… si lo hubieras intentado de verdad habrías podido ponerte en contacto conmigo.

–Lo intenté de verdad. ¿Crees que quería estar sola? –contestó Lara, esbozando una mueca.

Alessandro se giró. No quería imaginarse las dificultades por las debía haber pasado ella.

–Está bien, lo siento –se disculpó con gran aspereza reflejada en la voz. Comenzó a andar de nuevo mientras un violento caos se apoderaba de su corazón. Era una mezcla de culpabilidad y remordimiento por lo que había hecho, junto con una cierta sensación de ternura.

Si miraba a Lara a los ojos durante un segundo no sería capaz de evitar tocarla, abrazarla, y ello sólo conduciría a un camino que ya estaba prohibido para toda la eternidad.

Un hombre honorable no seducía a una mujer, la dejaba embarazada, y volvía a seducirla a la siguiente oportunidad que tenía. Sobre todo cuando ella lo había rechazado por segunda vez.

Se dio cuenta de que habían girado por una calle por la que no habían caminado al dirigirse al restaurante. Estaba desesperado por tomar la mano de Lara, por sentir su delgada palma sobre la suya. Pero se controló. No podía permitirse mostrar ningún tipo de afecto. Ella le había dejado las cosas claras; no lo quería en su vida.

Cuando pasaron por lo que parecía un colegio,

Lara se detuvo repentinamente para mirar algo en el patio. Al casi chocar con ella, él percibió el embriagador aroma de su cabello…

–Oh, mira –dijo Lara–. ¿Ves eso? Se han olvidado de cubrir el cajón de arena.

–¿Qué? –espetó Alessandro.

Su rudeza probablemente se debía a la incómoda sensación de lo que aquel lugar representaba. Seguramente seis años atrás ella tampoco le habría prestado la menor atención a un sitio tan mundano como el patio de un colegio. Pero suponía que las mamás se preocupaban por ese tipo de cosas.

Para intentar remediar lo grosero que había sido, miró con interés el lugar. Pero entonces se dio cuenta de que Lara estaba subiendo por la verja del colegio; en un segundo estaba dentro del patio del centro escolar.

A regañadientes, la siguió y tuvo que admitir que ella parecía tan ágil como hacía seis años. Su bonito trasero no había perdido la perfecta firmeza que lo caracterizaba.

–Aquí –dijo Lara–. Mira.

Tras dar un par de pasos él la alcanzó y miró desconcertado el largo agujero rectangular que había en el suelo cubierto de arena.

–¿Y?

–Debería estar cubierto. Supongo que el conserje se habrá olvidado –respondió ella, mirando a su alrededor–. Creo que sé dónde guardan la lona. Voy a ver si está allí –añadió, dirigiéndose hacia las edificaciones del colegio.

Maldiciendo, Alessandro volvió a seguirla mientras deseaba que todo hubiera sido distinto. Como había sido hacía seis años. Sin complicaciones. Deseó que simplemente pudieran volver a ser amantes.

–Es por aquí –gritó Lara–. ¿Te importa echarme una mano?

Él se planteó que tal vez había sido un error haberla besado en el restaurante, ya que al recordar el contacto de sus labios sintió una gran tentación. Y, fuera lo que fuera lo que dijera ella, no podía negar su respuesta ante aquel beso. Lo había deseado.

–Oh, mira, aquí está –dijo Lara al encontrar por fin la lona. Al girarse para mirar a Alessandro, sus ojos reflejaron una gran emoción.

Con el pulso acelerado, él pudo ver bajo la leve luz que había en la instalación en la que habían entrado una lona pegada a una estructura de madera.

Ella se dirigió a agarrar uno de los extremos de la madera, pero lo soltó de inmediato mientras emitía un pequeño gritito. Entonces se llevó un dedo a la boca, dedo que estaba sangrando.

–Déjame a mí –intervino Alessandro, acercándose para tomar la lona. Al hacerlo no pudo evitar rozar el cuerpo de Lara con el suyo. Sintió una corriente eléctrica.

–Ten cuidado con las astillas –advirtió ella sin poder ocultar la sensualidad que reflejó su voz.

Él llevó entonces la lona hasta el cajón de arena del patio del colegio.

–Tienes una gran conciencia social –observó–. ¿Habría importado tanto haber dejado la arena sin cubrir?

Lara se posicionó en el otro extremo del cajón y ayudó a colocar la lona correctamente.

—Mantiene a los gatos alejados —explicó una vez que hubieron terminado—. Vivi juega aquí con sus amigas.

Al oír el nombre de su hija, Alessandro sintió que el corazón le daba un vuelco. Aun así mantuvo una impasible expresión reflejada en la cara.

Ambos se quedaron mirando el uno al otro y una intensa lujuria se apoderó de él, que no pudo evitar acercarse a ella.

Lara no se movió de donde estaba. Alessandro se dio cuenta de que todavía era increíblemente guapa.

—Lara —dijo—. Larissa…

A continuación la abrazó y la apoyó contra el tronco de uno de los pinos del patio. Entonces la besó apasionadamente. Ella no se resistió, sino que le devolvió el beso ardientemente con sus dulces labios. Incluso lo abrazó por el cuello y se apoyó contra él.

Ardientemente, Alessandro comenzó a besarle la cara y el cuello, tras lo que volvió a besarle la boca hasta sentirse completamente borracho de pasión y embriagado por el sabor y aroma de Lara. No había nadie alrededor que pudiera inhibirle, por lo que acarició por todo el cuerpo a la madre de su hija. Dejó de besarla para desabrocharle la camisa y oyó cómo ella emitía un pequeño gritito cuando también le desabrochó el sujetador, que tenía el enganche en la parte frontal. Al ver sus pálidos pechos, sintió cómo se le hacía la boca agua por saborearlos.

No pudo evitar acariciarlos. Los endurecidos pezones de Lara parecían estar suplicando que los besara y él se los llevó a la boca uno tras otro y disfrutó enormemente de su excitante sabor mientras ella gemía de placer.

Sintió su miembro viril tan erecto que pensó que la posibilidad de penetrar el delicioso y húmedo centro de la feminidad de Lara parecía estar convirtiéndose en realidad. Ansioso por verla desnuda, introdujo una mano por la cintura de sus pantalones vaqueros para acariciarle el trasero.

Pero en ese momento las luces de un coche que pasaba por allí asustaron a Lara, que se quedó paralizada. Alessandro la cubrió con su cuerpo y sintió lo acelerado que tenía el corazón. Cuando el vehículo se alejó, estaba dispuesto a continuar lo que habían interrumpido, pero sintió lo tensa que ella se había puesto.

—¿Qué estamos haciendo? —preguntó Lara, susurrando—. Esto no puede suceder. No puede ser.

Él se sintió enormemente decepcionado.

—Me deseas, *carissima* —dijo—. No finjas.

—Ahora las cosas no pueden ser como antes, ¿no crees? —espetó ella, apartándose de él y colocándose la ropa—. Tenemos que ser maduros.

—¿Crees que hay algún otro camino para nosotros?

Lara no contestó y ambos se dirigieron en silencio a su casa. La pasión que no se había resuelto entre ellos se respiraba en el ambiente y Alessandro pensó que de una manera u otra darían rienda suelta a sus deseos. Tenían que hacerlo.

Cuando llegaron a la puerta de la vivienda, ella se detuvo y se mordió el labio inferior.

–Lo que ha ocurrido no tenía que haber pasado –comentó con emoción–. Vas a estar en Sídney sólo durante unos días. No puedo simplemente ser... tu... mujer de conveniencia.

–Bueno, muchas cosas pueden pasar en unos pocos días, tesoro –respondió él.

Lara lo miró con la sospecha reflejada en los ojos y Alessandro sintió una embriagadora necesidad de saborear su boca de nuevo. Pero se resistió. Prefirió dejarla insatisfecha.

Se sintió aliviado al no invitarlo ella a entrar, ya que necesitaba pensar.

Capítulo Ocho

Alessandro tardó mucho tiempo en dormirse, pero cuando por fin lo hizo soñó que era verano, uno de aquellos estupendos veranos australianos… como durante el que había volado de nuevo a Sídney para cumplir su parte de la promesa con el anillo de compromiso de su bisabuela en el bolsillo. En su sueño aparecía Lara… con un bebé en brazos. Él hizo un considerable esfuerzo por verle la cara a la nena, pero cada vez que lo intentaba el bebé giraba la cabeza.

Se despertó al amanecer, sobresaltado y con el corazón acelerado, sudoroso y confuso. Una intensa sensación de pérdida lo angustió durante horas.

Mientras se afeitaba fue consciente de que, aunque había pretendido mantener la situación bajo control, al haber oído el nombre de su hija algo se había alterado en su interior. No podía dejar de imaginarse a una niña pequeña jugando en el cajón de arena del patio del colegio.

Más tarde, una vez que se hubo duchado y afeitado, con el *Sydney Morning Herald* en la mano mientras se tomaba su café, pensó que los hombres habían tratado con situaciones como aquélla desde el comienzo de los tiempos. Si se hubieran encontrado en Italia no habría duda de que debería casarse con Lara. La familia de ella lo habría exigido, así como la suya propia.

¿Qué diría su madre si se enterara?

Se planteó que tenía dos opciones; forzar a Lara a casarse con él o brindarle suficiente apoyo económico para que pudiera criar a su hija sin problemas.

Pensó que seguramente una mujer como ella finalmente se casaría con algún hombre. Lo sorprendente era que ningún tipo lo hubiera conseguido hasta aquel momento. Pero pronto alguno se convertiría en su esposo y estaría dispuesto a hacerse cargo de su pequeña. Con sólo pensarlo se puso enfermo...

Lara pensó que haber dormido unas cuantas horas debía haberle ayudado a calmar la pasión que se había apoderado de sus sentidos, pero mientras miraba la cara de Alessandro en la sala de reuniones de la editorial fue consciente de que se sentía tan acalorada como la noche anterior.

En realidad no se habían dado más que unos cuantos besos... ¡pero vaya besos!

Le angustiaba la idea de no haber insistido suficiente en que Alessandro adoptara un papel activo en la vida de Vivi y no sabía si se arrepentiría de ello. O si lo haría su pequeña.

Al mirar a su alrededor se dio cuenta de que sus compañeros no estaban mirando los documentos que tenían delante y sobre los que versaba aquella reunión, sino que todos tenían la atención puesta en la cara de Alessandro y no hubiera exagerado mucho si hubiera asegurado que a las mujeres casi estaba cayéndoseles la baba.

La atmósfera entre jefe y personal había dado un giro de ciento ochenta grados. Pero Donatuila, aunque cuando intervenía lo hacía de manera amistosa, estaba sentada a su escritorio con un lápiz entre las manos mientras observaba las caras de los asistentes.

Alessandro estaba completamente centrado en ganarse la confianza de los empleados, pero en más de una ocasión levantó la mirada de los documentos que tenía delante y la posó en Lara, que estaba muy alterada desde lo que había ocurrido la noche anterior en el patio del colegio. No hacía más que pensar en él y en lo mucho que lo deseaba. Intentó tranquilizarse al decirse a sí misma que lo que le ocurría era normal; había pasado mucho tiempo sin un hombre a su lado y Alessandro era absolutamente arrebatador. Aunque si lo pensaba fríamente sabía que no debía involucrarse con él de nuevo. Sería una locura.

La noche anterior, tras llegar a casa y observar la inocente cara de su hija mientras ésta dormía, repentinamente le invadió un profundo miedo al plantearse qué ocurriría si Alessandro decidía que quería tener a Vivi. Si realmente la quería. Se preguntó si se conformaría con verla ocasionalmente o si esperaría que una niña pequeña tuviera que viajar en avión durante horas para pasar las vacaciones con él alejada de la protección de su madre...

Sintió que el terror la embargaba.

Los Vincenti eran una familia poderosa. Alessandro podría darle a Vivi cosas que ella no podía y le aterrorizaba la idea de que la llevara a juicio para obtener la custodia. No debía arriesgarse.

–Perdóneme, señor Vincenti –dijo Kirsten, echándose hacia delante en su silla–. ¿Cuánto tiempo dijo que iban a estar con nosotros la señorita Capelli y usted?

–Yo estaré aquí hasta que esté completamente convencido de que todo está… como debe estar –respondió él.

Lara sintió que se le aceleraba el pulso. Aquello no era lo que había dicho el día anterior.

Cuando la reunión terminó, se levantó junto con todos sus compañeros. Pero mientras se dirigía hacia la puerta, Alessandro la llamó.

–Lara, ¿podrías quedarte durante unos minutos más? –pidió, mirándola intensamente a los ojos.

Al darse cuenta del apasionado brillo que reflejaban los ojos de él, ella sintió que se le secaba la boca y durante unos segundos recordó los sensuales momentos que habían compartido la velada anterior. Pero al percibir la fría mirada de Donatuila, guardó la compostura.

–Desde luego –contestó con lo que esperó que fuera un profesional tono de voz.

Una vez a solas con Alessandro, sintió que éste la miraba de arriba abajo y un intenso cosquilleo le recorrió el cuerpo.

–Supongo que estarás de acuerdo con que tenemos que hablar como es debido. Anoche… se nos fueron un poco las cosas de las manos –dijo él–. Tal vez deberíamos vernos en un ambiente un poco menos… tentador. ¿Qué te parece si vamos a cenar esta noche?

–Bueno… no debería salir a cenar contigo, no después de lo que ocurrió anoche –respondió ella.

–¿Después…? –repitió Alessandro educadamente–. ¿Después de casi haber hecho el amor conmigo en el patio del colegio?

–¡Oh, yo no…! –exclamó Lara–. Yo no… fuiste tú. Debió ser la impresión del momento.

–Puede ser que fuera por la impresión… o por tus encantos. Y por la pasión. La pasión que siento por ti y la que tú sientes por mí.

–Shh, shh –protestó ella, negando con la cabeza–. Desearía que hablaras en serio. ¿No te das cuenta de lo serio que es todo esto para Vivi y para mí?

–Bueno, ya me conoces, tesoro –comentó él–. Probablemente sólo me preocupe lo serio que es para mí.

–Oh… lo siento –se disculpó Lara, ruborizándose–. De verdad. Sé que tú no… no quería implicar que…

–Desde luego que no querías. Entonces… ¿quedamos para cenar?

–Bueno, está bien. Supongo que a mi madre no le importará, aunque no podré quedarme hasta muy tarde. Podemos quedar en algún sitio. ¿Dónde te hospedas?

–Pasaré a buscarte –dijo Alessandro, que parecía sorprendido.

–No, no, no es necesario. Es mejor que nos veamos en el centro.

–¿Por qué? –quiso saber él–. ¿No quieres que vaya a tu casa?

–Bueno, ya sabes que… que no quieres involucrarte con la situación. Si Vivi te ve…

–Seguro que ha conocido hombres antes.

–Bueno, claro que sí –contestó ella–. Desde luego. Mi tío, esposos de mis amigas… un par de padres del colegio… Pero, Dios mío, esto no sería lo mismo. Eres su padre.

–Pero no tendrías que presentarme como tal, ¿no es así? Podrías decirle que soy un amigo.

–Alessandro, en cuanto oiga tu nombre…

–¿Conoce mi nombre? –preguntó él, impresionado.

–Desde luego. ¿No creerías que iba a ocultarle la identidad de su padre?

Tenso, Alessandro guardó silencio con una impenetrable expresión reflejada en la cara.

–Para Vivi sería todo un *shock* –continuó Lara–. Tendría que prepararla y hablarle de ello. Es sólo una niña pequeña. Muy inocente. Sólo nos conoce a su abuela, a su profesora del colegio, a sus amiguitas, a mis amigas, a los parientes de mis padres y a mí. Sería… un momento muy importante de su vida. No podríamos simplemente decírselo de repente.

Él la miró a la cara con intensidad, tras lo que se encogió de hombros.

–Comprendo. Entonces será mejor que nos veamos en el centro de la ciudad –concedió, sacando un teléfono móvil del bolsillo del pantalón–. Deberíamos intercambiar números.

A su vez, ella sacó entonces su teléfono móvil y ambos anotaron en sus aparatos el número del otro.

–¿Quedamos a las siete en el bar del hotel Seasons?

–Oh, en el Seasons –dijo Lara, sintiendo que le daba un vuelco el corazón–. ¿Estás hospedándote allí?

–¿Dónde si no? –respondió Alessandro con un intenso brillo reflejado en los ojos.

Ella se dirigió hacia la puerta, pero al llegar a ésta se detuvo y se giró.

–Esto… no es una cita, Alessandro.

–¿Ah, no? ¿Entonces qué es?

–Bueno… ya sabes, es… una reunión. Una cena entre dos adultos.

–Dos adultos –repitió él–. ¿Será entre dos adultos que consienten algo entre ambos, cariño?

–No, no lo será –espetó Lara–. Serán dos adultos que tienen una situación que resolver.

Al cerrarse la puerta, la sonrisa que Alessandro tenía reflejada en la cara se borró. Tanto si Lara quería como si no, estaba atado a ella. Y a la hija de ambos.

Se preguntó a quién se parecería la niña. Probablemente habría salido a su madre. Sería una pena no poder verle la cara a la niña. A su niña…

***

Lara regresó a su escritorio y se sentó en la silla preguntándose qué debía ponerse aquella noche. No quería cautivar a Alessandro ni nada parecido. No tendría sentido ya que él iba a marcharse al otro extremo del mundo en un futuro no muy distante.

Aunque era cierto que si hubiera habido alguna posibilidad de que Alessandro se quedara en Australia, tal vez habría considerado intentarlo de nuevo con él. Era realmente guapo y con sólo mirarlo se le revolucionaba el corazón. Y… era el padre de su hija.

Le pareció curioso que la noche anterior no hubiera querido oír nada de Vivi mientras que aquella mañana… habría jurado que le interesaba su hija.

Capítulo Nueve

Cuando por fin llegaron las cinco de la tarde, Lara se dio cuenta de lo mucho que tenía que hacer en tan poco tiempo; debía correr para lograr tomar el primer tren de regreso a casa, ver a Vivi, pedirle a su madre que cuidara de la pequeña, intentar ponerse guapa y volver al centro de la ciudad.

Deseó que el vestido negro que se había comprado para la cena de empresa fuera suficientemente elegante para salir a cenar con Alessandro. Sabía que la mujer con la que se había casado él tenía un gran estilo y no creía ser capaz de competir con aquello. Y aunque su vestido negro no era de marca, era lo mejor que tenía.

La noche anterior había vuelto a sentir los dulces pero dolorosos sentimientos de hacía seis años. Pero sabía que debía apartar a un lado sus emociones, por Vivi. Fuera lo que fuera lo que ocurriera aquella noche, no podía olvidar la importancia que tendría en la vida de su hija.

Pero más tarde, mientras se miraba en el espejo en ropa interior, no pudo evitar emocionarse. Tenía un aspecto realmente sexy. Se puso el vestido y vio que le quedaba realmente bien. Marcaba sus curvas donde debía y tenía un generoso escote.

Normalmente no se ponía pendientes por miedo a resaltar la cicatriz que tenía por detrás de la oreja y que le llegaba hasta casi el hombro, pero el vestido los exigía. Tras mirar las pocas joyas que tenía, se decidió por unas sencillas perlas. Se dejó el pelo suelto y se puso unos zapatos de tacón.

Se despidió de Vivi en la cocina, donde Greta estaba preparando la cena, e intentó actuar como si aquélla fuera una noche más en la que iba a salir a cenar y no estuviera tan emocionada.

–No te preocupes, mamá –le dijo a Greta–. Me aseguraré de regresar antes de las nueve. Tendrás tiempo de sobra para cumplir tu turno.

–¿Crees que Alessandro cambiará de idea? –preguntó su madre tras permitir que Vivi se agachara a por algo que se había caído.

–No lo sé –respondió Lara–. Anoche no lo hubiera creído. Pero hoy no puedo predecirlo. Y, además, Venecia está muy lejos, mamá. Piénsalo.

Al ponerse su abrigo negro, se dijo a sí misma que debía recordar sobre qué versaba aquella velada. Tenía que mantener el control. Pero el problema era que se había dado cuenta de que durante los anteriores seis años había vivido una existencia incompleta. Le resultaba imposible no tener ganas de ver a Alessandro.

Cuando salió de casa, vio una limusina negra aparcada delante de la vivienda. El conductor del vehículo se bajó de éste para acercarse a ella, que se quedó muy impresionada.

–¿Señorita Meadows? –dijo el hombre.

***

Alessandro salió del ascensor y se dirigió al bar del hotel. Había llegado antes de tiempo ya que quería ver entrar a Lara. El camarero lo miró, pero él negó con la cabeza. No quería beber nada todavía ya que deseaba tener la cabeza despejada.

Miró su reloj y recordó las numerosas ocasiones en las que se habían visto en aquel mismo lugar. Entonces algo captó su atención en la puerta del bar… ella. Llevaba puesto un abrigo negro que comenzó a quitarse y él sintió una extraña sensación en el pecho. Al encontrarse las miradas de ambos, se le aceleró el pulso.

–Hola –la saludó tras levantarse y acercarse para recibirla.

La abrazó y le dio dos besos en las mejillas. Al hacerlo, las fragancias de su piel y cabello lo embriagaron. Al encontrarse las miradas de ambos momentáneamente, vio el abrasador brillo que reflejaban los ojos de Lara y sintió como le ardía la sangre en las venas.

–Ha sido muy amable de tu parte enviar la limusina a buscarme. No sé qué decir. Muchas gracias. Me ha encantado subir a una, pero, sinceramente, no era necesario –comentó ella, sonriendo–. Sólo espero que los vecinos no estuvieran mirando.

Alessandro sonrió a su vez, consciente de lo emocionado que estaba.

–Era lo mínimo que podía hacer, teniendo en

83

cuenta que tu casa está tan lejos. Por lo menos por el momento.

Lara lo miró a la espera de una explicación de aquello último que había dicho, pero él simplemente sonrió y asintió con la cabeza ante la barra del bar.

–¿Te apetece tomar algo antes de cenar?

–Oh… eh… ¿te importa si cenamos directamente? No puedo llegar tarde. Le prometí a mi madre que regresaría a las diez y media. Tiene que trabajar por la noche.

–Es una pena. ¿Prefieres cenar en el hotel o salir a alguno de los restaurantes del centro?

–Creo que será mejor que salgamos a buscar algún restaurante por aquí cerca –respondió ella, que no quería caer en la tentación de la cama de Alessandro, cama que se encontraba unos pisos más arriba…

–Pensaba que sería eso lo que querrías. Reservé una mesa en un restaurante que hay a pocos metros del hotel.

Lara comenzó a abrocharse el abrigo y Alessandro le ayudó a abotonar los dos botones superiores. Cuando al salir del hotel se encontraron con numerosas personas que entraban en éste, aprovechó la oportunidad para abrazarla por la cintura y apoyarla en su cuerpo. Aunque sabía que había muchas capas de ropa de por medio, se sintió muy excitado.

Le indicó al mozo del hotel que les parara un taxi ya que hacía bastante frío y, aunque la distancia era corta, lo que quería era calentar a Lara, no enfriarla…

Capítulo Diez

El restaurante al que acudieron era realmente agradable y los aromas que desprendía la cocina provocaron que a Lara se le hiciera la boca agua.

Recordó lo mucho que a Alessandro le habían gustado los restaurantes de Sídney seis años atrás y lo que ambos habían disfrutado juntos en ellos. Él le había dicho que la comida era algo de suma importancia en la vida y ella se había sentido muy sofisticada comiendo a su lado.

El camarero que los atendió los guió a una pequeña sala donde había una mesa preparada para ellos junto a dos mesas desocupadas y sin platos ni vasos.

Lara se apresuró a mirar a Alessandro, que estaba extremadamente guapo con el elegante traje que llevaba. Se preguntó si el *marchese* había pedido que tuvieran aquella pequeña sala sólo para ellos. Se quitó el abrigo y se lo entregó al camarero. Al sentir que Alessandro la miraba, se giró y pudo ver que estaba devorándola con los ojos. No pudo evitar sentirse deliciosamente consciente de su feminidad. Casi había olvidado la sensación de sentirse deseada por un hombre guapo, así como la sensación de sentirse bella, sexy y fascinante.

No comprendió cómo había podido sobrevivir tanto tiempo sin ello… sin él.

—Esto es muy íntimo —comentó cuando el camarero se marchó tras dejarles las cartas—. Perfecto para mantener una conversación seria, ¿verdad?

—Nosotros tenemos mucho de qué hablar, ¿no es así, tesoro? —respondió Alessandro sin poder evitar mirarle el escote. Entonces tomó la carta de vinos—. ¿Quieres algo para empezar? ¿Tal vez un cóctel?

Lara asintió con la cabeza y la satisfacción se reflejó en la expresión de la boca de él.

—Bien. Algo que te haga entrar en calor. Veamos… te gusta la fresa… ¿te apetece un Strawberry Kiss? No, lleva demasiado hielo. ¿Qué te parece un San Francisco…?

—Creo que simplemente prefiero champán —dijo ella.

—Pues eso pediremos —concedió Alessandro—. Pero debemos tener cuidado —añadió, murmurando—. No quiero que te emborraches, no ahora que eres madre.

—¿No pueden divertirse las mamás? —preguntó Lara, sonriendo.

—Tengo entendido que las madres pueden llegar a ser muy puritanas.

—No es siempre así. Creo que tal vez dependa de con quién estén las madres.

—¡Ah! —exclamó él, dirigiéndole una cálida mirada—. ¿Cómo está… qué nombre le pusiste? ¿Vivi?

Ella se quedó muy impresionada, pero logró sonreír y asintió con la cabeza.

–Efectivamente. Es el diminutivo de Vivienne. Ella... está bien. Ahora mismo debe estar ya en la cama. Mi madre le leerá un cuento.

–Tiene otra abuela, ¿lo sabes? –comentó Alessandro distraídamente mientras leía la carta–. Supongo que pedirás la sopa de calabaza, ¿no es así?

A Lara le dio un vuelco el corazón y no fue porque él hubiera recordado que le gustaba aquella sopa.

–No lo sabía –contestó, imaginándose a la marquesa, que sería la matriarca de una familia acostumbrada a poseer lo que era suyo.

–No te asustes, *carissa* –la tranquilizó él–. No soy clarividente, sólo un hombre con muy buena memoria.

–Me siento muy halagada.

El camarero se acercó para tomarles nota y le aseguró a Alessandro que el pescado era muy fresco. A los pocos minutos se retiró de nuevo para dar la orden en la cocina, pero regresó para servirles champán en dos copas.

–Hoy he hablado con mis abogados –dijo Alessandro una vez que estuvieron de nuevo a solas–. En cuanto me des los detalles de tu cuenta bancaria se te ingresará dinero en ella.

Ruborizada, ella frunció el ceño.

–Oh, ¿tenemos que hablar de dinero? Nunca pretendí... Esto no versa sobre eso...

–Lo quieras o no, tiene que versar sobre eso, Lara –aclaró él con una fría mirada.

–Pero... seguro que querrás hacer una prueba

de ADN antes de dar ningún paso –supuso ella–. He investigado por internet. Hay muchos laboratorios que pueden hacerlo sin que tengas que estar involucrado personalmente con… con Vivi. Te envían un equipo a casa.

Alessandro observó los nerviosos movimientos de las manos de Lara y se dio cuenta de que ésta tenía miedo de la relación que pudiera llegar a tener con su hija y de que deseaba que se alejara.

–¿Crees que no me fío de tu palabra? –le preguntó.

–Creo que es mejor que… hagamos todo como lo estipula la ley. En un futuro, cuando estés casado con tu próxima esposa y… tengas otros hijos en Venecia, Londres o donde sea, no me gustaría que tuvieras dudas.

Él se quedó mirándola en silencio con una ilegible expresión reflejada en los ojos.

–¿Y dónde estarás tú entonces, tesoro? ¿En ese futuro? –quiso saber con dulzura.

–Oh, aquí, desde luego –respondió ella, sonriendo–. Con mi preciosa niña.

–¿Qué? ¿Sin marido? ¿No quieres casarte? –preguntó Alessandro con cierta burla.

Aunque se sintió muy ofendida, Lara logró mantener la sonrisa.

–¿Quién sabe? –contestó, encogiéndose de hombros–. Tal vez todavía encuentre un marido.

Él se echó para atrás en la silla y estiró sus largas piernas.

–Sí, estaba ese tipo al que le gustabas. ¿Cómo se llamaba? ¿Bill?

–¿Quién?

–Bill, tu exdirector.

–Ah, Bill –dijo ella, riendo al recordar al pobre Bill, que llevaba casado veinte años y tenía toda una prole de indisciplinados hijos–. Sí, sí, sin duda alguna es una posibilidad –bromeó–. Está bien, Sandro, me has convencido. Me casaré con Bill. Telefonéalo. Pregúntale si le gustan los niños.

–Si quieres mi consejo, no debes apresurarte –respondió Alessandro serio–. Yo lo hice una vez y fue todo un desastre –explicó, tomándole una mano–. Pero me alegra tener esta oportunidad de estar contigo antes de que te involucres con otro tipo, tesoro.

Lara logró sonreír… aunque fue a base de mucho esfuerzo.

–Y yo debo decir que me alegro de haberte encontrado entre matrimonios.

Él se echó hacia delante y le besó los labios. Fue sólo un pequeño y sexy beso, pero bastó para volver a prender las llamas de la noche anterior y alterar completamente a Lara.

Sus primeros platos llegaron. La sopa de ella olía y estaba deliciosa. Mientras se la tomaba, hizo todo lo posible por encauzar la conversación a temas útiles. Alessandro le comentó que su trabajo lo retenía por el momento en Londres, aunque pasaba tiempo en Zúrich, Estocolmo y Bruselas. También le dijo que había vivido en Nueva York durante un par de años. No era un buen estilo de vida para ser padre ni marido.

–¿Te gusta tu trabajo? ¿El nunca echar raíces en ningún lugar? –preguntó Lara.

–Es el trabajo que he elegido –respondió él tras encogerse de hombros y tomar con su tenedor un poco de la ensalada que había pedido.

–¿Por eso tu matrimonio no funcionó? –no pudo evitar curiosear ella.

–No funcionó por falta de pasión –contestó Alessandro.

–¡Oh! –exclamó Lara, ruborizándose–. ¿Entonces por qué…? –añadió, dejando de hablar al darse cuenta de que él iba a pensar que le importaba.

Dio un sorbo a su vino y lo miró a los ojos, tras lo que se apresuró a apartar la mirada.

–¿Giulia y tú no considerasteis la posibilidad de tener niños?

–Nunca –aseguró Alessandro, negando con la cabeza ante alguna privada ironía.

–¿Fue porque tú no querías hijos… o era ella la que no quería?

Él se encogió de hombros, pero sus ojos reflejaron un peligroso brillo, una alerta para que ella tuviera cuidado.

–¿Quiere algún hombre tener niños, tesoro? Los hombres quieren mujeres y mueven cielo y tierra para conseguir a las que desean. Los hijos son la carga inevitable que ellas acarrean. La mayoría de los hombres acepta el precio si la recompensa merece la pena –dijo, esbozando una sonrisa–. Eso me han dicho.

Lara le devolvió la sonrisa… aunque se sintió muy alterada por dentro.

Aquellas palabras le habían afectado mucho a Lara. Aunque le aterrorizaba la idea de que él quisiera a Vivi, fue consciente de que no podría soportar que no la quisiera. Obviamente no quería que se llevara a su pequeña, pero se planteó qué ocurriría si Vivi necesitaba a su padre en un futuro.

Cuando el camarero les llevó los segundos platos, se fijó en lo educadamente que le habló Alessandro al joven, con la misma amabilidad que siempre provocaba que todo el mundo quisiera cumplir sus deseos. El muchacho se alejó con la emoción reflejada en los ojos.

Ella misma había sido una de esas personas hacía seis años. No había sido capaz de ocultar lo abrumada que se había sentido… lo profundamente que se había enamorado…

–¿Quieres ensalada? –ofreció entonces Alessandro.

–Por favor –respondió Lara, observando a continuación cómo él le servía lechuga en el plato–. Vi algunas fotografías de tu boda un día que estaba esperando en la consulta del doctor. Giulia es una mujer muy guapa.

Los ojos de él reflejaron una fría expresión.

–No me casé con ella por las razones usuales –comentó–. No fue algo que yo planeara. Fue un matrimonio de conveniencia. Pero se convirtió en algo muy inconveniente. Fue anulado antes incluso de que abriéramos todos los regalos de boda.

–¡Anulado! –exclamó Lara con los ojos como platos.

–La razón por la que nos casamos desapareció –continuó Alessandro, tomando un poco del delicioso bacalao que le habían servido–. Ya no tenía sentido, así que le pusimos fin.

–Alessandro –dijo ella, tendiendo una mano para tocar la de él–. Sé que los hombres no suelen querer admitirlo, pero… ¿te hirió Giulia?

–Ninguno de los dos hirió al otro –explicó Alessandro–. Fue un acuerdo mutuo sin emociones de por medio.

–Oh, ya veo –respondió Lara, asintiendo con la cabeza. Pero, en realidad, no comprendía nada.

Él pensó que aquello iba a ser más difícil de lo que había imaginado.

–Estás frunciendo el ceño, tesoro –comentó–. ¿Estás preocupada por Vivi?

–En absoluto. Está con mi madre. Sé que se encuentra en buenas manos.

–Sí, tu madre parece una mujer muy responsable. ¿Crees que estará preocupada por ti?

–¿Por qué debería estarlo? –respondió Lara, sonriendo.

–Bueno, las madres quieren que sus hijas vayan por buen camino. Si sospecha que su hija está en manos de un lobo grande y malo que quiere comérsela… –bromeó Alessandro.

Ella sintió cómo la excitación se apoderaba de su cuerpo.

–Mi madre sabe que puedo mantener a los lobos grandes y malos alejados –respondió, mirándolo provocativamente.

–¿Estás segura de que eso es lo que quieres? –provocó él con un sensual brillo reflejado en los ojos.

De inmediato, Lara sintió que sus pezones se endurecían y un intenso cosquilleo le recorría el estómago. Aunque había estado decidida a no sucumbir de nuevo a los encantos de Alessandro, la tentación había sido más fuerte que su voluntad.

–Tengo que pensarlo –contestó, mirándolo durante largo rato antes de centrar su atención en el pescado que tenía en el plato.

Muy excitada, se comió su comida y una vez que lo hubo hecho se permitió mirar abiertamente la oscura mirada de su acompañante.

–¿Entonces…? –quiso saber él.

–Sé cuál es el camino correcto.

–¿Todavía no has aprendido, Larissa? Con ciertas cosas no se puede ser correcto. Hay algunos momentos en la vida en los que se debe agarrar con ambas manos lo que se te ofrece.

Impresionada, ella se quedó mirándolo fijamente mientras se preguntaba si estaba refiriéndose a lo que había ocurrido hacía seis años.

–Bueno… bueno, ¿cómo sé que éste es uno de ellos?

Alessandro se limpió los labios con la servilleta y se levantó de la silla. Antes de que Lara tuviera tiempo de reaccionar, la agarró y la levantó de la silla.

–Así –respondió, abrazándola y besándola apasionadamente.

Ella respondió a aquella fabulosa presión, encantada al sentir la firme solidez del cuerpo de él. Mientras la ansiosa lengua de Alessandro la saboreaba, sintió que sus huesos se derretían y dio gracias a Dios de que estuviera sujetándola. Al acercarla él aún más a su cuerpo, no pudo evitar introducir las manos por debajo de su chaqueta para disfrutar del tacto de sus músculos y sentir el calor que desprendía su piel a través de la camisa que llevaba.

Alessandro profundizó el beso y a ella le ardieron los pezones debido a lo excitada que estaba. Gimió y lo abrazó por el cuello. Deseó que le acariciara cada centímetro de su cuerpo. Para animarlo, presionó el cuerpo sobre el de él y notó lo endurecido que estaba su órgano viril. En ese momento, Alessandro tomó uno de sus pechos con una mano...

–Perdón... umm... señor. Señor... señora. Si no les importa...

Al oír aquella irritante voz, Lara se apartó de Alessandro y se colocó bien el vestido.

El ruborizado camarero estaba junto a ellos mirando a la pared y tenía dos cartas en las manos.

Ella se dio cuenta de que una pareja estaba sentándose en ese preciso momento en la mesa que había junto a la suya, pareja que no podía evitar mirarlos de manera burlona.

Se atrevió a mirar a Alessandro, pero de inmediato deseó no haberlo hecho. Éste estaba devorándola con la mirada y parecía tan hambriento como una bestia en celo.

–Señor... ¿quieren tomar algo de postre?

–Denos unos minutos para decidirnos –respondió Alessandro.

El muchacho asintió con la cabeza y Alessandro, como si no hubiera ocurrido nada, le separó a Lara la silla para que se sentara, tras lo que se sentó él mismo en la suya. El camarero les entregó entonces las cartas de postre y se retiró a toda prisa.

–Creo que deberíamos marcharnos –comentó ella, muy avergonzada.

–¿Pero dónde? ¿Dónde deberíamos ir, tesoro? –respondió Alessandro.

–Bueno… supongo que a casa.

–¿A tu casa?

–¡Dios, no! –exclamó Lara, sintiendo cómo él le ponía una mano en la rodilla por debajo de la mesa. Se le revolucionó el corazón–. Quiero decir que eso sería…

En realidad estaba pasándoselo tan bien que no quería que la velada terminara. Ir a su casa supondría un final demasiado brusco.

Alessandro comenzó entonces a acariciarle la pierna y ella, demasiado excitada, intentó apartarse… pero no lo logró ya que todavía se encontraba muy aturdida debido al beso.

–Tal vez… –comenzó a decir– tal vez podríamos tomar el postre en tu hotel.

Él no sonrió, pero la satisfacción se reflejó en su sensual boca.

–Pero aquí tienen fresas con chocolate –comentó al mirar la carta–. ¿No te apetecen? –sugirió, subiendo la mano por el muslo de Lara…

–Oh, oh… quizá –balbuceó ella, separando la piernas ligeramente para darle completo acceso al centro de su feminidad. Comenzó a jadear– quizá las fresas con chocolate sean un poco empalagosas… ya que las fresas son muy jugosas de por sí.

–Oh, no, *carissima* –protestó Alessandro–. Estoy seguro de que nada, bueno, de que casi nada puede ser más sabroso.

Aturdida, Lara sintió cómo él le acariciaba delicadamente el sexo por encima de las braguitas.

En ese momento el camarero volvió a aparecer junto a la mesa y Alessandro se apresuró a apartar su pecaminosa mano y a no jadear.

–Sabes, creo que después de todo no nos quedaremos a tomar el postre –le dijo al muchacho, sonriendo.

Junto a Lara se dirigió a la entrada del restaurante, donde ella se puso y abotonó el abrigo.

–El taxi no tardará en llegar –comentó.

–¿No podemos ir andando? –sugirió Lara–. No quiero estar aquí ni un minuto más.

–Oh –dijo él, que parecía compungido–. Pensaba que estabas divirtiéndote.

Ella lo fulminó con la mirada.

–Y no quiero que te enfríes –añadió Alessandro–. Me ha impresionado lo fino que es ese vestido. He podido sentir todo bajo él, cada curva, cada hendidura de tu cuerpo.

–Necesito enfriarme –protestó Lara.

Él se rió y ella abrió la puerta del restaurante, tras lo que le dirigió una dura mirada.

–¿Vienes?

Una vez en la calle, se sintió aliviada al notar el frío en la cara... frío que pareció ayudarle a recapacitar. Aunque estaba muy emocionada de estar de nuevo con Alessandro, eran ya más de las nueve y debía regresar a casa a tiempo para que su madre llegara al trabajo. Y, además, tenía principios y responsabilidades.

Aparte, le angustió el hecho de que su cuerpo había cambiado. Aunque estaba delgada, ya no tenía la fisionomía de una jovencita de veintiún años, sino la madurez de un cuerpo de veintisiete.

Mientras caminaban a paso rápido hizo un esfuerzo por sacar temas de conversación sin importancia, como el inusual frío invierno que estaban teniendo o los escaparates de las tiendas por las que pasaban. Pero con cada segundo que transcurría podía sentir que la tensión sexual entre ambos aumentaba. Cada vez que él la miraba, sentía cómo le ardía la sangre en las venas. El beso que habían compartido había encendido un fuego que podía transformarse en un intenso incendio en cualquier momento. Y estaba segura de que no iba a poder resistirse.

Aunque había decidido no ir a la habitación de hotel de Alessandro, en aquel momento estaba dirigiéndose precisamente allí. Tal vez, si él no la tocaba, se tranquilizaría y lograría reunir la resistencia para tomar el tren de regreso a casa.

–Vamos un poco más despacio, *carissa*. Disfruta de la noche –dijo Alessandro tras unos minutos.

Lara comenzó a andar más despacio. Vio cómo

él le tendía una mano mientras sonreía y supo que se requería una mujer más fuerte que ella para resistirse a la invitación que reflejaban aquellos oscuros ojos. Permitió que le tomara la mano con fuerza y le encantó la sensación que le provocó aquel contacto. Pero sabía que debía intentar mantener la cordura antes de permitir que aquella vorágine de sensaciones la consumiera. Le dirigió una recriminatoria mirada.

—Sabes, te has comportado de una manera terrible en el restaurante —afirmó.

—Lo sé —concedió Alessandro, que parecía arrepentido—. Tienes razón; ha sido una vergüenza. Debería disculparme con el restaurante.

Dudando de su humildad, Lara decidió continuar recriminándole.

—Ha sido un riesgo muy grande. Apenas puedo creer que haya ocurrido —dijo, negando con la cabeza—. Has hecho algunas cosas imprudentes, Sandro, pero ésa ha sido la más perversa que puedo recordar.

—Puedo asegurarte que puedo ser mucho más perverso que eso.

—¿En un restaurante? —preguntó ella, escandalizada.

—Sinceramente, en cualquier lugar. En un restaurante, en una iglesia. Si tengo a Lara Meadows a mi lado, no hay límites a lo perverso que puedo llegar a ser.

—¡Vaya! —exclamó Lara, dándole un puñetazo en el brazo. Entonces, tras un momento de silencio, añadió algo–. Recuerda que dije que esto no era una cita.

–Sí, lo dijiste –concedió él, sonriendo.

–Entonces… ¿por qué… por qué me has besado de esa manera? ¿Y anoche? Lo de anoche fue un escándalo. Si la asociación de padres descubre lo que he hecho en ese patio…

Alessandro se detuvo bajo una farola y le tomó una mano.

–Sabes por qué hago estas cosas. Soy un hombre –respondió–. ¿Qué otra cosa voy a hacer? Eres tan bella, tus labios son tan seductores… Me perteneces…

–Oh, oh, vaya. La gente no puede pertenecerle a la gente. Y, además, eso no es excusa. No puedes simplemente besar a quien te gusta. Te dije que esto sería sólo una reunión.

–Una reunión de amantes –dijo él, agarrándole ambas manos con fuerza–. Somos amantes, ¿no es así?

–Lo fuimos –corrigió ella.

–Siempre seremos amantes, Larissa –aseguró Alessandro con una gran seriedad–. Y no quiero besar a todo el mundo que me gusta. Sólo a ti. Siempre, siempre quiero besarte.

–Oh, Alessandro –dijo Lara, muy emocionada–. Desearía… desearía poder creerte.

–Créeme –contestó él con firmeza, abrazándola y besándola apasionadamente–. Démonos prisa –añadió al separar sus labios de los de ella. Tenía el deseo reflejado en los ojos.

A partir de aquel momento todo fue como un sueño. Alessandro guió a Lara al Seasons y ambos subieron en silencio al piso donde se encontraba la suite de él. Ella estaba muy emocionada, pero repentinamente se preguntó qué ocurriría cuando Alessandro viera su cicatriz, cómo reaccionaría. Su cuerpo ya no era el que había sido, había pasado por un embarazo y le había dado el pecho a su pequeña durante un año. Sus pezones ya no eran tan apetecibles como habían sido. Ni siquiera sabía si recordaría lo que debía hacer.

Capítulo Once

La suite en la que se hospedaba Alessandro, aunque era la misma que hacía seis años, había cambiado por dentro. Obviamente la habían reformado a lo largo de los años.

–¿Te gustaría tomar algo? ¿Una copa de vino? –ofreció él tras quitarse la chaqueta.

–No, no, gracias –respondió Lara.

Alessandro se acercó entonces a la cama, quitó la colcha y la dejó sobre una silla. A continuación se dirigió de nuevo junto a ella mientras se quitaba la corbata y se desabrochaba el cuello de la camisa.

A Lara se le revolucionó el corazón. Podía sentir lo excitado que estaba él y la profunda conexión que había entre ambos. Todo parecía muy normal. Había estado en aquella misma situación muchas veces con Alessandro.

–He deseado tanto estar de nuevo contigo –comentó entonces él con gran intensidad.

–¿Sí? –respondió ella, sintiendo cómo un intenso fuego le recorría por dentro–. Yo también. Jamás he dejado de pensar en ti.

Alessandro le desabrochó y quitó el abrigo, que dejó caer al suelo. Lara pensó que había sido una estúpida al tener dudas. Al sentir la intensa mirada de él sobre su cuerpo, su lado apasionado y alocado se apoderó de ella.

En el momento en el que sus labios se tocaron, el fuego que estaba recorriéndole las venas se convirtió en un incontrolable incendio. Él la besó sensualmente y ella respondió con todo su ser. Disfrutó enormemente al sentir cómo le acariciaba los pechos y jugueteaba con sus pezones.

En el pasado, Alessandro había sido delicado y considerado, su fiereza masculina había estado suavizada por su dulzura. Pero aquella noche, aunque estaba siendo suficientemente caballero, estaba actuando de manera dura, firme y confiada.

Completamente excitada, Lara deseó que él aliviara el intenso acaloramiento que se había apoderado de su cuerpo.

Como si le hubiera leído la mente, Alessandro rompió el beso para comenzar a besarle el cuello mientras tomaba la cremallera de su vestido para bajarla. Una vez que lo hubo hecho, le bajó el vestido hasta la cintura. Al verla en sujetador y braguitas, la pasión se reflejó en sus ojos.

Entonces acercó los labios para besarle los pechos.

–Oh… –gimió ella, sintiendo que se le debilitaban las rodillas–. Oh…

Él le besó entonces los pezones por encima del sujetador de encaje negro que llevaba, jugueteó con ellos y los incitó hasta que Lara deseó que quedaran expuestos ante su boca…

–Date prisa –lo animó.

Deseosa de estar desnuda, se quitó el vestido, se desabrochó el sujetador y se bajó las braguitas hasta quitárselas con los pies.

Gimiendo, Alessandro le acarició los pechos y los besó. A continuación se desabotonó la camisa mientras la lujuria se reflejaba en su mirada al posar ésta en el sedoso triángulo rubio de la entrepierna de ella, que le ayudó a quitarse la camisa.

Una vez que el sexy y musculoso pecho de él quedó expuesto, Lara no pudo evitar besar y acariciar la preciosa piel aceitunada de sus costillas y abdomen.

Ambos dirigieron entonces sus ansiosas manos al cinturón del pantalón de Alessandro para desabrocharlo. Una vez que él estuvo desnudo delante de Lara, ésta sintió humedecérsele el centro de su feminidad al ver la majestuosa y orgullosa erección que tenía delante. En ese momento Alessandro la tumbó en la cama y se echó a su lado. De inmediato, tomó un preservativo de la mesita de noche y se dejó ayudar por ella a ponérselo.

—He soñado contigo —dijo, mirando la desnudez de Lara—. Así, apasionada y alocada.

Ella se quedó sin aliento. Lo miró a la cara y sintió una incontrolable necesidad de expresar el amor que sentía por él. Pero prefirió no decir nada y simplemente lo besó apasionadamente.

Alessandro la apoyó entonces en la almohada y le separó las piernas. Clavó la mirada en los dorados rizos que cubrían su sexo y a continuación se colocó sobre ella.

Expectante, Lara disfrutó de la sensación que le

provocó sentir el vello corporal de él sobre su desnuda piel.

–Abrázame con las piernas –ordenó entonces Alessandro con la pasión reflejada en los ojos.

Al satisfacer aquella exigencia, ella sintió el endurecido sexo de él sobre su húmeda vagina. Entonces, mirándola a la cara, Alessandro la penetró. Al principio se movió despacio, pero a los pocos segundos comenzó a moverse más deprisa y a hacerlo con más fuerza.

La satisfacción que embargó a Lara fue increíble. Se sintió invadida por unas intensas olas de placer que la llevaron a alcanzar un intenso éxtasis en poco tiempo.

Alessandro se vio embargado por el clímax poco después, tras lo que se apartó de ella y se tumbó sobre las almohadas. A los pocos segundos se levantó y se dirigió al cuarto de baño. Lara oyó agua correr. Entonces él regresó al dormitorio y se tumbó junto a ella.

Tras unos minutos, Alessandro se puso de lado y acarició el cuerpo de Lara con un dedo.

–Siempre me ha encantado la capacidad que tienes de responder al momento –comentó.

Sonriendo, ella se giró hacia su amante, pero al hacerlo vio la hora en un reloj que había sobre una de las mesitas de noche. Eran las once menos veinte.

–¡Oh! –gritó–. Oh, Dios mío. ¡Mira la hora! Llego tarde.

A continuación se bajó apresuradamente de la

cama y comenzó a vestirse. Un intenso gruñido interrumpió sus esfuerzos.

–Te lo dije. Tengo que marcharme –le recordó a Alessandro–. Lo siento –añadió, buscando su bolso tras ponerse el abrigo.

–*Per carità*. No puedes irte ahora. ¿Qué pasa con…? –protestó él con la indignación reflejada en la voz–. Apenas hemos comenzado. Eso ha sido muy, muy rápido. Ahora tenemos que ir despacio, debemos prolongar nuestro placer hasta que los dos estemos…

–Lo sé. Pero no puedo quedarme durante más tiempo. De verdad –insistió Lara, colocándose el bolso al hombro y girándose hacia la puerta–. Gracias, cariño –dijo entonces dulcemente, lanzándole un beso–. Ha sido… espléndido.

–Párate –espetó Alessandro, levantándose de la cama. En un segundo estuvo junto a ella–. ¿Qué puede ser más importante?

–Mi madre está esperándome. No puedo fallarle. Tengo que regresar a casa para estar con Vivi.

Él cerró los ojos e hizo un gesto de dolor.

–Oh, sí, sí, desde luego. Te llevaré en coche –contestó, poniéndose los calzoncillos.

–No hay tiempo –respondió Lara, saliendo a toda prisa por la puerta–. Tomaré un taxi. Adiós.

Pero Alessandro no se quedó satisfecho con aquello y, tras vestirse en pocos segundos, se acercó al teléfono para hablar con la recepción del hotel.

Tres interminables minutos después, corrió por el *hall* del complejo y vio a Lara esperando en la entrada justo en el momento en el que su BMW alquilado aparecía delante de ella.

–No te preocupes, tesoro –dijo, tomándola delicadamente del brazo para acercarla al vehículo–. Estoy aquí.

Capítulo Doce

—Gracias por una noche estupenda —ofreció Lara antes de acercarse a darle un beso en los labios a Alessandro. Se dio cuenta de que éste estaba desabrochándose el cinturón de seguridad—. No hay necesidad de que bajes del coche. Me voy corriendo.

Cuando estaba a punto de salir del vehículo, sintió como él le ponía una mano en el muslo.

—Quiero verla —dijo Alessandro.

Impresionada, ella se giró para mirarlo y se forzó a contestar con normalidad.

—Oh, ¿estás seguro?

—Lo estoy. Entraré contigo.

—Estará dormida —comentó Lara, embargada por un irracional terror.

Sin contestar, él se bajó del coche y a ella no le quedó más opción que hacer lo mismo. Mientras se dirigían a la puerta de su casa, se preguntó qué habría ocurrido para que Alessandro hubiera cambiado de opinión sobre ver a la pequeña. Le dio la terrible sensación de que todas sus pesadillas estaban a punto de empezar. Tras cruzar el umbral, en cuanto él la viera…

Introdujo la llave en la cerradura, pero en el último instante se giró para mirarlo.

–¿Estás seguro de que es esto lo que quieres? ¿No dijiste que preferías no saber nada de ella?

–Ya vive en mi mente –confesó él tras ver el miedo que reflejaban los ojos de Lara–. ¿Cómo puedo no querer verla?

Ella abrió finalmente la puerta y ambos entraron en la vivienda. Guió a Alessandro a las escaleras que llevaban a su parte de la casa.

Mientras subían a la planta de arriba, él sintió que se le aceleraba el pulso. Una vez allí, con el corazón completamente acelerado, se quedó apartado mientras Lara llamaba a una puerta pintada de blanco. A continuación la siguió dentro. Entraron en un agradable salón, dividido por un arco de un pequeño comedor y cocina.

–Mamá, he traído a Alessandro –dijo entonces ella.

Él se giró y vio a la madre de Lara levantarse del sofá en el que obviamente había estado leyendo a la luz de una lámpara. Cuando la mujer lo miró, pareció examinar cada átomo de su alma. Entonces le tendió la mano y le dio un cálido apretón a su palma.

–Me alegra verte, Alessandro –dijo antes de volver a mirar a su hija–. Os dejaré a solas, cariño –añadió, dándole un beso a Lara en la mejilla–. Hasta mañana.

Lara le murmuró algo a su madre y la mujer se marchó, cerrando la puerta tras de sí.

Una vez que ambos estuvieron a solas, la tensión se apoderó del ambiente.

–¿Puedes esperar aquí un segundo? –preguntó ella, dirigiéndose a una puerta que había en el salón. Regresó unos momentos después. Parecía resignada–. Vas a tener que prometerme que no vas a despertarla.

Él se dio cuenta de la ansiedad que reflejaba la voz de Lara, pero sabía que estaba en todo su derecho de querer ver a su hija. Asintió con la cabeza y siguió a Lara cuando ésta le indicó el camino. Cuando entraron en una habitación apenas se percató de la decoración; sólo le llamó la atención la camita cubierta por doseles en la que dormía una niña…

Al ver a Vivi sintió un nudo en el pecho. Estaba durmiendo de lado con la cabeza apoyada en la almohada, por lo que no podía verle la cara por completo. La lámpara que había junto a la cama iluminaba el sedoso oscuro pelo de la niña. Se quedó sin aliento.

En un momento dado la pequeña se movió y sacó un brazo por encima de la colcha.

–Está soñando –le explicó Lara, volviendo a tapar el bracito de la niña.

Tras largo rato, rato durante el que Alessandro no le quitó los ojos de encima a su hija, Lara le dirigió una interrogante mirada y ambos regresaron de nuevo al salón. Pero él no se quedó a hablar. Estaba muy aturdido y necesitaba estar solo…

Capítulo Trece

Lara se despertó tarde, embargada por la sensación de que algo irrevocable había ocurrido. Se quedó un poco más en la cama, angustiada por sus miedos.

Deseó poder saber qué planeaba hacer Alessandro. Se planteó si la curiosidad de éste por su hija habría quedado satisfecha tras verla y si se marcharía y continuaría con su vida sin preocuparse por Vivi... o por ella misma...

Muy dentro de sí supo que aquello no sería lo mejor para su pequeña.

Con respecto a ella, él le había dicho algunas cosas maravillosas la noche anterior... y habría jurado que eran sinceras, pero lo mismo había ocurrido seis años atrás. No sabía si podría creerle si le decía que la quería y que deseaba casarse con ella.

Como de costumbre, Vivi estaba despierta. Podía oír su voz por la casa. Se dirigió a darle los buenos días a su princesa, tras lo que se dio una ducha. Una vez que salió del cuarto de baño arropada por una toalla, planchó la camisa que iba a ponerse y el uniforme de Vivi. El día comenzaba como de costumbre.

En el trabajo tuvo que revisar una gran cantidad

de manuscritos de aspirantes a escritor, tarea que no le gustaba particularmente.

Sus preocupaciones no la abandonaron. Le angustiaba la idea de que Alessandro volviera a marcharse de su vida para no regresar. Pero no sabía cómo podría retenerlo. Otras mujeres parecían ser capaces de amarrar a los hombres a ellas, pero su falta de habilidad al respecto había quedado demostrada.

Mientras analizaba los manuscritos, muchos de los cuales no servían para nada, sintió cierta ansiedad al recordar la expresión de la cara de Alessandro cuando la había dejado la noche anterior. Había parecido tan frío y distante, tan alejado de ella... Deseó saber cómo se sentía aquel día. Tenía que verlo.

Era consciente de que se le estaba agotando el tiempo ya que Alessandro se marcharía en pocos días. Cuando él se montara en el avión que lo llevaría de regreso a casa, sería el final de su alegría, de su emoción y pasión. Alessandro se marcharía y ella volvería a su anodina existencia.

Acongojada, se preguntó cómo soportaría el volver a perderlo.

Al darle la vuelta a una de las páginas de uno de los manuscritos que estaba leyendo, le llamó la atención una extraña frase que había empleado el aspirante a escritor autor de aquellas líneas. A continuación tiró el manuscrito a la papelera. Se preguntó por qué no podría aprender la gente a puntuar.

Justo cuando estaba punto de tomar el siguiente manuscrito, el teléfono de su despacho sonó.

–¿Lara? –dijo Alessandro con su profunda voz–. ¿Puedo verte unos minutos?

–Claro –respondió ella con lo que esperó fuera un tranquilo tono de voz.

Pero no estaba tranquila en absoluto. Colgó el teléfono con manos temblorosas mientras se decía a sí misma que aquello se había acabado. Era el veredicto. Tras unos segundos, y evitando la curiosa mirada de Josh, se levantó, se estiró la camisa y la chaqueta, y se colocó bien la falda.

Alessandro estaba esperándola en la puerta de su despacho. Intentó descifrar la expresión de su cara, pero le resultó imposible ya que era muy controlada e inescrutable. Él cerró la puerta del despacho una vez que ella entró. Entonces le dio un beso en la mejilla.

–Buenos días, Lara.

Lara. No Larissa, ni *carissima*, ni tesoro. Ella pensó que, tras haber sido amantes la noche anterior, volvían a la formalidad.

–Dime… –dijo en voz baja con el corazón en un puño–. ¿Qué… qué ocurre?

Él le analizó la cara cuidadosamente con la mirada y a continuación bajó los párpados. Atemorizada, Lara se dio cuenta de que estaba eligiendo las palabras que iba a emplear.

–He estado pensando. Quiero conocer a Vivi –sentenció Alessandro.

–Oh… –respondió Lara, impresionada. Sintió que se le aceleraba el corazón–. Oh, bien, bien –logró añadir, consciente de que debía comportarse como una persona adulta–. Pero… ¿estás seguro? ¿Hasta dónde vas a llegar con esto, Sandro? ¿Eres consciente de…? Me refiero a que… ¿has considerado que será muy emo… emotivo e importante para ella?

Al decir emotivo se le quebró la voz y no pudo ocultar sus sentimientos.

–Estoy haciendo lo que debo hacer, *carissa* –contestó él, frunciendo el ceño–. ¿Por qué tienes tanto miedo? Lo que sucedió anoche fue profundamente emocionante para mí. Todo.

–Oh –dijo de nuevo Lara con los ojos llenos de lágrimas. Se las secó con las palmas de las manos–. Está bien. ¿Pero qué pasará una vez que la hayas conocido? ¿Te vas a marchar al otro extremo del mundo y no volveremos a verte?

–Las cosas no serán así.

–¿Cómo serán entonces? ¿No te das cuenta de que si la conoces y te marchas le harás más daño que si nunca la conoces? –insistió ella.

Una profunda impresión se reflejó en los oscuros ojos de Alessandro, que tomo a Lara por los hombros.

–¿Por qué tienes tan mala opinión de mí, Lara? ¿Por qué haría yo eso? ¿Crees que simplemente me olvidaría de Vivi?

–No lo sé. Te olvidaste de mí.

–¿Perdona? –respondió él con los ojos como platos.

En ese momento llamaron a la puerta y Alessandro soltó a Lara justo en el momento en que Donatuila abría la puerta y entraba en el despacho de Alessandro.

–Tu próximo hombre está aquí, jefe –comentó Tuila, deteniéndose de repente al ver a Alessandro con Lara–. Oh, lo siento. ¿Estoy interrumpiendo?

–Oh, no, no, no –dijo Lara, apresurándose a acercarse a la puerta–. Ya me marchaba.

Una vez fuera, se dirigió a toda prisa al cuarto de baño, donde se sentó en un cubículo hasta que dejó de llorar. Le pareció muy irónico que les hubieran interrumpido durante lo que podía haber sido la conversación más importante de su vida.

Al regresar a su escritorio, tomó el siguiente manuscrito que tenía delante y continuó con su trabajo. Casi a la hora de comer, el sonido de un mensaje en el teléfono móvil la distrajo. Supuso que sería su madre para hablar de algo relacionado con quién iba a buscar a Vivi al colegio.

Le dio un vuelco el corazón al ver que el mensaje era de Alessandro.

«Te espero en el vestíbulo».

Afortunadamente se encontraba más tranquila. Había tomado café y había tenido tiempo para pensar. Si Alessandro quería ver a Vivi, sólo podía ser algo bueno. Precisamente aquello era lo que ella quería.

Entró primero al cuarto de baño para asegurarse de que tenía buen aspecto.

Al llegar al vestíbulo de las oficinas, vio que Alessandro ya estaba esperándola. Se encontraba junto a la entrada hablando con un tipo de la sección de ventas. Al verla acercarse, su cara reflejó cierta tensión.

Ansiosa por no causar más interés del que estaba segura de que ya había despertado, ella pasó de largo sin saludar a Alessandro y salió a la calle.

Tras unos minutos, él la alcanzó.

–¿Estás bien? –le preguntó, mirándola inquisitivamente.

–Sí. Eso creo –respondió ella.

–Siento lo de antes, tesoro. Llevo intentando hablar contigo todo el día, pero la oficina no es un buen lugar para mantener una conversación. Veamos si podemos encontrar un lugar mejor –dijo Alessandro, mirando a su alrededor.

Vio una calle en la que había numerosas tiendas y cafeterías. Tomó a Lara por un brazo y la guió hasta la puerta de una floristería que había junto a un café.

–He logrado conseguir entradas para la ópera de esta noche. Pensé que tal vez te gustaría venir conmigo. Después podemos cenar juntos mientras acordamos todo.

–¿Mientras acordamos todo? –repitió ella, mirándolo con recelo.

–Sí, mi encuentro con Vivi. Sé que tienes que prepararla, pero también debemos decidir cómo y dónde debo verla, ¿no crees, *carissa*? Queremos que todo salga… bien.

Lara sintió que se le aceleraba el pulso, pero en aquella ocasión pudo controlarse mejor.

–Es una invitación encantadora, Alessandro,

pero me temo que no puedo aceptar. No… no puedo salir de nuevo por la noche y dejar a Vivi con mi madre –contestó, observando como él fruncía el ceño–. A mi madre no le importa, pero sería la tercera noche seguida que le pediría que ejerciera de niñera. Tiene que trabajar y termina muy cansada –se apresuró a explicar–. Además, apenas tendríamos tiempo para hablar. Yo tendría que regresar a mi casa después de la ópera y… Vivi necesita que esté con ella.

Alessandro asintió con la cabeza.

–Ya veo. Hay tantas razones. Bueno, bueno, desde luego que Vivi te necesita… Es una pena. Esto me pone las cosas bastante difíciles. No me queda mucho tiempo antes de tener que marcharme a mi próximo compromiso en Bangkok –reveló, mirando el reloj y apartándose de Lara.

Pero repentinamente se giró y le agarró un brazo.

–¿Es toda esta renuencia porque estás enfadada porque me casé con Giulia? ¿Por eso me acusaste de haberte olvidado?

–¿Qué? Yo no estoy renuente –respondió Lara, alterada–. Eso es ridículo. Mira, parece que no te das cuenta de que cuando eres padre no puedes simplemente dejarlo todo apartado de repente. Quiero que conozcas a Vivi. De verdad. Pero no tengo la culpa de los compromisos de tu agenda. Si simplemente apareces cada seis años, estás unos cuantos días por aquí y después te marchas de nuevo… no es mi responsabilidad, ¿no te parece?

—Así es el trabajo que hago —protestó él—. Así es mi vida.

—Bueno, pues tú mismo lo has dicho —comentó ella—. Y sobre lo de que te olvidaste de mí… desde luego que lo hiciste. ¿Qué otra cosa puedo pensar? Estabas aquí conmigo y a los cinco minutos te casaste con otra.

Alessandro se ruborizó.

—Ojalá me hubiera olvidado de ti —dijo, respirando profundamente—. Eras tú la que temías marcharte conmigo, ¿recuerdas? Cuando me casé con Giulia no esperaba que llegaras a saberlo o que te importara. Pero… como obviamente necesitas que te explique lo que ocurrió, te contaré todo. Me casé con ella porque Giulia necesitaba tener un marido.

—¿Por qué? —exigió saber Lara, sintiendo cómo un intenso dolor le traspasaba el corazón—. ¿Estaba embarazada también?

Él cerró los ojos y se ruborizó aún más.

—No… no estaba embarazada —aseguró—. Estaba atemorizada.

Ella sintió un intenso alivio que provocó que se le debilitaran las rodillas y se tambaleara. Alessandro se apresuró a sujetarla justo antes de que cayera al suelo, pero no pudo evitar que estropeara un estante de flores de la floristería.

Todavía muy alterada, Lara vio cómo la obviamente enfadada encargada de la tienda salía para comprobar qué había ocurrido y cómo Alessandro intentaba tranquilizarla. Incluso le dijo que compraba todas las flores del estante y las pagó en el acto.

Cuando la mujer entró de nuevo en la floristería para envolver las flores, él se giró hacia ella.

–Giulia tenía miedo de su exmarido –dijo.

–¿Ah, sí? –respondió Lara.

–Sí. Gino era un tipo muy violento. La había maltratado. Era una de esas… situaciones obsesivas en las que él no podía aceptar el final de su matrimonio. La amenazaba constantemente. ¿No ocurren aquí ese tipo de cosas? Giulia estaba aterrorizada. Sentía que debía vivir con alguien que la protegiera.

–Oh, pobrecita. Comprendo. Desde luego; necesitaba vivir contigo. ¿Qué otra cosa podría haber hecho? Tenía que casarse contigo. Naturalmente. Lo comprendo –se burló Lara.

Los ojos de Alessandro brillaron con intensidad y a ella le costó mantener el control ya que estaba enfurecida. Le pareció muy sarcástico que Giulia hubiera pensado en el guapo *marchese* para que la protegiera. No importaba que el *marchese* le perteneciera a otra mujer en el otro lado del mundo. Una mujer a la que le había prometido regresar. Una mujer que realmente lo necesitaba.

Pero sus palabras parecían haber despertado algo más que la curiosidad de Alessandro. El brillo que reflejaban sus ojos no era muy distinto al de la satisfacción… posiblemente incluso al de la diversión.

–¡Qué noble de tu parte sacrificarte de esa manera! –dijo sin poder ocultar el sarcasmo en su voz–. ¿Por qué no fue a la policía o a los juzgados?

–Giulia llegó a contratar los servicios de una em-

118

presa de seguridad –explicó él–. Pero Gino sobornó a su guardaespaldas y entró en su piso. Le rompió todos los huesos de la cara.

–¡Oh! –exclamó Lara, estremeciéndose–. Es horrible.

–Sí, fue horrible –concedió Alessandro, agarrándola por los hombros con una dura expresión reflejada en la mirada–. Pero no fue noble por mi parte. No me supuso ningún sacrificio. Yo no tenía nada que perder, ¿no es así, Lara? Fue simplemente un acto de amistad. Conozco a Giulia desde que éramos niños. Durante una época fuimos como… hermanos. Ella lo había intentado todo. Pensó que tal vez Gino la dejaría tranquila si creía que pertenecía a otro hombre –explicó, agarrándola con fuerza por los hombros. A continuación la soltó al darse cuenta de que estaba lastimándola–. Lo siento, lo siento –se disculpó–. Giulia conocía mi niñez y mis sentimientos hacia la violencia contra las mujeres, así que supongo que pensó que podía acudir a mí.

–Oh, bueno… Giulia tuvo mucha suerte de tenerte, ¿no es así? –respondió Lara–. Y supongo que si tú eras libre… si no tenías ningún compromiso… ¿por qué no?

Un intenso brillo se reflejó en los ojos de Alessandro.

–¿Qué compromisos sabía yo que tenía, *carissa*? ¿No eras tú la chica que necesitaba tiempo para pensar?

–Aquello no fue un no –espetó ella.

–¿De qué manera no lo era?

–Bueno… ¿por qué no podrías haber sido más…? –Lara suspiró, alterada–. Está bien. ¿Qué ocurrió cuando el matrimonio terminó?

–Su ex era piloto de carreras. Tal vez hayas oído hablar de él. Gino Ricci. Murió poco después de nuestra boda en un accidente. Conociéndolo, no fue algo tan impactante. Nuestro matrimonio fue una completa farsa. Sólo iba a durar el tiempo necesario para que Gino se olvidara de Giulia. Trágicamente, él fue un paso más allá. Cuando falleció, ya no había ninguna razón para que siguiéramos casados, así que… –Alessandro se encogió de hombros y tendió las manos.

–Bueno, pues te molestaste mucho por una farsa. Trajes de boda de diseño, la prensa invitada, propaganda sobre tu *palazzo*…

–Tienes que comprenderlo, Larissa. De muchas maneras las cosas son muy distintas en Italia a como lo son aquí.

–Sin duda. La familia Meadows no posee precisamente *palazzos*.

–Si estuviste tan pendiente de mi boda, me extraña que no te enteraras de mi divorcio. Tuvo mucha repercusión.

–Quizá perdí interés –dijo ella con frialdad–. Probablemente tenía otras cosas en la cabeza de las que preocuparme.

Él hizo un gesto de dolor y se dio la vuelta justo en el momento en el que la encargada de la floristería regresó con las flores envueltas en un bonito papel morado.

Aceptó el ramo y a continuación se lo entregó a Lara.

–Oh –dijo ella, impresionada–. Gracias.

Una vez que hubo recibido el dinero por las flores, la mujer de la tienda volvió a marcharse.

–Has mencionado tu niñez –comentó Lara–. ¿Qué has querido decir con eso? ¿Que en tu casa se sufrió violencia doméstica?

–Podría decirse así.

–Lo siento, no quería quitarle importancia.

En ese momento Alessandro comprobó la hora en el reloj.

–¿Por qué no continuamos hablando mientras andamos? –sugirió–. Tuila está esperándome.

Ella comenzó a andar junto a él, pero Alessandro guardó silencio hasta llegar al edificio Stiletto.

–Parece que todo lo que te he contado te ha despertado celos –comentó una vez dentro del centro de trabajo–. Parecías una niña pequeña celosa.

–¡Oh! –exclamó Lara, alterada–. Está bien, sí –concedió finalmente–. He sentido celos. Pero permíteme que te diga una cosa, *signor*. No han sido celos de niña pequeña. Han sido celos de mujer. Y si crees que culpaba a Giulia, estás equivocado. Te culpaba a ti. Prometiste regresar y sí, yo te estaba esperando –confesó con lágrimas en los ojos–. Te creí. Confié en ti.

–Eso es mentira. No estabas en el Centrepoint Tower. Te esperé durante tres días enteros. Te busqué por toda la ciudad. Te telefoneé una y otra vez sin obtener respuesta. Cuando fui a tu piso, lo mismo. Nada. Había otras personas viviendo allí, entre ellas un tipo que me dijo que te habías mudado a Queensland con tu novio. Con tu novio, Lara.

–¿Qué? –dijo ella débilmente, estrujando el ramo de flores entre sus manos–. ¿Estás diciendo que...? ¿Volviste de América?

Alessandro esperó con frialdad a que los ocupantes del ascensor que acababa de llegar a la planta principal salieran de éste. Entonces entró y apretó el botón para subir a su planta. Miró a Lara, que se había quedado paralizada.

–Sí –respondió mientras las puertas comenzaban a cerrarse–. Regresé a por ti. Pero tú no estabas allí

–Pero... Sandro, Sandro... no comprendes... –comenzó a decir ella al cerrarse las puertas.

Capítulo Catorce

Alessandro salió del ascensor y se aflojó el cuello de la camisa ya que se sentía muy acalorado. Intentando recobrar su habitual tranquilidad, se forzó a racionalizar los acontecimientos de los anteriores días. Le había impactado mucho ver a su hija y encontrarse de nuevo con Lara. Pero alrededor de ambas había una barrera invisible que no le permitía acercarse a ellas realmente.

Apretó los dientes y se aseguró a sí mismo que derribaría aquella barrera aunque le costara sudor y lágrimas.

Al entrar en su despacho, se encontró con la juiciosa mirada de Tuila y ambos comenzaron a analizar la lista de candidatos a director de la empresa.

–¿Qué te parece Dexter Barry? –preguntó ella en un momento dado.

–*Per carità.* ¿Estás loca? El hombre es un completo inútil.

–¿Y Steve Disney? Me gustó. Es joven, inteligente, y tiene mucho entusiasmo.

Alessandro le dirigió una fría mirada a su compañera, que se encogió de hombros.

A continuación se pasó una mano por el pelo y pensó que la velada que había planeado podría haber resultado maravillosa. Había tenido muchas ganas de planear su encuentro con Vivi.

Después habría llevado a Lara a su hotel y le habría demostrado lo fantástica que podría ser su relación.

Un escalofrío le recorrió el cuerpo al darse cuenta de que su estancia en Sídney estaba acercándose a su fin. En tan sólo unos días designarían al nuevo director general y él tomaría un avión que le llevaría a Bangkok sin haber conseguido que Lara lo comprendiera.

Ella todavía no comprendía nada.

Le angustió saber que si no hacía algo, en poco tiempo Lara trabajaría para otro tipo que se enamoraría de ella y encaminaría todos sus esfuerzos a conquistarla. Se casaría con él mientas su hija, su pequeña...

–¿Qué opinas de Roger Hayward? No estaba tan mal, ¿no te parece? Fuerte, inteligente, proactivo... –sugirió entonces Tuila.

–Tuila –espetó Alessandro–. Entérate; ninguno de esos payasos puede ser el próximo director. Ninguno de ellos.

Capítulo Quince

Cuando Lara llegó a su casa, todavía estaba muy impactada. Durante todo el trayecto de regreso después de la jornada laboral no había pensado en otra cosa que en el hecho de que Alessandro había acudido al Centrepoint Tower para esperar a alguien que nunca llegó.

Debía haber sufrido mucho. Aquello seguramente había sido muy humillante para él. No le extrañó que hubiera sido tan hostil con ella aquel primer día en Stiletto.

Lo increíble era que Alessandro todavía estuviera tan dispuesto a estar con ella. Hacía seis años debía haberla deseado mucho, pero en aquel momento... Tenía la angustiosa sensación de que había perdido la última oportunidad con él. Debía encontrar la manera de explicarse.

Después de que hubieran regresado a la oficina tras el desastre de la floristería, no había podido hablar con él. Alessandro había estado toda la tarde acompañado de Tuila y debía haberse marchado mientras ella esperaba en su escritorio una oportunidad para verlo. Si no hubiera sido porque Vivi y su madre estaban esperándola, habría ido al Seasons para buscarlo.

125

Era muy curioso que, al permitirse soñar con ello, podía ver lo maravilloso que sería él como padre. Si solamente pudiera evitar que subiera a ese avión que lo llevaría a Bangkok.

Se dijo a sí misma que debía admitirlo; se había vuelto a enamorar perdidamente de él. Pero en aquel momento sus necesidades no eran sólo suyas... sino también las de Vivi.

–¿Cómo ha ido todo? –preguntó Greta al ver a su hija–. ¿Algún progreso?

Lara sabía perfectamente a qué se refería su madre. Quería conocer la reacción de Alessandro tras haber visto a Vivi.

–Un poco –respondió, consciente de que la niña estaba escuchándolas–. Quiere... tener una relación más cercana. Quería que nos viéramos esta noche para hablar de ello... pero yo pensé que no sería justo... para nadie –añadió, mirando a la pequeña.

–¿Y si intento cambiar el turno? –sugirió su madre–. ¡Oh, mira lo que ha llegado para ti! –exclamó, indicándole a Lara las escaleras que subían a su piso.

Lara subió entonces a la planta de arriba mientras su hija iba delante y su madre detrás. Cuando abrió la puerta de su piso, se encontró con la primavera delante de ella. Flores. Había docenas de centros florales muy bonitos y alegres. Olía maravillosamente.

–Oh... oh...

Se preguntó cómo habría podido querer hacer Alessandro algo tan maravilloso, tan romántico, tras haber sido ella tan grosera con él en el vestíbulo del hotel.

—Es Navidad, es Navidad —dijo la pequeña, muy alegre entre tantas flores—. ¿Es Navidad, mamá? ¿Ha traído Santa Claus todas estas flores?

Lara miró a su hija y vaciló. Se dio cuenta de que aquél era un momento crucial en la vida de la niña.

—Ah… no… Bueno, en realidad… —balbuceó, tomando las manos de Vivi—. Ven y siéntate aquí, cariño. Te diré quién las ha enviado.

Un poco después, Lara se sentó en su cama con el teléfono móvil en la mano. Necesitaba hablar con Alessandro. Las flores que le había enviado debían significar algo. Al telefonear, le saltó el contestador automático.

Se levantó y comenzó a dar vueltas por la habitación mientras pensaba que tal vez él habría acudido finalmente a la ópera. Si no lo encontraba allí, iría al Seasons.

Vivi llevaba mucho tiempo dormida cuando finalmente ella subió al taxi que la llevaría a buscar a Alessandro. Se había puesto un vestido rojo cubierto por una gran *pashmina* negra. Si su madre había tenido curiosidad por saber a dónde iba, no se lo había mostrado. Simplemente le había hecho algunos agradables comentarios acerca de su apariencia.

Se sentía muy emocionada. Cuando finalmente llegaron a la ópera, pagó al taxista y se bajó del vehículo. Los asistentes a la ópera ya estaban saliendo del impresionante edificio en el que ésta se celebraba. Aunque no podía ver todas las salidas, estaba segura de que Alessandro regresaría andando a su hotel, lo que supondría que pasaría muy cerca de donde se encontraba ella.

Intentó tranquilizarse. Era importante que mantuviera la calma, que estuviera segura de sí misma.

Alessandro evitó a la multitud que esperaba en el guardarropa y salió fuera de la ópera. Hacía una noche muy fresca y el cielo estaba despejado. El deseo estaba recorriéndole las venas.

Por lo que recordaba, hacía seis años a Lara le habían encantado sus veladas en la ópera tanto como a él. Había tenido muchas ansias de aprender. Pensó que le habría encantado la representación de aquella noche.

Se dirigió andando al Seasons. Pensó que el futuro que tenía por delante no era muy halagador; más ciudades, más hoteles, más veladas solitarias. Más amistades hechas de paso. Más triunfos laborales sin sentido. Carecía de una vida a la que aferrarse.

Cuando fuera mayor se jubilaría e iría a Venecia a vivir con su madre. Lo que necesitaba… lo que anhelaba…

–Alessandro. ¿Sandro?

Al oír aquello se quedó completamente paralizado. Miró a su derecha. A no ser que estuviera alucinando, Lara estaba de pie en las escaleras de la ópera mientras esbozaba una vacilante sonrisa. Al comenzar ella a acercársele, sintió que una explosión de alegría le invadía el corazón.

–Hola –saludó Lara–. Simplemente pasaba por aquí. No estaba segura de que finalmente hubieras venido, pero pensé que si estabas… tal vez te gustaría tener compañía durante la cena.

–Durante la cena –repitió él vagamente, aturdido debido a lo hermosa que estaba ella.

–Siempre y cuando sigas queriendo ir a cenar.

–Oh, desde luego. Claro. La cena. ¡Qué suerte para mí que hayas pasado por aquí en este preciso momento!

–Debe haber sido el destino –comentó Lara, conteniendo la risa.

Cuando por fin bajó todas las escaleras y estuvo junto a Alessandro, éste sintió unas enormes ganas de abrazarla, pero el riesgo de tener una erección en un lugar público como aquél era demasiado peligroso.

–¿A dónde tenías pensado ir? –preguntó ella.

–Aquí –señaló él, indicando el edificio de la ópera.

–Oh –dijo Lara, emocionada–. ¿Recuerdas aquella noche que cenamos aquí? Ya sabes… antes…

–Me acuerdo –contestó Alessandro con firmeza, tomándole una mano–. Nunca lo olvidaré.

–Es un buen lugar para realizar planes, ¿no te parece?

Para ella, Guillaume´s era el restaurante más emocionante de Sídney. Estaba dentro del recinto de la ópera y tenía unos enormes ventanales que daban a la bahía y a la ciudad. Cuando entraron en el restaurante, les guiaron a un reservado. Allí se quitó la *pashmina* y sintió cómo Alessandro le miraba la garganta y los brazos.

–¡Oh, Dios mío! –exclamó–. Hay manteles largos.

Él se rió, pero tras unos instantes se quedó callado. Tenía un sensual deseo reflejado en los ojos.

A continuación ambos miraron juntos la carta de los vinos, pero lo cierto era que ella apenas necesitaba vino aquella noche; estaba tan emocionada que ni siquiera sabía si iba a poder probar bocado.

–Dom Pérignon, señor –dijo el camarero, mostrando la botella antes de servir el champán.

Alessandro tomó y levantó su copa.

–*Salute.*

–¡Vaya! ¿Qué estamos celebrando? –quiso saber Lara.

–El habernos encontrado de nuevo.

Ella se sintió muy emocionada. Aquellas palabras parecían un buen presagio.

–Delicioso –comentó tras dar un trago a su champán–. Me alegra tanto haberme encontrado contigo esta noche. He estado, umm… pensando –añadió, vacilando–. Realmente aprecio mucho lo amable que has sido al sugerir que elijamos un lugar adecuado donde puedas conocer a Vivi.

–Me pareció sensato –respondió él.

–¿El sábado estás ocupado? He pensado que quizá sea mejor si te presentamos en un lugar que le resulte familiar.

–¿No te referirás al patio del colegio?

–No, en el patio del colegio no –concedió Lara–.

Dios mío, ¿seré capaz de volver a entrar allí algún día sin ruborizarme?

–Será más seguro que reservemos ese lugar para nosotros –bromeó Alessandro con un intenso brillo reflejado en los ojos–. A altas horas de la madrugada –añadió, bebiéndose su champán–. ¿Estás pensando… en tu casa? ¿No sería un poco intimidante?

–Posiblemente. Tal vez tengas razón. Nuestra casa es su refugio –dijo ella–. Otra posibilidad es el parque. Lo conoce muy bien y hay columpios y juegos.

–Eso me parece mejor. ¿Habla… habla mucho Vivi?

–Cuando está contenta y cómoda es como una cotorra.

Él sonrió y se quedó pensativo.

–¿No sería mejor que hiciéramos otra cosa? ¿Pasar el día fuera, visitar el zoológico, o…?

–¿Por qué no vemos cómo marchan las cosas? Si estamos cómodos, quizá podríamos planear algo para el domingo.

La sonrisa que esbozó Alessandro iluminó toda su cara.

–*Molto bene.* No haré planes para el domingo.

Entonces vaciló durante unos segundos.

–¿Cómo… cómo vas a decírselo?

–Le he hablado esta misma tarde de ti después de que viéramos las flores. Por cierto, muchas gracias. Son preciosas.

–Era lo mínimo que podía hacer –respondió él–. Cuéntame. ¿Cómo… cómo se lo ha tomado?

131

—De hecho, con mucha naturalidad –confesó Lara, riéndose–. No eres tan importante como Santa Claus, pero eso es porque todavía no te ha visto. En cuanto te conozca... se dará cuenta.

–¿De qué se dará cuenta? –preguntó Alessandro, desconcertado.

–De cómo eres.

–¿Y cómo soy?

–Entre otras cosas... caliente.

Él se rió, le tomó una mano y la besó.

–Gracias por el cumplido. Lo mismo te digo.

Lara entrelazó los dedos con los de él.

–Hay algo que debo explicarte –comentó, mirándolo a la cara–. Sobre lo que ocurrió hace seis años.

La mirada de Alessandro se oscureció y ella pudo sentir que éste desprendía cierta tensión. Se dio cuenta de que lo que dijera a continuación era crucial.

–Me sentí muy mal cuando leí la noticia de tu boda; lo cierto es que pretendía verme contigo en el Centrepoint aquel día.

–¿Qué has dicho? –preguntó él, incrédulo.

–Estaba dispuesta a marcharme contigo. Tenía la maleta hecha y todo preparado. Y lo hubiera hecho... si no hubiera sido porque estuve ingresada en el hospital.

–*Per carità*. ¿En el hospital? ¿Por qué?

A pesar de su intención de mantener la calma, al ver la preocupación que reflejó la cara de Alessandro, ella sintió cómo las lágrimas amenazaban con brotar a sus ojos.

–Te hablé del verano de los incendios. Bueno, ése fue el verano.

–¿Te refieres al verano… en el que murió tu padre?

–Sí. Una vez que hicimos el pacto…

Él tomó aire para hablar, pero Lara agitó la mano para evitar que lo hiciera.

–Fue mi culpa, lo sé, lo sé –continuó–. Si supieras lo mucho que me arrepiento –añadió con voz temblorosa.

–No, no, por favor. No te disgustes. Sé que tal vez haya dicho algunas cosas impropias sobre el pacto. Tal vez haya parecido negativo al respecto. Bueno… en realidad sí que era una exigencia escandalosa, ¡una prueba increíble de la…!

En ese momento Alessandro hizo una pausa y respiró profundamente.

–Pero… –prosiguió– debo admitir que acepté las condiciones del pacto. En contra de mi opinión.

–Lo siento. Por aquel entonces no conocía la intensidad de tus sentimientos. Yo era bastante joven y no te conocía muy bien…

–Está bien, sí, sí, lo sé. No entremos a valorar demasiado los por qué. ¿Qué fue lo que ocurrió?

Lara guardó silencio durante unos momentos.

–Una vez que te marchaste, renuncié a mi trabajo y dejé mi piso, tras lo que me fui a Bindinong para pasar la última semana con mis padres. Había incendios por los bosques de alrededor, como cada verano. Pero debido a las condiciones meteorológicas, unos días antes de nuestra cita todo se descon-

troló. Se creó un enorme incendio que se aproxima-
ba hacia nosotros desde el pueblo. Mi padre y yo
quedamos atrapados junto a otras personas. La mayoría sobrevivimos, pero mi padre…

Con sólo recordar aquellos acontecimientos, podía oler el terrible olor a quemado y sentir el terror
que la había embargado. Sintió un nudo en la garganta y esbozó un gesto de dolor.

Él se acercó y la tomó de los brazos para acariciarla y reconfortarla.

–Yo fui una de los afortunados –dijo cuando por
fin pudo hablar de nuevo–. Me sacaron los bombe-
ros.

–¿Pero resultaste herida?

–Bueno… me golpeé la cabeza y me quemé levemente –confesó, mostrándole la cicatriz que tenía
en el cuello y en el brazo.

Muy impresionado, Alessandro exclamó. Lara se
atrevió a mirarlo y vio que sus oscuros ojos parecían
afligidos, pero no con el horror que había temido,
ni con asco. Parecía realmente preocupado. La
abrazó y le dio un beso en la frente, en las mejillas, y
a continuación en los labios con una ferviente delicadeza.

–Oh, Lara –dijo–. Mi pobre Larissa. Si lo hubiera
sabido. Si hubiera… –añadió, abrazándola con fuerza.

A su vez, ella lo abrazó a él y hundió los labios en
su cuello para disfrutar de la masculina fragancia de su
piel y sentir los latidos de su corazón.

–¿Cuánto tiempo estuviste en el hospital, tesoro?
–quiso saber Alessandro.

–Un par de semanas. Tardé un par de días en despertar.

–*Per carità*. Podrías haber muerto.

–Oh, no. Por Dios. Tuve mucha suerte –respondió ella–. Sólo me han quedado unas pocas cicatrices –añadió cuando él finalmente la soltó–. Comparado con lo que sufren algunas personas… no es nada.

–Todo lo que me has contado me pone muy triste, tesoro. Pero, de alguna manera, al mismo tiempo es un alivio. Lo cambia todo. Saber que por lo menos intentaste… –comentó Alessandro, apretando los puños–. Si lo hubiera sabido antes. La otra noche mencionaste el incendio, pero jamás conecté ambas cosas. Deberías habérmelo explicado.

–¿Por qué? –contestó Lara, esbozando una mueca–. Tú no parecías muy contento de verme, ¿no lo recuerdas? Supongo que sentía cierta cautela de contar demasiado.

–Ah –dijo él, arrepentido–. Tengo que admitir que cuando vi tu nombre en aquella lista de empleados el primer día me quedé muy impresionado. No sabía cómo me sentiría al verte. Pero… –en ese momento respiró profundamente– ahora comprendo. ¿Cuándo descubriste que estabas embarazada?

–En el hospital.

–Oh, debió ser muy difícil para ti. Has sufrido mucho. Tu madre y tú lo habéis pasado muy mal… perder a tu pobre padre.

–Al principio fue muy duro –reconoció ella–. Pero el tiempo ha pasado y ahora estamos bien. De verdad. El tiempo es sabio y ayuda a curar las heridas. Además, teníamos que luchar por Vivi.

Alessandro la miró a la cara con un cálido brillo reflejado en los ojos.

El camarero apareció de nuevo en aquel momento con una selección de deliciosos platos.

Alessandro trató con él con su habitual cortesía, pero tenía una seria expresión reflejada en la cara. En cuanto el muchacho se hubo retirado, se giró hacia Lara para continuar preguntándole acerca del hospital, de su recuperación, y de su capacidad para comunicarse.

—Todo lo que mi familia poseía quedó destruido —explicó ella—. Incluso mi teléfono, en el que guardaba tu número. Había creído que lo recordaría, pero durante semanas después de la tragedia era como si mi mente estuviera paralizada. Apenas podía recordar mi propio nombre. Los médicos me explicaron que era debido a una combinación de factores.

—Bueno, eso explica por qué no pude contactar contigo cuando te telefoneé. *Dio*, ¡estaba muy frustrado! —confesó Alessandro, tomando los cubiertos para servir y poniéndole a Lara en el plato tortellini de trufa con salsa de langosta—. ¿Acierto si supongo que cuando te recuperaste e intentaste contactar conmigo no lo lograste?

—Así es. Cuando telefoneé a Harvard, la universidad se negó a darme ningún tipo de información. Finalmente, tras la décima llamada, alguien me dijo que ya no estudiabas allí. Me sentí tan... No sabía dónde estabas, dónde buscar. Y realmente tenía que encontrarte, como ahora comprendes…

Ella hizo una pausa y oyó cómo él maldecía para sí mismo.

–Oh, ¡qué tonto fui! –exclamó Alessandro–. Y entonces descubriste lo de mi matrimonio.

Lara se encogió de hombros y sonrió.

–Supongo que en aquellos momentos yo estaba enamorada de ti. Era mucho más joven y no tenía experiencia en aventuras sofisticadas con ciudadanos del mundo. Así que cuando leí la noticia de… de tu boda en aquella revista…

–Si yo hubiera sabido lo que había ocurrido, habría podido… habría podido… Todo hubiera sido distinto.

–¿Sí? –preguntó ella–. Oh, bueno, todo eso ya es agua pasada. Llámalo destino, o como quieras. Cuando pienso en lo que debiste sufrir cuando viniste a Sídney y yo no estaba esperándote… Oh, pobre Sandro. Lo siento tanto. Lo que debiste pensar… Y durante todos estos años he estado pensando cosas muy duras sobre ti.

Él pareció compungido y Lara creyó ver que se ruborizaba levemente.

–Pensaste cosas duras… –comentó Alessandro.

–Oh, supongo que tú también, desde luego –se apresuró a decir ella–. Realizaste un largo viaje y pensaste que yo te había fallado. Oh, aquel pacto ridículo. Me avergüenza tanto haber insistido en hacerlo. Ahora comprendo; por eso estabas tan hostil conmigo el otro día. Es normal.

–Yo no diría que estuve hostil. Tal vez… reservado. Necesitaba considerar la situación.

–Entonces… hace seis años sí que querías estar conmigo, ¿verdad? –quiso saber Lara.

Él se quedó mirándola en silencio durante largo rato.

–Creo que sí, aunque era muy joven.

–Todo es tan increíble. Apenas puedo pensar con claridad. Creo que los dos necesitamos tiempo para asimilarlo –comentó ella, preguntándose si Alessandro también querría estar con ella en aquel momento.

Él le analizó entonces la cara con su oscura mirada, tras lo que se echó hacia delante y le besó los labios.

–Lo que necesitas ahora es comer un poco. Y creo que después debemos andar.

–¿Andar a dónde? –preguntó Lara, sonriendo.

–Al Seasons…

Capítulo Dieciséis

Mientras se dirigían hacia George Street, Alessandro se maravilló ante el hecho de que en tan sólo un par de días el mundo había cambiado por completo. En poco tiempo conocería a su hija.

En un par de ocasiones durante el corto trayecto hacia el Seasons, tomó a Lara entre sus brazos y la besó apasionadamente. Cuando por fin llegaron a la puerta de su habitación de hotel, introdujo la llave en la cerradura y sintió lo erecto que estaba su miembro viril. Notó que el deseo de ella era tan tangible como el suyo. Sus ojos habían adquirido una tonalidad azul oscura que le derretía la sangre.

Pensó que no debía volver a haber más secretos entre Lara y él. La tomó en brazos y ella lo abrazó por el cuello. Entonces le quitó la *pashmina* con cuidado.

Lara se rindió ante el intenso placer de las caricias de Alessandro cuando él le hechó hacia atrás el cabello...

–Eres exactamente como te recuerdo de aquella primera vez –comentó él con el deseo reflejado en la voz–. Tan bella.

–Me temo que en realidad no –respondió ella, esbozando una mueca.

—Eres incluso más bella, tesoro —afirmó Alessandro con dulzura.

A continuación la guió a la cama y Lara se sentó a su lado mientras él se quitaba los zapatos y los calcetines. Tras hacerlo, le bajó la cremallera del vestido. Lara sintió el frío en la espalda y cómo Alessandro le acariciaba la espina dorsal, así como la cicatriz que le cubría parte del cuello y del hombro.

Se puso tensa y sintió ganas de apartarse, pero él intentó tranquilizarla.

—No, no te estremezcas.

Ella se quedó sentada muy rígida y se forzó a no reaccionar. Alessandro estuvo bastante rato acariciándole la cicatriz y, en un momento dado, comenzó a besar la rugosa piel de ésta.

Lara se quedó muy impresionada pero, al no dejar él de besarle la cicatriz, comenzó a relajarse. Pudo sentir que el deseo de Alessandro no disminuyó, sino todo lo contrario. Entonces, con una apasionada hambre, él la giró para besarle la garganta y la cara. El vestido que llevaba puesto le cayó por los hombros y Alessandro le desabrochó el sujetador y le devoró los pechos con los labios.

Después de aquello, no quedó lugar para la ansiedad. Sólo existían las manos y labios de él, sus pechos desnudos y la pasión que estaba recorriéndole las venas.

Alessandro la desnudó por completo con unas ardientes manos, tras lo que se quitó su propia ropa. Entonces la tumbó en la cama mientras le daba un profundo y posesivo beso.

Ella se quedó tumbada junto a él, emocionada al explorarle Alessandro con los dedos y lengua su desnudo cuerpo. Logró excitarla como nunca al incitarle los sensibles pétalos que tenía debajo de su triángulo rubio, primero con los dedos y después con la lengua. Gimió y jadeó, invadida por una frenética necesidad.

En ese momento él se puso sobre ella y se colocó entre sus muslos. La miró a la cara con una seria e intensa expresión reflejada en los ojos.

–¿Sabes cómo me sentí cuando no te encontré en el Centrepoint Tower? No había… ningún lugar en el mundo en el que quisiera estar. Sentí una intensa sensación de vacío. Fue tal y como lo describen; se me rompió el corazón.

Lara sintió un intenso remordimiento y amor en el corazón. Lo abrazó estrechamente contra su cuerpo. Entonces lo besó y la respuesta que obtuvo fue tan apasionada que la lujuria se apoderó de ella. Separó las piernas en una clara invitación a que la poseyera. Lo abrazó mientras la penetraba y comenzaba a hacerle el amor. Un intenso placer se apoderó de sus sentidos y alcanzó un increíble éxtasis en poco tiempo.

Más tarde, ella le hizo el amor a él. Disfrutó enormemente al sentir su aterciopelada dureza dentro de su húmedo sexo y sus músculos bajo la bronceada piel que tenía. Se emocionó al darle la vuelta Alessandro y tumbarla sobre el colchón, momento en el que consiguió llevarla a alcanzar otro intenso clímax.

Al amanecer, un satisfecho Alessandro la abrazó y se acurrucó en su cuerpo. Le encantó sentir el duro trasero de ella sobre su entrepierna. De aquella manera se quedó profundamente dormido.

Pero algo lo despertó. Sintiendo frío, se apoyó en un hombro y vio la pálida luz que había comenzado a introducirse por las ventanas.

Parpadeó y tras un momento se dio cuenta de que Lara estaba de pie, completamente vestida.

–*Per carità* –gruñó–. ¿Ahora qué pasa? ¿Dónde vas?

–Lo siento, cariño. Tengo que marcharme. Realmente tengo que marcharme. Vivi se despertará en cualquier momento. Tengo que estar en casa. Así son las cosas cuando eres padre. Lo siento.

Tras explicar aquello, ella le lanzó un beso y salió por la puerta.

Capítulo Diecisiete

El sábado amaneció despejado. Corría un poco de brisa que alborotaba las hojas que habían caído de los árboles. Lara había decidido no decirle a Vivi que iban a ver a Alessandro hasta aquella misma mañana, por si acaso la niña se preocupaba.

Ella ya estaba suficientemente nerviosa por las dos. No podía concentrarse en nada.

Greta había salido de excursión con la orquesta amateur en la que tocaba, así que Vivi y Lara tenían la casa entera para ellas.

Lara le dio la noticia de la cita con Alessandro a su hija durante el desayuno. No quería que pareciera el acontecimiento más importante de los anteriores cinco años, pero no supo si había tenido mucho éxito. La pequeña la miró con los ojos como platos, muy curiosa. Incluso tal vez un poco precavida.

–¿Es tu marido? –preguntó tras un largo minuto de silencio.

–No, no –se apresuró a contestar Lara–. Es… un amigo. Ya verás. Es un amigo muy agradable.

Alessandro salió a correr por la playa muy pronto por la mañana. Estaba un poco angustiado. ¿Qué podía decirle un hombre a una niña pequeña? Pensó que debía haberlo hablado con Lara antes, debían haber planeado alguna conversación adecuada.

Le había comprado a la pequeña un colgante con un rubí incrustado, así como una increíblemente delicada cadenita de oro para llevarlo. No supo si debía haberle preguntado a Lara antes de adquirir algún regalo.

Tras regresar de correr se duchó y se afeitó con mucho esmero. Se puso unos pantalones vaqueros, un polo y unos mocasines. A continuación se sentó para tomar el desayuno que le había llevado el servicio de habitaciones, pero sólo fue capaz de tomarse el café.

Habían acordado verse a las once para darle a Vivi tiempo de acostumbrarse a la idea, pero no demasiado. Muy nervioso, se dirigió antes de tiempo al parque y una vez allí dio un pequeño paseo. Pero repentinamente se quedó paralizado al ver a Lara junto a un estanque… con una niña de cabello oscuro a la que estaba indicándole algo en el agua.

Como si hubiera sentido su presencia, Lara se giró y lo miró. Entonces se agachó para decirle algo a la pequeña, que se giró bruscamente y tomó la mano de su madre.

Tras vacilar levemente, ambas se dirigieron hacia él. Alessandro hizo a su vez lo mismo. Al ver más de cerca a Vivi, le impresionó ver que tenía las mismas facciones que su madre, pero con su color de ojos y pelo. Iba vestida con unos pequeños pantalones vaqueros y una divertida camiseta rosa con estampado de mariposas.

Lara sintió cómo la pequeña le agarraba la mano con fuerza y tuvo que forzarse a continuar andando. Ella misma también estaba muy nerviosa. Vio que Alessandro parecía muy tranquilo. Cuando estuvieron frente a frente, lo saludó. Era un momento surrealista ya que se sintió dividida entre la casi tangible corriente de deseo que le recorrió por dentro al ver a su amante y la cercanía con su pequeña.

–Cariño –le dijo a Vivi, sonriéndole–. Éste es Alessandro.

Él se arrodilló para hablar con la niña. Sus ojos reflejaban una ternura que conmovió a Lara.

–¿Y tú cómo te llamas?

–Vivienne Alessandra Meadows –contestó la niña, tímida.

–Ah –exclamó Alessandro, sonriendo a la pequeña–. Es… es un nombre… –añadió con una controlada voz, aunque en realidad estaba muy emocionado–, mira, he traído algo para ti.

Entonces se sacó del bolsillo una pequeña caja de terciopelo rosa.

Vivi la miró con ojos curiosos y de inmediato miró a su madre.

–Adelante –la autorizó Lara, sonriendo–. Es para ti. Puedes tomarla.

Cuando la pequeña logró abrir la cajita con ayuda de su madre, se quedó mirando sin habla el pequeño tesoro que en ella se escondía.

–Gracias –le susurró Lara a la pequeña al oído.

La niña movió los labios, pero no emitió ningún sonido.

–¿Te gustaría ponértelo? –perseveró Lara.

Vivi negó con la cabeza, pero cuando su madre se ofreció a llevarle la cajita se negó contundentemente.

Alessandro se levantó y el silencio se apoderó de la situación durante unos segundos.

–Hace fresco, ¿verdad? –comentó entonces Lara para intentar romper el hielo–. Me alegra que por lo menos haga un poco de sol.

–¿No hay siempre sol en Australia? –respondió él, sonriendo. A continuación se dirigió a su hija–. Aquí nunca llueve, ¿no es así, Vivi?

La niña prefirió no decir nada y de nuevo tomó con fuerza la mano de su madre.

–Bueno… –dijo Lara alegremente– me apetece dar un paseo. ¿A ti no, Alessandro? ¿Por qué no vamos a ver lo que están haciendo los patos? Creo que hay anguilas merodeando ese estanque.

–¡Anguilas! Bueno, anguilas es precisamente lo que me apetece ver ahora –contestó él, esbozando una sonrisa de agradecimiento–. Después me gustaría descubrir si en este parque hay columpios.

Vivi no pudo contenerse a aquello.

–Sí que hay columpios –se atrevió a murmurar–. Y un tobogán.

Una vez que hubieron visto los patos y una supuesta anguila durante largo rato, se dirigieron a los columpios para que Vivi jugara hasta cansarse. Para aquel entonces el ambiente entre ellos estaba mucho más relajado. Lara sugirió que Alessandro fuera con ellas a casa para comer y él aceptó sin vacilar.

La comida fue todo un éxito, para alivio de Lara. Él no dejó nada en su plato e impresionó a Vivi al echar aceite de oliva en su pan y comérselo. Durante la sobremesa, relajada, la pequeña le preguntó si le gustaría ver a Kylie Minogie.

–¿Kylie Minogie? –repitió Alessandro, perplejo.

Lara lo miró y levantó las cejas para hacerle entender el enorme honor que le estaba siendo ofrecido, por lo que él afirmó que le hacía mucha ilusión conocer a esa persona. Cuando Vivi le mostró su querida muñeca, su madre tuvo que contener la risa ante la expresión de desconcierto de Alessandro.

–Oh… Kylie Minogie –dijo él–. Bueno, bueno, Kylie. ¡Qué guapa es!

Aunque la muñeca había perdido ya mucho pelo y no estaba muy nueva, la sentó en su rodilla mientras le servían el té. Vivi miró embelesada a la muñeca. Lara sospechó que estaba un poco celosa… ella misma lo estaba.

Una vez que arreglaron la mesa después de comer, la niña le enseñó a Alessandro algunas más de sus pertenencias… incluidas cada fotografía de la familia Meadows desde que ella había nacido. Finalmente, una divertida Lara contuvo a su hija.

–El pobre Alessandro parece cansado –le dijo a Vivi–. Necesita descansar.

–Sí que estoy un poco cansado –concedió él–. Tal vez pueda ir a tumbarme en tu cama, mami. ¿Qué te parece?

–Oh, tengo una idea mejor –contestó ella, sonriendo–. ¿Por qué no vamos a dar un paseo?

–Tendría que ser un paseo muy bueno –respondió Alessandro, esbozando una pícara sonrisa–. Ah, ya sé. ¿Qué te parece si damos una vuelta en coche y después paseamos?

Ante el entusiasmo de Vivi, las llevó a una bonita playa donde Lara y él jugaron al pilla pilla con la pequeña hasta que su madre cayó sobre la arena completamente rendida. Alessandro se sentó entonces junto a ella y ambos observaron cómo la niña inspeccionaba la orilla del mar en busca de conchas marinas.

En un momento dado, él le puso a Lara un brazo por encima y le dio un beso en la oreja.

–Así que en esto consta ejercer de padre.

–En esto consta –concedió ella–. Tienes que estar todo el tiempo pendiente. Noche y día.

Durante bastante rato él guardó silencio mientras fruncía levemente el ceño.

Angustiada, Lara se preguntó en qué estaría pensando, si estaría deseando tomar el avión que lo alejaría de Sídney a finales de aquella semana.

–Le has hecho un regalo muy bonito –se atrevió a comentar–. Algo para que pueda recordarte.

Alessandro se giró hacia ella y sus agudos ojos oscuros brillaron intensamente.

–Algo para que pueda recordar este día –corrigió con delicadeza.

Capítulo Dieciocho

Alessandro se quedó a cenar y a Vivi le impresionó mucho que insistiera en ser el cocinero.

Tras la cena, una vez que la pequeña se quedó dormida, aunque él había pretendido regresar a su hotel el deseo se apoderó del ambiente y parecía natural que se quedara a pasar la noche en la cama de su amante.

El domingo por la tarde él se había convertido ya en todo un príncipe para la pequeña. Y, aunque ésta estaba deseando que se quedara de nuevo a cenar, según fue transcurriendo el día Alessandro estuvo cada vez más callado y pensativo. Entonces informó a madre e hija de que debía regresar al Seasons para prepararse para la siguiente semana. Tanto la niña como Lara se quedaron muy decepcionadas.

Cuando se despidió de la pequeña con un beso, Lara se sintió profundamente conmovida.

Al día siguiente en el trabajo, Alessandro la llamó por la mañana para que fuera a su despacho. En cuanto la vio le dio un beso, pero a continuación adoptó una actitud muy seria.

–Hay algo que debo decirte.

–¿No estarás embarazado? –bromeó ella para ocultar su ansiedad.

—En esta ocasión no —respondió él, sonriendo—. Esta noche regreso a Italia.

—¿Qué? —espetó Lara, impactada.

Muy triste, pensó que no podía esperar nada; Alessandro no le había hecho ninguna promesa, salvo la del apoyo económico para Vivi. Sintió una gran y amarga decepción.

—¿Ya? ¿No habías dicho que... pensaba que... no ibas a quedarte hasta que tuvieras que viajar a Bangkok?

—Así era, pero las circunstancias han cambiado —explicó él—. No te pongas así. No tienes por qué preocuparte, tesoro. —añadió, abrazándola—. Sé que es muy repentino, pero hay ciertas cosas que debo hacer allí, cosas urgentes. Sólo será por un par de días. Probablemente me pase por Bangkok cuando regrese.

—¿De verdad? —preguntó ella, dubitativa—. ¿Cuando regreses aquí?

—Sí, aquí, de verdad —aseguró Alessandro—. Voy a regresar.

Al mirarlo Lara dubitativa, él frunció el ceño.

—Voy a regresar —repitió Alessandro, exasperado—. ¿No me crees?

—Está bien, si tú lo dices —concedió ella, angustiada al pensar que las circunstancias de él podían cambiar y hacer que no volviera, que se olvidara de ellas—. ¿A qué hora sale tu vuelo? Iremos a despedirte al aeropuerto.

—¿Estás segura? —respondió él, impactado—. No hay necesidad. Os veré a la dos muy pronto.

–¡Claro que hay necesidad! –espetó Lara–. Vivi necesita despedirse de su padre.

Cuando en el aeropuerto Alessandro la abrazó y besó por última vez, no pudo contener las lágrimas. Y en el momento en el que tomó a la niña en brazos, tuvo que contener los sollozos.

–Te telefonearé –aseguró él–. Te lo prometo.

Madre e hija lo observaron alejarse por el pasillo de embarque y Lara sintió una gran desesperación.

–Es una pena –comentó Greta más tarde aquella misma velada–. Era un tipo tan agradable. Tenía muchas esperanzas puestas en él.

–Va a regresar, mamá –dijo Lara.

–Oh, bueno. Si tú lo dices. Bien –respondió su madre, que no parecía convencida en absoluto.

En aquel momento Lara perdió aún más la ilusión. En el trabajo comenzó a realizar sus tareas como autómata.

–Ponte las pilas, cariño –le dijo Tuila, deteniéndose junto a su escritorio–. Él regresará. Todavía no ha encontrado un director.

El miércoles por la noche, el teléfono sonó durante la cena. Lara se apresuró a responder.

–Hola, tesoro –dijo Alessandro–. ¿Qué haces ahora mismo?

–Estoy cenando con mi familia –respondió ella emocionada–. ¿Qué estás haciendo tú?

–Ah, ¡qué pena! A continuación iba a preguntarte qué llevabas puesto. Así que… ¿está Vivi ahí?

–Sí, y está escuchando cada palabra que digo.

–Bien, así me contendré. Dile que su papá la echa de menos. ¿Tienes tu pasaporte en regla?

–¿Qué?

–Quiero que viajes a Bangkok para encontrarte allí conmigo. ¿Lo harás, Larissa?

–Bueno, tenía un pasaporte, pero… Y yo… sabes que no puedo dejar a Vivi.

–No quiero que la dejes. Tráela contigo. ¿Vendréis, tesoro?

–Pero… –comenzó a protestar Lara, invadida por la ansiedad, emoción y alegría al mismo tiempo– ¿cuándo? ¿Durante… cuánto tiempo?

–Dos semanas, tres semanas. Hasta que nos cansemos de la vida de la isla.

–De la vida de la isla –repitió ella.

–Sí. Los tres juntos. ¿Entonces…? ¿Qué dices? –quiso saber él.

Lara miró a Vivi y a su madre, que estaban mirándola a su vez a ella para intentar comprender la conversación.

–Iremos.

Cuando, cansadas y nerviosas Lara y Vivi llegaron al aeropuerto de Bangkok tras un largo viaje, Lara buscó a Alessandro con la mirada. Éste estaba esperándolas entre la muchedumbre y al verlas corrió hacia ellas y tomó a ambas en brazos.

–Vivi ¿has dormido durante el vuelo? ¿Has cuidado de tu mami por mí?

Una vez fuera de la terminal, él las guió a una limusina mientras el chófer se encargaba de sus maletas.

—Esta noche dormiremos aquí, en Bangkok –informó Alessandro cuando estuvieron los tres sentados en el vehículo–. Y mañana viajaremos a la isla.

—Una isla –dijo Vivi con los ojos como platos.

—Sí, Vivi, una isla con arena blanca y coral, y unos barquitos preciosos –explicó su padre–. Creo que incluso hay monos muy cerca.

—Monos –repitió la niña, emocionada.

Él se rió y besó a Vivi. Entonces tomó una mano de Lara.

—Os he echado mucho de menos.

—Me temo que te acostumbrarás a nuestros encantos muy pronto, *signor*.

—Precisamente, de eso se trata.

Por la noche de un día muy largo durante el que fueron a una playa en la que había unos divertidos monos, Alessandro se acercó a Lara, que estaba sentada en un sillón en el porche de la casa que ocupaban en la isla.

Le entregó una copa con una bebida rosa y se sentó en el sillón que había junto a ella.

—Vivi está completamente dormida –comentó con satisfacción.

—Los monos pueden llegar a ser agotadores –observó Lara, reposando la mano en un muslo de él.

—Debemos recordarlo para el futuro.

Ella sonrió. Durante unos minutos estuvo en silencio escuchando el sonido de las olas mientras disfrutaba de la inmensa felicidad de estar con Alessandro.

—He estado pensando, *carissa* –dijo entonces él–. Los directores que barajamos para Stiletto eran bastante malos.

—¿Todos? –preguntó Lara.

—Sí, todos. Eran demasiado jóvenes, demasiado... demasiado... la mitad de ellos parecían jugadores de críquet.

Ella se quedó mirándolo, sorprendida.

—¿Es eso algo malo?

—Podemos hacerlo mejor –respondió Alessandro, frunciendo el ceño.

—Parece como si tuvieras a alguien en mente –señaló Lara. Pero entonces lo miró y le dio un vuelco el corazón–. No estarás pensando...

—Sí. A ese personal le vendría bien una reorganización. ¿Cómo voy a confiar en uno de esos *cowboys* para que lo haga? Ésa fue una de las razones por las que viajé a Italia. Tenía que arreglar algunas cosas.

—Oh... pero eso es estupendo. ¿Te quedarás entonces en Sídney durante un tiempo?

—Me gustaría –contestó él, sonriendo–. Estaba pensando hacerlo... por lo menos hasta que Vivi termine la primaria. Entonces, si es necesario, podemos reconsiderar las cosas. Me gustaría que nuestra hija conociera al resto de su familia. Veremos cómo marchan las cosas. Hasta entonces podemos ir de vacaciones a Italia...

—Oh… así que… ¿te quedas con nosotras? ¿Definitivamente? —preguntó ella, impresionada.

—Dónde me quede en Sídney depende de una cosa —continuó Alessandro, tomando las manos de ella entre las suyas—. Estoy tan enamorado de ti, Lara, que esperaba que si pasábamos estas cortas vacaciones aquí, en familia, tú te darías cuenta de que los tres podemos estar siempre juntos.

—¡Oh! —exclamó ella. Lágrimas de alegría brotaron a sus ojos—. Sandro, debes saber que te amo. No hay nada que me gustara más.

A continuación lo besó y él le respondió con pasión.

—No, no, no me tientes —dijo Alessandro tras romper aquel sensual contacto—. Todavía no. No, hasta que aclaremos algunas cosas.

Repentinamente la expresión de su cara se tornó muy seria.

—Hay algo que me preocupa, tesoro —comentó—. Llámame antiguo, pero siento que tengo ciertas obligaciones con mi familia. Los Vincenti pueden ser flexibles con la mayoría de las tradiciones, pero hay una que es realmente… obligatoria. A nosotros, los Vicenti, nos gusta casarnos con nuestras mujeres. Es importante para mí. No tiene mucho sentido ser *marchese* si no tienes una *marchesa*. Necesito saber que estaremos verdaderamente juntos. Para siempre. ¿Lo comprendes? No quiero arriesgarme a perderte de nuevo.

—Oh… —susurró Lara con la mirada empañada por las lágrimas.

–Creo que sí que comprendo lo que estás explicándome. Claro que me casaría contigo –afirmó ella, echándose hacia delante en el sillón y abrazando a Alessandro–. Sí, sí y sí.

–*Grazie a Dio!* –ofreció él con la alegría reflejada en la cara–. No te arrepentirás, te lo prometo. Estaremos contentos juntos porque nos amamos. Vivi será feliz. Estará segura. Yo os protegeré a ambas. Todos estarán contentos. Tu madre, mi madre…

Lara asintió con la cabeza, muy emocionada y nerviosa.

Alessandro la abrazó estrechamente y le besó sensualmente el cuello. Lara miró el oscuro cielo tropical que los envolvía y dio gracias por todos los tesoros que tenía.

HARLEQUIN

HIJO SECRETO

MICHELLE REID
Pasión oriental

Capítulo 1

RAFIQ Al-Qadim salió de una limusina con chófer y entró por las puertas de cristal del Banco de Rahman. En un puño apretado llevaba un periódico enrollado y sus ojos brillaban con rabia. Detrás de él iba su nuevo ayudante, Kadir Al-Kadir, con la servicial actitud de aquel con quien probablemente su jefe iba a pagar su malhumor.

Cuando Rafiq se dirigió a los ascensores, la gente se hizo a un lado para dar paso a aquel hombre alto y fuerte. Él no se dio cuenta. Estaba demasiado consumido por la furia. Apretó el botón del ascensor y las puertas se cerraron, dejando fuera a Kadir Al-Kadir y al mar de rostros sorprendidos por su actitud.

Jamás lo habían visto así. Era conocido por su extremado autocontrol. Pero nunca había estado tan enfadado.

La rabia estaba amenazando con estallar.

El ascensor tardó menos de quince segundos en llegar a su destino. Las puertas se abrieron. Rafiq salió. Su secretaria lo miró, se puso pálida y bajó la mirada.

–Buenos días, señor –lo saludó–. Ha habido varios mensajes para usted, y la primera persona con la que está citado llegará dentro...

–No me pase ninguna llamada. Nada... –la interrumpió.

Siguió caminando con gracia viril. Su secretaria,

Nadia, lo siguió mirando, sorprendida, porque tampoco ella había visto de aquel modo a su jefe.

La oficina de Rafiq era lujosa. Techos altos, suelos de mármol, y una pared acristalada. La pálida luz del sol de una mañana invernal de Londres iluminó su cabello negro y su duro perfil árabe.

Dejó el periódico en la mesa de mármol y con el golpe se se desbarató, mostrándole una de las páginas interiores. Era trabajo de Kadir rastrear los periódicos del mundo, marcar aquellas noticias que pudieran interesar al director del Banco de Rahman. Pero Kadir no volvería a cometer aquel error, pensó Rafiq con rabia, mirando el periódico. Lo había engañado una mujer, lo había tomado por estúpido. Y ahí estaba, estampado en la página central de un periódico sensacionalista español. Su vida privada aparecía aireada, manoseada y además era motivo de burla. El titular era:

Increíbles declaraciones: Serena Cordero deja a jeque millonario para casarse con su compañero de baile, Carlos Montes.

Hacía solo seis meses ella había estado unida a él como una lapa, lo había adorado y le había dicho que no podría amar a nadie más. La muy mentirosa, traidora e infiel. Su hermano Hassan le había advertido ya entonces acerca de Carlos Montes y Serena. Rafiq no había hecho caso a aquellos rumores, pensando que eran mera publicidad, para agregar un poco de sal a la gira que estaban realizando los dos bailarines de flamenco.

Ahora sabía la verdad, y casi masticaba la amargura de su engreimiento al creer que Serena no podría desear a otro hombre más que a él. Era la tercera vez en su vida que lo engañaba una mujer. Una vez, su madre, y otra, la única mujer a la que había amado.

Después de aquella amarga experiencia, se había jurado que jamás volvería a dejarse engañar por una mujer.

Y le había pasado de nuevo.

Sonó su móvil. Lo sacó del bolsillo y se lo llevó al oído.

–Querido... –se oyó en español–. Por favor, no cuelgues. ¡Necesito que me escuches!

Rafiq endureció su gesto al oír el tono sensual al otro lado de la línea.

–Tenemos problemas con la gira. Necesitábamos una noticia que nos diera publicidad. Te quiero, Rafiq. Sabes que te quiero. Pero el matrimonio entre nosotros nunca fue posible. ¿No puedes aceptar la situación tal cual es?

–Eres la esposa de otro. No vuelvas a llamarme –dijo Rafiq, y colgó, tirando el teléfono como si estuviera apestado.

Se hizo el silencio. Delante de él estaba el teléfono que había arrojado y el maldito periódico. Pero a sus espaldas el resto del mundo se estaría riendo de él. Era un hombre en toda regla, y quien se riese de él se transformaría en un auténtico enemigo.

Recogió el periódico y lo tiró violentamente a la papelera, mirándolo de reojo. El nombre de Serena Cordero no volvería a aparecer ante sus ojos, juró, mientras el teléfono fijo que había en su escritorio sonaba. Le clavó los ojos negros y lo agarró como si fuera el cuello de su víctima.

–¡He dicho ninguna llamada! –gritó.

–Por tu tono, supongo que hoy has visto las noticias –dijo una voz seca.

Era su hermanastro, Hassan. Debía de habérselo imaginado.

Rafiq se giró y se dejó caer en su mullido sillón de piel.

–Si me has llamado para decirme «ya te lo dije», te aconsejo que te calles –contestó Rafiq.

–¿Debo compadecerte? –sugirió Hassan con ironía.

–Lo que puedes hacer es no meterte en lo que no te importa –respondió Rafiq. Luego agregó en tono grave–: ¿Lo sabe nuestro padre?

–¿Crees que no tenemos otra cosa que hacer que dedicarnos a comentar los cotilleos sobre tu vida amorosa?

–No tengo una vida amorosa –contestó, irritado, Rafiq. Aquello había sido parte del problema con Serena. No había sido fácil tener tiempo para compartir, con la apretada agenda de ambos... Apenas la había visto tres veces en los últimos meses. Cuando Serena viajaba por el mundo con su espectáculo, él volaba en dirección contraria por sus negocios.

–¿Cómo está nuestro padre? –preguntó.

–Está bien –le aseguró su hermano–. Los análisis de sangre han salido bien, y está bien de ánimo. No te preocupes por él, Rafiq. Tiene intención de ver nacer a su primer nieto.

Rafiq respiró profundamente. Los últimos seis meses habían sido un pulso para todos ellos. La enfermedad del viejo jeque había sido larga y penosa. Habían sido años de dolor y desgaste. Habían estado a punto de perderlo hacía seis meses. Pero, gracias a Alá, se había repuesto al oír la noticia de la próxima llegada de su nieto. Ahora la enfermedad estaba remitiendo, pero nadie podía decir cuánto tiempo seguiría así. Entonces, desde aquel momento, habían decidido acompañarlo siempre uno de los dos hermanos. El viejo jeque necesitaba el apoyo de sus hijos. Y ellos se quedaban tranquilos de que uno de los dos estaría presente si su padre empeoraba. Puesto que la esposa de Hassan, Leona, estaba en la última etapa de un embarazo muy deseado y esperado, Hassan había decidido que sería él quien se quedase en el hogar paterno, y se ocupase de los asuntos de estado. Mientras tanto Rafiq se ocuparía de los negocios internacionales de la familia.

–¿Y Leona? –preguntó Rafiq.

–Redonda –bromeó Hassan.

Pero Rafiq notó el tono de felicidad y orgullo en la voz de su hermano. Le hubiera gustado saber cómo era sentirse así.

Luego, se dijo que no, que no estaba dispuesto a pasar por aquel pedregoso camino, y cambió de tema. Era mejor hablar de negocios.

Pero cuando colgó, Rafiq siguió allí, dándole vueltas a la cabeza, y preguntándose por qué estaba tan enfadado.

Nunca había amado a Serena. Era cierto que el matrimonio entre ellos era algo imposible. Ella era hermosa y apasionada, la mujer perfecta para la cama, en realidad. Pero el amor jamás había sido el motor de su relación. Aunque a ella le gustase usar esa palabra con él. Había sido el sexo, solo sexo, lo que los había unido. Y añorar un amor como el de su hermano era una tontería.

Se puso de pie y se acercó a mirar por el ventanal. Recordó que en algún momento de su vida había creído encontrar el amor, y que luego se había dado cuenta de que no era de verdad. Desde entonces, no había buscado el amor. No quería volver a sentir que lo atrapaba penosamente. Ni deseaba pasar sus genes a nadie. Eso le correspondía a Hassan y a Leona, cuyos genes podrían mezclarse exitosamente.

Su corazón pareció encogerse e hizo un gesto de dolor. Estaba solo. La soledad de su vida le hacía envidiar a toda esa gente que caminaba por la calle allí abajo, porque seguramente tenían a alguien que los esperaba por la noche, mientras que él...

Bueno, él estaba allí, en su torre de marfil, personificando al rico y poderoso privilegiado, envidiado por todos... Cuando la verdad era que, a veces, en lo afectivo, se sentía tan pobre como un mendigo.

¿Sería culpa de Serena? No, de Serena no, sino de aquella otra mujer de cabello dorado, como el de la chica que estaba parada en la esquina, allí abajo, reflexionó. Melanie lo había destrozado. Bella, tímida y calculadora, había conocido a un Rafiq demasiado joven y confiado, lleno de optimismo, y lo había transformado en el hombre duro y cínico que era en la actualidad.

¿Dónde estaría Melanie ahora? ¿Qué habría sido de Melanie en los últimos ocho años? ¿Se acordaría de él alguna vez y de lo que le había hecho? ¿O se habría olvidado hasta de su nombre? Esto último sería lo más probable, pensó. Melanie podría haber tenido cara de ángel, pero tenía el corazón de una prostituta. Y las prostitutas no recordaban los nombres. El suyo estaría mezclado con todos los demás.

Su móvil volvió a sonar. Sería esa otra zorra, Serena, pensó. No era el tipo de mujer que se diera por vencida fácilmente. ¿Qué hacía? ¿Atendía la llamada? ¿La ignoraba?

Miró a la extraña de cabello dorado de la calle. Estaba dudosa. Parecía no saber adónde ir. Él comprendía aquella sensación.

En realidad, hasta la extraña de la esquina hubiera tenido más posibilidades de que atendiese su llamada que Serena.

No contestaría al teléfono, ninguna mujer merecía la pena.

De pie en la acera, frente al imponente edificio de mármol, acero y cristal, del Banco Internacional de

Rahman, Melanie intentaba convencerse de que estaba haciendo lo correcto yendo allí.

¿Tendría alguna posibilidad de que aquello saliera bien?

¿Estaría perdiendo el tiempo al ir allí a ver a un hombre del que sabía, por experiencia, que no sentía ningún respeto por ella?

«Recuerda lo que dijo, recuerda lo que dijo», le advertía una voz en su cabeza. «Date la vuelta, Melanie. Vete».

Pero marcharse era la opción más fácil. Y las opciones fáciles nunca eran las suyas. O hacía aquello o se marchaba a casa y no le decía nada a Robbie. Estaba entre la espada y pared.

«Piensa en Robbie», se dijo firmemente, y se animó a andar hacia las puertas de metal plateado y cristal.

Al acercarse, vio su reflejo en el brillo del cristal. No le gustó. Una mujer demasiado delgada, de pelo claro, con un moño en la cabeza, y una gran palidez en la cara debido al estrés. Sus ojos parecían demasiado grandes, su boca, vulnerable. Sobre todo parecía demasiado frágil como para ir a ver a un arrogante como Rafiq Al-Quadim. Podría pisarla sin darse cuenta siquiera, le advirtió su reflejo.

«Te hará lo que te hizo la última vez. Te helará con la mirada y te echará».

Pero no dejaría que lo hiciera aquella vez.

Las puertas se abrieron y ella sintió un nudo en el estómago.

Al igual que su exterior, el interior del Banco de Rahman era de mármol, acero y cristal.

Tres plantas de paredes de cristal daban la impresión de un espacio abierto, pero lleno de ordenadores. Las plantas exóticas no lograban suavizar la fría atmósfera. Gente de traje gris o negro se movía con la confianza de aquellos que saben exactamente lo que están haciendo.

Era una oficina fría y sofisticada; todo lo que no era ella. El duro mundo de las finanzas no la fascinaba. Nunca la había fascinado, y jamás lo haría. Pero debía admitir que se había vestido para aquella ocasión con un traje negro acorde con aquel lugar.

¿Había sido deliberado? Sí, había sido deliberado, se contestó, mientras atravesaba el ajetreado edificio con sus zapatos de tacón, rumbo a los ascensores.

Se había vestido para impresionar, para hacer que él se lo pensara dos veces antes de que intentase echarla de nuevo. Melanie Leggett, vestida con vaqueros, jamás había logrado eso, pero Melanie Portreath, vestida con un traje de diseño, tal vez lo hiciera.

Una placa metálica que había entre dos de los ascensores indicaba los departamentos que había en cada piso. Dudó un momento. Luego pensó que solo podía estar en el último piso, porque a los poderosos ejecutivos les gustaba tener a sus inferiores debajo de ellos.

Ella lo sabía bien, puesto que hacía muchos años había tenido el papel de inferior que adora a su ególatra superior, y había conocido lo que era sentirse pisoteada. Era mejor que alejara aquellos pensamientos de su mente, pensó Melanie, mientras su corazón empezaba a acelerar su latido. Apretó el botón del último piso y apenas sintió que el ascensor se moviera. Estaba nerviosa y un poco excitada por lo que iba a hacer.

Iba a enfrentarse a la verdad, una oscura y peligrosa verdad en potencia.

La puerta del ascensor se abrió y sus rodillas comenzaron a aflojarse. Salió. El vestíbulo de aquella parte era más pequeño, pero refinado. El suelo estaba cubierto de alfombras y había un escritorio de acero delante de una pared de cristal cubierta con persianas.

Una mujer morena estaba trabajando detrás del escritorio. Alzó la mirada al ver acercarse a Melanie, se puso de pie y sonrió.

–¿Señora Portreath? ¡Encantada de conocerla! –sonrió cálidamente la mujer. Tenía un leve acento extranjero–. Mi nombre es Nadia –extendió la mano para saludarla–. Soy la secretaria del señor Al-Quadim. Me temo que el señor Al-Quadim está un poco atrasado esta mañana –se disculpó–. Y la información que envió su abogado ha llegado apenas hace cinco minutos. Por favor... –indicó varios sillones de piel–. Póngase cómoda mientras voy a ver si el señor Al-Quadim está disponible.

Melanie pensó que no estaría disponible para ella.

Nadia se dirigió a una puerta enorme de madera. Se detuvo como si necesitase recomponerse antes de golpearla, la abrió y entró.

Melanie pensó que, si su secretaria tenía que prepararse antes de ir a ver a su jefe... ¿qué la esperaría a ella?

Él era un hombre que podía petrificar a cualquiera con una sola mirada. Un hombre que podía echar a una persona solo con una palabra: «Vete».

Sintió un nudo en el estómago al recordarlo. Durante seis semanas la había cortejado y la había seducido para que se enamorase de él. Le había pedido que se casara con él y le había prometido la luna. Le había dicho que nadie podría amarla como la amaba él... Luego la había llevado a la cama y le había robado su inocencia. Después, con la prueba de una escena calculadamente preparada, le había dado la espalda con aquella palabra: «Vete».

¿Realmente quería volver a pasar por aquella humillación?, se preguntó Melanie. ¿Era una locura querer exponer a Robbie a lo mismo?

Empezó a pensar seriamente en darse la vuelta y cambiar de parecer.

La puerta de la oficina se abrió.

–¿Señora Portreath? –preguntó la secretaria.

Melanie no podía moverse. Era horrible. Por un momento pensó que iba a desmayarse.

–¿Señora Portreath...?

«Recuerda por qué estás haciendo esto», se dijo Melanie. Tenía que pensar en Robbie. Él la quería y estaba sufriendo en ese momento, sintiendo la vulnerabilidad de su propia vida, y más aún, la de ella. Rafiq no sabía a qué le había dado la espalda hacía ocho años. Se merecía la oportunidad de saber de la existencia de Robbie, y el niño se merecía la oportunidad de conocerlo.

Pero ella tenía miedo de lo que pudiera significar para todos ellos. Rafiq pertenecía a una raza y una cultura diferente. Veía las cosas a través de una mirada diferente a la de ella. Podría no querer saber nada de Robbie.

–¿Señora Portreath? El señor Al-Quadim la recibirá ahora.

Si Rafiq rechazaba a Robbie sería un golpe muy duro para él. Claro que no tenía por qué decirle nada acerca de su visita a Rafiq... Pero también sabía que, para su hijo, valdría la pena el riesgo. Debía hacerlo por Robbie. «Así que, hazlo por él, y tal vez empieces a dormir de noche», se dijo.

«Vete», resonó la orden de Rafiq en su cabeza. Debía soportar la posibilidad de volver a oírla, por Robbie.

–Sí, gracias –murmuró Melanie, recuperando el control de sí misma.

Una de las hojas de la puerta que daba al despacho de Rafiq quedó abierta. Nadia se quedó de pie, a un lado de la puerta, esperando que Melanie entrase.

Melanie dio un paso adelante y entró.

La habitación era otro ambiente de acero y mármol, con techos altos y una pared acristalada.

Frente al escritorio estaba Rafiq Al-Quadim. Llevaba un traje gris oscuro y estaba mirando unos papeles que había encima del escritorio. Los papeles que había enviado ella, reconoció Melanie. Sus requerimientos. Volvió a ponerse nerviosa. ¿Se habría enterado ya? ¿Lo sabría ya?

Melanie se quedó al lado de la puerta, esperando que él alzara la vista.

Rafiq pareció tardar en hacerlo deliberadamente. No estaba seguro de si había hecho bien en aceptar aquel encuentro con esa tal señora Portreath. Si bien la mujer había heredado la fortuna de los Portreath, sus millones eran poca cosa para un banco inversor como aquel. Randal Soames, el albacea de los bienes de los Portreath, lo había convencido para que aceptase aquella entrevista. Él había aceptado como un favor a Randal, porque la mujer se había obstinado en hacer uso de los servicios del banco, y más aún, en entrevistarse con él. Debía de ser muy manipuladora como para haber convencido a Randal Soames de que fuera contra su propio juicio.

No le gustaba ese tipo de mujer. Claro que era cierto que despreciaba a todas las mujeres.

–La señora Portreath está aquí, señor –le informó Nadia valientemente, puesto que sabía el malhumor que tenía su jefe.

Rafiq hizo un esfuerzo e intentó sonreír al levantar la cabeza. Lo que vio fue como un hachazo a su corazón. Por un momento, se preguntó si no estaría viendo visiones. No podía creerlo. Parecía que había conjurado su presencia allí. En cualquier momento aparecerían otras dos mujeres: Serena y su madre. Las tres brujas.

Cuando Rafiq alzó la cabeza, Melanie sintió que no podía respirar.

Él no había cambiado, fue su primer pensamiento. Seguía teniendo el porte de un gladiador romano y el gesto de quien no muestra debilidad alguna. Tenía el pelo negro azabache como siempre, las manos grandes y fuertes como las recordaba. Podía llenar una habitación con aquel tamaño y aquella presencia sólida y eléctrica, pensó Melanie.

Sin embargo, su altura y su tamaño, añadido a su actitud reservada, le habían hecho ser muy amable con él. ¿Por qué habría sido? No era un gigante vulnerable. Más bien había sido cruel, un hombre sin corazón, del modo en que la había echado.

Melanie esperó encontrar aquel despiadado brillo en sus ojos, pero lo que encontró la dejó helada: eran los mismos ojos de Robbie. Los hermosos ojos negros de Robbie. Las largas pestañas de Robbie, y el corte de cara suyo también.

Y su belleza, ¡Dios santo!, se había olvidado de aquella belleza masculina.

¿Cómo podía ser indiferente a él cuando había sido él quien había cincelado la imagen de su hijo? Era como mirar el futuro y descubrir a su adorado Robbie con treinta y tantos años; un hombre atractivo destinado a romper corazones del mismo modo que lo había hecho su padre. No sabía si eso la enorgullecía o le preocupaba. Pero... ¿Por qué pensaba en esas cosas en aquel momento, en que debía ocuparse de cosas más importantes?

Sentía nervios y temor en su interior. Tenía ganas de llorar. Llorar por un amor perdido, por un amor irrecuperable. No quería sentirse así. Le dolía tanto como si hubiera sido ayer cuando él la había apartado de su vida.

Un movimiento detrás de ella llamó su atención. Estaba allí la secretaria aún, preguntándose seguramente, qué ocurría. Ni ella ni Rafiq habían dicho una sola palabra. Rafiq estaba helado, en estado de shock. Era evidente que no podía articular una sola palabra.

Así que tendría que ser ella, pensó Melanie.

Había estado planeando cómo reaccionar cuando llegase aquel momento. Se trataba de que reuniese fuerzas para poner el plan en acción. Pero no era fácil. Había ido allí pensando que Rafiq había destruido todo lo que sentía por él. Y ahora sabía que no era cierto.

Caminó hasta su escritorio hasta que quedó a medio metro de él.

Lo miró. Ella era alta, pero en comparación con Rafiq parecía pequeña. Y esos anchos hombros.... Y su torso viril y musculoso...

Debía dejar de reparar en su musculoso cuerpo, porque aquello la sacudía por dentro.

Lo miró y sus ojos negros parecieron tirar de ella como un imán para que se acercase más a él.

Ella se resistió. Luego, con toda la sofisticación que había adquirido en aquellos ocho años, murmuró:

–Hola, Rafiq. Ha pasado mucho tiempo, ¿no? –y extendió una mano sorprendentemente firme para saludarlo.

Capítulo 2

FUE como un puñetazo en el estómago.

Melanie estaba de pie, delante de él. No era un fantasma. No era un espectro salido de las profundidades de sus amargos recuerdos. Era el mismo cabello dorado, ojos color miel, piel blanca, rasgos perfectos... La misma boca pequeña, suave y tentadora de siempre. Y esa voz suave y sensual, que parecía atravesar sus sentidos como el recuerdo de las caricias de una amante.

Sin embargo en otros sentidos no era la misma Melanie. La ropa no hacía juego con la antigua Melanie, ni el peinado. La vieja Melanie llevaba vaqueros gastados y zapatillas, no zapatos de piel hechos a mano, con tacones, ni un traje negro que gritaba el nombre de su diseñador. Solía llevar el cabello suelto, enmarcando su rostro, cayendo libremente sobre los hombros... Claro que entonces ella tenía solo veintidós años.

–¿Qué has venido a hacer aquí? –preguntó Rafiq sin contemplaciones.

–Estás sorprendido –ella sonrió con ironía–. Tal vez debí avisarte con antelación.

Aquella sonrisa lo golpeó dentro de su ser como si fuera veneno. No era justo que aún lo estremeciera.

–No habrías podido pasar de la Planta Baja –respondió él con una sinceridad despiadada.

Eso borró la sonrisa de la cara de Melanie, y ayudó a que Rafiq aliviara su inoportuna excitación.

Ella se movió, incómoda. Y lo mismo hizo otra persona. Rafiq descubrió a su secretaria al lado de la puerta. Sintió rabia. Era la segunda vez que Nadia lo veía comportarse groseramente.

–Gracias, Nadia –la despidió con frialdad.

Su secretaria se fue, algo confusa. Melanie se dio la vuelta para verla marchar. En una hora todo el edificio sabría que el señor Rafiq estaba sufriendo un drástico cambio de personalidad, pensó él mientras Melanie volvía la cabeza hacia él.

–Te tiene miedo –se atrevió a comentar Melanie.

–Quieres decir «respeto» –la corrigió–. Pero en realidad, tu opinión sobre el personal no me interesa. Prefiero saber cómo te has atrevido a entrar aquí haciéndote pasar por alguien que no eres.

Melanie agrandó los ojos antes de contestarle.

–Lo siento, Rafiq. Pensé que sabías quién soy. ¿No has recibido los papeles de la oficina de mi abogado?

Rafiq achicó los ojos.

–¿Quieres decir que realmente eres Melanie Portreath, la mujer que heredó la fortuna de los Portreath? –preguntó él sin poder creerlo.

–Pareces muy sorprendido... –contestó Melanie secamente–. Hasta las pobres chicas del campo pueden tener un golpe de suerte y recibir una fortuna...

–Te refieres a casarte con alguien que tiene una fortuna...

En cuanto lo dijo, Rafiq se hubiera mordido la lengua. Había habido dureza y amargura en sus palabras, y podría haberle hecho notar que aún le importaba que ella se hubiera dejado seducir por un hombre rico.

–Si tú lo dices... –murmuró ella, y se dio la vuelta para mirar alrededor.

En aquel momento él vio su perfil delicado, y sintió un dolor en su pecho. «¡Maldita sea! ¡No me hagas esto!», pensó Rafiq.

—Este lugar es frío como un mausoleo —comentó ella.

Tenía razón. Leona había dicho lo mismo. La oficina de su hermanastro había cambiado por completo desde que su esposa se había ocupado de arreglarla para hacerla más cálida. Pero Rafiq no la dejaba que se acercase a la suya, porque... Le gustaban los mausoleos.

Tal vez Melanie supiera lo que estaba pensando, porque de pronto sus ojos se encontraron, y los años parecieron borrarse al sentir aquella luz dorada tocando sus ojos negros. Una vez le había dicho que él no era capaz de sentir algo profundamente. Que la gran prueba de su vida sería fiarse de sus sentimientos.

«Terminarás siendo frío y cínico, Rafiq», había vaticinado ella, «viviendo al margen de la vida».

—¿Qué quieres, Melanie? —preguntó él, seriamente.

—Sería bueno poder sentarme...

—No tendrás demasiado tiempo para hacerlo.

—Tú te lo perderás.

—La puerta está allí. Mi secretaria te acompañará a la salida —dijo fríamente.

—¡Oh, no seas tan arrogante! —ella frunció el ceño—. Podrías, al menos, tener la delicadeza de oír lo que he venido a decirte.

—No puedes tener nada que decir que me interese escuchar —se giró y caminó alrededor del escritorio.

—Además de arrogante, eres egocéntrico.

Él se dio la vuelta tan enfadado que ella dio un paso atrás.

—¡Sueno como un hombre engañado!

Melanie miró su cara y sintió que sus rodillas se debilitaban.

Sus ojos parecían dispuestos a petrificarla con su

mirada. La boca se había transformado en dos líneas entreabiertas con dientes blancos a punto de comerla. Y la mesa de mármol parecía ser el único obstáculo para que él alargase la mano y la estrangulase.

Ella se sintió en estado de shock, tanto por el temor que le infundía como porque nunca se había podido imaginar que sacaría su rabia. El hombre que había conocido podía controlar sus sentimientos hasta un extremo asombroso.

Habían pasado semanas hasta que él había podido admitir que se sentía atraído por ella. Se había acercado a la granja de su familia con el pretexto de que estaba pensando invertir dinero en ella. Solía aparecer en lugares extraños como en el cuarto de herramientas del establo, o en el granero, y observarla recoger heno para los animales en un carro.

—No deberías estar haciendo esto —había dicho en tono de reproche sensual Rafiq.

—¿Por qué? —ella recordó cómo se había reído de aquello—. ¿Porque soy una mujer? —había preguntado Melanie.

—No —él no había sonreído—. Porque odias hacerlo.

Había sido una verdad que la había dejado confusa, porque no se había dado cuenta de que se notaba que no le gustaba. Llevaba viviendo en la granja desde los diez años, eso era lo que se había esperado de ella: que compartiera el trabajo diario de las tareas propias de la granja. Pero aquello no era disfrutar de la vida. Habría dado cualquier cosa por volver a su vida de antes, cuando vivía en Londres con unos padres que la adoraban en lugar de con un tío de mal carácter y su débil hijastro.

—Tú te engañaste a ti mismo —contestó ella—. Y no te imaginas lo mal que...

—Vete —le advirtió él—. Ahora que todavía puedes hacerlo.

Fue una amenaza directa.

—¿Igual que lo hiciste entonces, cuando preferiste creer las mentiras, en lugar de darme un minuto para explicarte lo que habías visto? —contestó ella con la rabia aún guardada en el negro pozo de los recuerdos—. ¿Crees que te sentirás mejor si te dejo solo, con el convencimiento de que fuiste el único que resultó herido hace ocho años?

—Vete —le dijo él.

Melanie lo miró. En apenas diez minutos, habían llegado a lo mismo que hacía ocho años.

Se rio, temblorosamente, y se apartó. Porque aquellas palabras tenían aún el mismo efecto que hacía años.

Pero había una diferencia. La joven Melanie había salido corriendo. Pero la versión más madura estaba hecha de un material más fuerte. Se dio la vuelta, se enfrentó a él y le dijo:

—Tengo que decirte algo importante.

—No tengo ganas de oírlo.

—Es posible que te arrepientas de decir eso.

—Vete, Melanie —insistió él.

—No, hasta que me escuches.

Rafiq la miró con una mezcla de frustración y fascinación. ¿De dónde le venía aquella tozudez? La vieja Melodie era difícil que discutiera. ¿Y ahora no podía hacer que se callara?

El teléfono sonó. Rafiq se alegró de la interrupción. Era Nadia para informarle de que acababan de llamar para cancelar la cita que tenía en aquel momento.

—Gracias —dijo. Luego miró a Melanie y agregó—: Lo siento, pero ha llegado la persona con la que tenía una reunión. Así que no hay más tiempo.

Melanie lo miró. Él notó en sus ojos que la había herido.

–Nunca has querido darme una oportunidad, ¿verdad?

–¿Aun bajo el nombre de señora Portreath? –alzó una ceja–. No, me desagradan las mujeres manipuladoras, ya ves. El usar a Randal Soames para meterte en mi despacho no te da derecho a más tiempo que si hubieras entrado con el nombre de Melanie Leggett.

Ella se dio cuenta de que había fracasado en su misión aun desde antes de llegar allí. Era una broma, una triste broma de la vida. Ella se quedó unos minutos más mirando a aquel hombre moreno de rasgos árabes, aquellos ojos fríos que podían transformar un desierto en hielo, y no vio señal alguna de que pudiera apelar a nada.

–¿Sabes que pienso, Rafiq? –preguntó serenamente–. Creo que acabas de perder la única posibilidad en tu vida de transformarte en un ser humano.

Y dicho esto, se dio la vuelta para marcharse. Sintió ganas de llorar, porque sabía que era la única oportunidad para Robbie, y para ella también. La única oportunidad de hacer comprender a aquel hombre la verdad acerca de ella.

«Fui una estúpida al creer que podría hacerlo», se dijo. Rafiq necesitaba un corazón para poder escuchar. Robbie no necesitaba un hombre sin corazón. Había conocido al mejor de los hombres. Y sería un insulto a la memoria de William Portreath ofrecerle a su hijo el peor de los mortales.

–Espera...

Melanie había agarrado el picaporte, y se quedó inmóvil como una estatua.

Él no volvió a hablar, no se movió. Y mientras el silencio anterior había llenado la atmósfera de un sentimiento de fracaso, aquel silencio pareció gritar esperanza, una débil y penosa esperanza.

Ella estaba temblando. Rafiq lo vio. ¿Estaría a

punto de llorar? Él sospechaba que sí... Del mismo modo que sospechaba que acababa de cometer el mayor error de su vida deteniendo su marcha.

Pero su último comentario le había llegado a lo más profundo. Le recordó otra ocasión, aquella vez en que se había arrepentido de no escucharla. Aquello del ser humano le había llegado, porque nadie mejor que él sabía que solo era un ser humano a medias. Pero ahí estaba la mujer a la que él culpaba por ello.

¿Por qué la había detenido entonces? Se sintió confuso.

—Cuéntame la historia de William Portreath —la invitó.

Ella bajó la cabeza. Él extendió las manos encima del escritorio. Luego apretó los puños. Y miró la mano de Melanie apretada al picaporte. Como él, ella no sabía si continuar con aquello.

El silencio se hizo tenso y el corazón de Rafiq empezó a latir aceleradamente. Cuando sonó su móvil, se alegró tanto que lo atendió sin pensar.

Era Serena nuevamente. Acababa de acordarse de quién financiaba su gira, y quería usar su voz más seductora para hacerlo entrar en razón.

Al final, Melanie soltó el picaporte y caminó hacia el escritorio. Él la vio. Serena pareció reunir coraje al darse cuenta de que él no le colgaba. Quería que siguieran como estaban. Quería que él no se olvidara de lo mucho que habían disfrutado juntos.

Pero él estaba recordando su relación con Melanie. La observó acercarse a él con aquel elegante traje, pero imaginó sus vaqueros ajustados y una simple camiseta, se vio a sí mismo quitándosele la ropa con manos llenas de deseo. Imaginó pechos hermosamente modelados, con aureolas rosadas en sus pezones perfectos, aquellos que se ponían duros con sus caricias. Su respiración se entrecortó al recordar su vientre liso, su hermoso ombligo. La tímida Melanie, la virginal Melanie, con una boca suave y temblorosa por desearlo tanto... Y aquellos ojos de topacio brillando de deseo y dispuestos a ofrecerle su más preciado regalo. No le había dicho más que mentiras en todo lo demás, pero la entrega de su virginidad había sido el acto más auténtico de su vida.

¿Y eso contaba algo? En su país habría sido lo que más hubiera contado. Habrían sido marido y mujer por la sola fuerza de esa sola noche. De hecho, su sentido del honor le había obligado a tomar esa decisión antes de haber reclamado ese premio. Era un premio que aún tenía cierto poder sobre él en aquel momento en que estaba sentado allí, escuchando a una mujer implorarle su pasión, mientras la otra lo excitaba sin siquiera intentar seducirlo. Recordó una sola tarde transcurrida en un viejo colchón cuando las manos de Melanie se habían aferrado a él y su cuerpo lo había aceptado con suaves gemidos que le habían robado el corazón.

–Sí –había rogado ella con aquella voz sensual.

Y aquello lo había excitado terriblemente.

Mientras él luchaba con su propia incomodidad por sus recuerdos, tenía la satisfacción también de ver que Melanie se ponía colorada. Ella sabía lo que él estaba pensando y era incapaz de mirarlo porque estaba sintiendo el efecto de esos recuerdos tanto como él.

Era sexo, nada más. Él podía manejar bien ese tema. Serena habría estado de acuerdo.

Si no dejaba de desnudarla con la mirada, ella cambiaría de parecer y se marcharía, decidió Melanie, mientras se sentaba en la silla al lado del escritorio. Aunque estuviera hablando por teléfono, sabía bien lo que expresaban sus ojos.

Una sonrisa afectada torció su boca. Ella pensó que aquella boca de Rafiq parecía fría y mezquina, pero resultaba irresistible. Ella suspiró, bajó la mirada y deseó que la expresión de Rafiq no le recordase el sexo. Un hombre, una tarde, una sola experiencia, y era capaz de recordarlo. Con una sola mirada era capaz de imaginarlo gloriosamente desnudo. Su torso musculoso, sus anchos hombros... salpicados de vello oscuro...

¿Quién lo llamaba para poder estar en silencio durante tanto tiempo?, se preguntó ella.

Hubiera deseado que hablase, aunque solo fuera para cortar aquella tensión entre ellos. Tensión sexual que llenaba el aire.

Tal vez Rafiq lo estuviera haciendo a propósito, quizás la llamada hubiera terminado y él estuviera disimulando a propósito para alargar la agonía. ¿Sería tan calculador?

Sí, decidió, por supuesto que podría serlo.

Él le había dicho que no quería que estuviera allí. Luego, por alguna razón, había decidido retenerla. Tal vez para desafiar su afirmación de que no era un ser humano, y aquella era su idea de hacérselo pagar.

Rafiq vio que se sonrojaba y recordó la primera vez que la había visto, en una finca de un amigo. Él era un invitado de fin de semana, y Melanie era criada allí. Le había servido la comida durante la cena, callada, tímida, y con un color rosado siempre en sus mejillas. Cada vez que se había inclinado sobre sus hombros para servirle, él había respirado su fragancia, y había sentido el suave roce de su pelo en la mejilla. Había sido una sensación eléctrica, estremecedora. Dejó de respirar un momento al recordarlo... Melanie había tocado su hombro dos veces al servirle un plato y se había puesto colorada, y él, para disculparla frente a sus señores, había hecho una broma acerca de lo grande que era.

—Es nueva, temporal —le había explicado Sally

Maitland con el tono condescendiente de alguien que ha vivido toda su vida teniendo criados.

—¡Déjalo, Melanie! —había exclamado, molesta, mientras Melanie intentaba limpiar salsa derramada en el mantel.

Su mano había estado temblando.

—No es fácil conseguir empleados con experiencia en estos tiempos. Melanie está más acostumbrada a dar de comer a los pollos que a los humanos —había dicho Sally.

Rafiq sonrió al recordarlo. Aunque tal vez fuera más bien una mueca. Melanie había alimentado sus fantasías aquel fin de semana. Había alimentado sus sentidos y su mente. Su fragancia lo perseguía por todos lados. Permanecía después de haber estado en su habitación ordenándola y haciendo la cama. Su mirada tímida parecía perseguirlo siempre que él tenía la desgracia de encontrarla sirviendo la comida. Si se encontraban en las escaleras Melanie se ponía colorada y se escurría. Si se rozaban los brazos o los hombros, ella saltaba como un gato asustado y no decía ni una palabra, aunque él hubiera querido sacarle alguna... Solo asentía o negaba con la cabeza. No había conseguido nada más de ella.

—Venga, cariño. Perdóname. Y olvidémonos de esto. Carlos no espera fidelidad por mi parte, y yo...

Rafiq cortó la comunicación abruptamente.

Melanie lo miró.

—No has hablado nada —casi lo acusó Melanie.

—No hacían falta las palabras —respondió él y sonrió agriamente.

—En cuanto a William... Creo que tendría que empezar con... —dijo ella firmemente.

—El almuerzo —completó él.

—¿El almuerzo? —preguntó Melanie, sorprendida.

—Creo que es mejor que tengamos esta conversa-

ción en otro sitio que no sea la oficina... En un lugar
más... adecuado.

—¡Pero tú tienes una cita con una persona que te
está esperando fuera!

Su respuesta a eso fue extender la mano y descol-
gar el otro teléfono. Dijo unas cuantas palabras en árabe, y al parecer el asunto de su reunión quedó resuelto.

—El problema está resuelto —murmuró.

—Realmente, yo prefiero arreglar este asunto aquí
mismo —respondió ella casi en un ruego.

—¡Oh, vamos! —él se puso de pie—. Ahora que intento mostrarte mi lado humano ofreciéndote escu-
charte, ¿rechazas mi gesto?

Si pensaba que sería placentero escucharla durante
el almuerzo, estaba equivocado, pensó Melanie.

Ella observó cómo él rodeaba la mesa de mármol.
El comentario de su lado humano no se le había pasado, ni tampoco que en el curso de la conversación telefónica hubiera cambiado totalmente su actitud hacia
ella.

Rafiq llegó junto a su silla. Melanie sintió que se
le erizaba el vello de la nuca. Él estaba esperando que
ella se diera por vencida y se pusiera de pie. Pero sus
ojos estaban a la altura de cierta parte de la anatomía
de él, y lo que vio la envolvió en una ola de calor.

¡Aquello no tenía nada que ver con un almuerzo
juntos ni con la demostración de su lado humano! Tenía que ver con el sexo.

—Deja de hacer esto, Rafiq —dijo.

—¿Que deje de hacer qué?

—¡Sabes qué! —Melanie se puso en pie y dio un
paso atrás. Se topó con la silla; el escritorio de mármol bloqueaba su salida—. Déjame pasar —insistió.

—Por supuesto —él dio un paso atrás para dejarle
espacio.

Nerviosa, Melanie se deslizó entre el escritorio y Rafiq. Este la sujetó por la cintura para que no se cayese. Era la primera vez que la tocaba en ocho años y su tacto pareció dar vida a sus sentidos y la hizo respirar profundamente.

Él se rio sensualmente.

—¿Seguro que te quieres marchar?

Ella alzó la mirada para ver su cara. Entreabrió sus labios y emitió un gemido tembloroso. Rafiq bajó su cabeza y la besó.

Rafiq estaba confuso. En un momento dado se ponía a jugar con ella, y al siguiente, se sentía atrapado en la excitación más oscura y caliente. ¡Era el beso más apasionado que había experimentado nunca! Pudo sentir el estremecimiento de su cuerpo como si hubiesen estado desnudos. Su perfume llenó su cabeza, y los pequeños gemidos que estaba emitiendo mientras intentaba resistirse a lo que estaba sucediendo vibraban en cada una de sus células nerviosas.

Melanie la prostituta, pensó él mientras ella se arqueaba compulsivamente y se internaba, hambrienta, en el calor del beso.

Bueno, ¿por qué no?, se preguntó él mientras la rabia que tenía dentro le daba la excusa para hacer lo que le apetecía. El escritorio estaba bien. Con solo alzar el brazo, podría disfrutar de ella en un escritorio de frío mármol. Sexo en un mausoleo, pensó, ideal para un sacrificio pagano. Le iba bien.

Un ruido detrás de la puerta los distrajo, y Melanie aprovechó para separarse. Sobresaltada por la experiencia, se apoyó en el escritorio e intentó aclarar su mente.

—¿Qué te ha hecho hacer esto? —preguntó ella cuando pudo hablar por fin.

Él se rio cínicamente. Pero la verdad era que se sentía confuso.

Horrorizada, ella miró hacia abajo y vio que su chaqueta estaba abierta, mostrando un trozo de sujetador. La vanidad le había hecho decidir no llevar nada debajo, para que no se estropease la suave línea del diseño. Pero ahora tenía que soportar la idea de que él pensara que había ido allí semidesnuda.

–No puedo creer que haya sucedido esto... –dijo, temblorosa, mientras se abrochaba los botones con dedos inseguros.

–No debiste venir aquí, Melanie –respondió Rafiq.

–¡No he venido para esto! –gritó ella.

–Te doy un consejo: vete de aquí –él se dio la vuelta y rodeó el escritorio–. Y si tienes un poco de sensatez, no intentarás volver.

Melanie asintió y tragó saliva. Sus piernas estaban flojas. Era la peor humillación a la que la podía someter.

–Quiero... mis documentos –murmuró en un último intento de marcharse de allí con cierta dignidad.

Él asintió fríamente, y empezó a recoger los papeles. Melanie se quedó de pie a su lado y esperó en silencio a que se los devolviera.

–¿Tu tío sigue ocupándose de la granja? –preguntó él de pronto.

Ella frunció el ceño.

–Murió hace cinco años en un accidente en la granja.

–Lo siento. No sabía nada.

Melanie no dijo nada. Nunca había habido afecto entre su tío y ella. No necesitaba su consuelo. Lamentaba que se hubiera muerto tan trágicamente, pero por lo demás, no le perdonaba que hubiera intentado destrozar su vida.

–¿Y Jamie?

«¡Ah!», no había podido soportarlo, pensó ella.

–Mis documentos –le pidió con la frente alta.

Para Rafiq su negativa a hablar de aquello era un desafío. Melanie se negaba a hacer ningún comentario acerca de la persona con la que lo había engañado. Rafiq miró la mano extendida hacia él.

–Has cambiado –comentó él–. Mejor dicho, has crecido.

–La vida te cambia.

–Y el dinero.

–Y el dinero –asintió ella.

–¿El dinero que quieres que te invierta?

–Es un infierno cuidar el dinero si no estás acostumbrada a manejarlo –contestó ella.

–¿Por qué yo?

–Porque Randal me aseguró que tú eras el mejor.

«Y eso es lo único que sacarás de mí», agregó silenciosamente.

–Mentirosa. Tú le has sugerido a Randal que fuera yo.

Aquello la sobresaltó. No sabía que Randal le daría aquella jugosa información.

–¿Quieres decir que no eres el mejor?

Rafiq sonrió. Y aquella sonrisa fue turbadora.

Porque Robbie tenía la misma sonrisa y ella jamás la había relacionado con Rafiq.

–Ya ves. Esperaba que la ética en tu negocio te hiciera superar otras cosas. Parece que me equivoqué. Ha sido un error. Encontraré a otra persona...

–Para... –miró el papel–... que invierta la mitad de tu herencia a plazo fijo... Mientras la otra mitad queda inmovilizada en un fideicomiso... –leyó Rafiq en voz alta.

Ella se sintió levemente alarmada. Rafiq empezaba a mostrar interés en los documentos cuando a ella ya no le interesaba que lo hiciera.

–Randal se ocupará del fideicomiso –dijo ella mirando los papeles que contenían los detalles de su vida. Y la de Robbie, pensó.

—¿Para quién es ese fideicomiso?

—¿Qué importa?

—Si quieres que trabaje contigo, importa —murmuró él.

—Pero yo ya no quiero que trabajes conmigo —agregó ella.

Él no le hizo caso y se sentó en su sillón, quedándose con los papeles.

—Siéntate y explícame —la invitó.

—No. He cambiado de parecer, Rafiq. He cometido un error al venir a verte... ahora lo sé. Tenías razón. He debido marcharme. Siento haberte hecho perder el tiempo...

Rafiq achicó los ojos y se quedó inmóvil. Ella se alarmó. Sintió miedo.

—¿Para quién es? —repitió él serenamente y la miró con interés.

Ella desvió la mirada nerviosamente. Luego fijó sus ojos en la luz del conmutador de llamadas.

—El almuerzo no es posible. Tengo que estar a la una en otro sitio.

Rafiq no dijo nada. Se quedó sentado allí mirándola. Estaba tensa, nerviosa, se le notaba en los casi imperceptibles temblores de su cuerpo.

Un repentino pensamiento hizo que él achicase los ojos. Ahora ella era Melanie Portreath, no Melanie Leggett, la que él había conocido. William Portreath había muerto a los noventa y tantos años, dejando una gran fortuna a su viuda. Rafiq sabía cómo funcionaban esas cosas: los hombres sensatos tendían a proteger su dinero de las maquinaciones de sus jóvenes esposas.

Pero protegerlo, ¿para quién?

—Contéstame, Melanie —le ordenó.

Ella lo miró, luego desvió la mirada y murmuró suavemente:

–Para mi hijo. El fideicomiso es para mi hijo.

¡Así que el viejo había podido disfrutar de los encantos de una adorable esposa joven! Rafiq empezó a ponerse loco ante la sola idea. Melanie se puso pálida. ¿Sería por vergüenza?

Rafiq se sintió mareado. Ella parecía suplicar que él comprendiese. Pero lo único que podía hacer él era pensar en ella desnuda, debajo de un cuerpo de viejo.

Dejó los papeles encima del escritorio, se puso de pie y rodeó el escritorio.

–Ven conmigo –le dijo con voz firme.

Melanie parecía un poco asombrada. Él no deseaba mirar su rostro, así que se dio la vuelta y empezó a andar. Mientras iba hacia la puerta oía los pasos de Melanie que lo seguía. Fuera, Nadia estaba ocupada con el ordenador, y Kadir estaba apoyado en su escritorio mientras hablaba por teléfono. Estaba hablando en árabe, pero Rafiq no tenía ni idea de lo que estaba diciendo.

–¡Kadir! –gritó para llamar la atención de su ayudante.

Rafiq siguió caminando hacia el otro lado de la habitación, donde estaba el ascensor con las puertas abiertas.

Kadir fue inmediatamente. Rafiq hizo entrar a Melanie primero. Ella pasó junto a Rafiq con el ceño fruncido. Luego Rafiq indicó con una seña a su ayudante que entrase también al ascensor. Rafiq entró con ellos, pero solo un segundo, para apretar el botón de la Planta Baja.

–Acompaña a la señora Portreath a la salida –le dijo a Kadir–. Y asegúrate de que no vuelva a entrar.

Dijo esto y se marchó, oyendo la exclamación de Melanie cuando las puertas se cerraron.

Rafiq volvió a su despacho y cerró la puerta.

Melanie miró las paredes de acero de su prisión. Estaba en estado de shock. A su lado, Kadir parecía igual de sobresaltado.

–¿Qué ocurrió? –preguntó ella.

–Me temo que no lo sé –respondió el hombre.

Luego, antes de que pudieran decir nada más, las puertas se abrieron en la planta baja. Kadir la acompañó hasta las puertas de cristal y salió con ella. Entonces el joven le hizo una inclinación con la cabeza a modo de saludo formal y volvió a entrar.

Ella se quedó allí, en estado de shock.

Rafiq se había vengado con ella, si es que se trataba de venganza. Y ella jamás se había visto humillada de aquella manera.

Incapaz de moverse normalmente por su estado, estuvo a punto de ser arrollada por un coche que pasaba. Oyó el claxon del coche y se sobresaltó al darse cuenta de que se había librado de que la atropellase por escasos centímetros.

Arriba, en su torre de mármol, Rafiq la estaba observando con los dientes apretados. Fue entonces cuando, al verla en la calle, la relacionó por primera vez con la extraña de cabello dorado a la que había visto antes.

Si hubiera sabido entonces lo que sabía ahora, no la habría dejado atravesar esas puertas.

¡Lo único que le faltaba ahora era que su madre se levantase de la tumba y le contase cuánto dinero le había sacado a su padre antes de aceptar tener un hijo suyo...!

El dinero. Siempre el dinero con las mujeres.

Su teléfono móvil sonó otra vez. Él lo apagó y tiró a la papelera la tarjeta con la que funcionaba. Allí estaba el periódico con las noticias del día. Al día siguiente, cortaría el envío de dinero para la gira de Serena. Y su madre había dejado de ser un problema al morir el día de su nacimiento... Así que solo quedaba Melanie... o la señora Portreath, se corrigió amargamente.

Recogió los documentos de Melanie con la intención de tirarlos junto con el periódico y la tarjeta.

Pero algo le llamó la atención...

Capítulo 3

MELANIE no sabía cómo había vuelto a casa. Tenía el vago recuerdo de haber estado esperando el metro en medio de la multitud anónima, algo que la había tranquilizado en aquella situación en que hubiera deseado perderse. Pero ahora estaba en la cocina de su casa, rodeada de objetos familiares, y se sentía como una extraterrestre.

Era extraño, pero aquellos objetos, que al igual que las fotos de Robbie eran parte de la familia y de su vida cotidiana, parecían perder identidad.

Se había quitado los zapatos sin tener mucha consciencia de sus actos, y estaba descalza, con medias de seda, esperando que se calentara el agua para el té, sobre el suelo de terrazo de la cocina.

Estaba aún en estado de shock.

Miró el reloj de la pared. No era ni la una. Se alegró de haber regresado tan rápidamente de...

Se sentó en una silla de la cocina al evocar en su mente la cara de Rafiq.

La había echado.

Había jugado con ella como un gato con un ratón. La había insultado, la había besado, la había llevado al borde del pánico mostrando interés por cosas que ella ya no quería que supiera... Y luego... La había echado.

Apretó los puños, sus músculos parecieron tensarse, y finalmente la sangre pareció bombear más oxígeno al cerebro. La tetera empezó a silbar, el reloj de la pared dio la hora...

Se puso de pie.

¿Cómo se le había ocurrido hacer aquello? ¿Cómo había podido imaginar que él tenía corazón? ¿Cómo se le había cruzado por la mente que Rafiq podía ser un buen padre para su amado hijo?

Sonó el teléfono que había en la pared. Ella hizo un esfuerzo y lo atendió.

–Te he visto volver –dijo una voz femenina–. ¿Cómo ha ido la cosa?

Era su vecina, Sofía.

–No ha ido a ninguna parte –contestó Melanie, luego estalló en llanto.

Sofía llegó a los pocos minutos, después de atravesar el agujero entre los arbustos que separaban los dos jardines. Golpeó la puerta trasera.

Era una morena alta, de ojos azules, muy atractiva. Pero era una eficiente abogada y en su interior escondía la mentalidad de una mujer implacable.

–Sécate esas lágrimas –le ordenó en el mismo momento en que Melanie abrió la puerta–. Él no las merece, y tú lo sabes.

Melanie le contó toda la historia mientras tomaban una taza de té.

–Me parece que os habéis librado de una buena... Ese tipo es un canalla. Te lo dije, debiste quedarte conmigo, criatura. Yo soy una figura paterna mejor que ese para cualquier niño.

Era tan gracioso, que Melanie no pudo más que reírse. Pero en muchos sentidos, Sofía decía la verdad. Porque Sofía había desempeñado siempre un papel importante para Robbie. Siempre que él necesitaba algo más que el consuelo y el cariño de una madre, había desaparecido por el agujero del arbusto y había ido en busca de Sofía. Y lo mismo había hecho Melanie.

–¿Qué te dijo tu abogado cuando se lo dijiste? ¿Lo mismo que yo?

Randal... El cerebro de Melanie hizo una señal.

–¡Oh, Dios mío! –exclamó Melanie. Saltó de la silla y buscó el teléfono.

–¿Qué? ¿Qué he dicho?

–¡Oh! Hola... –Melanie cortó la pregunta de Sofía saludando por el teléfono–. Quisiera hablar con Randal Soames, por favor... Soy la señora Portreath... ¿Qué quiere decir con que no se encuentra? ¡Él tenía una cita conmigo para almorzar!

–El señor Soames tuvo que salir por un asunto urgente, señora Portreath –le dijo la secretaria de Randal–. Estaba esperando que usted viniera para ofrecerle sus disculpas.

–¡Tengo que hablar con Randal! –exclamó histéricamente–. ¿Cuándo vuelve?

–No ha dicho...

–Buen... Bueno... –Melanie intentó serenarse–. Necesito que se ponga en contacto con él por el móvil y que le diga que necesito hablar con él urgentemente.

–Sí, señora Portreath. Intentaré localizarlo, pero no le prometo nada. Suele apagar el móvil cuando está en una reunión...

Melanie colgó. Luego, se apoyó débilmente en la pared.

–¿Y? ¿Qué ha pasado? –preguntó Sofía.

–He dejado los documentos en el escritorio de Rafiq. ¿Cómo he podido ser tan idiota?

Sofía suspiró, se acercó y le rodeó los hombros.

–Cálmate... Recuerda que él no te dio la posibilidad de hacer otra cosa –señaló.

Era cierto. No le había dado otra posibilidad. Se había deshecho de ella. Había oído lo suficiente según él... Se había puesto de pie y la había echado.

Melanie se estremeció al recordarlo.

—Deja de temblar —dijo Sofía—. ¡Ese hombre no lo merece!

Melanie siguió envuelta en sus pensamientos. Recordó otra vez que lo había seguido a Londres, y había intentado penetrar en su fortaleza... «Vete». Ese había sido el final de su experiencia.

—Melanie, si te desprecia tanto como dices, probablemente haya tirado los papeles a la basura.

—Sí —le gustaba la idea.

—Pero si los ha leído, tampoco está mal, ¿no? Al menos, se enterará de todo. Y eso es lo que tú querías... Es el motivo por el que has ido a verlo.

Sofía le tomó las manos para calmarla. Pero Melanie no podía olvidar las imágenes de aquella mañana, la humillación a la que la había sometido.

Ella se había dejado llevar por su optimismo pensando que él no era tan duro, hasta el extremo de preguntarse si ella habría sido justa con él.

William la había ayudado a pensar aquello. El querido, dulce y amable William, quien, al igual que ella, jamás quería ver el mal en nadie, había querido suavizar la situación. Pero el consejo de William solo hubiera sido válido conociendo todos los hechos. Si Rafiq decidía leer los papeles, solo sabría la mitad de la historia. En cuanto a la otra mitad...

Bueno, el resto estaba relacionado con su mente retorcida, con el deseo de creer cosas malas acerca de ella, simplemente porque la gente se lo había dicho.

Pero no. No solo habían sido las palabras de la gente. Él la había visto con Jamie. Pero todo tenía una explicación, se recordó, si él hubiera dejado que ella se lo explicase. Pero él no la había dejado. Y tampoco ahora había querido escucharla.

Y ella en aquel momento ya no quería que un hombre así se acercara a su hijo. No quería que alguien así influyese en la visión que su hijo tuviera de ella.

–Melanie...

No, no quería hablar más de aquello.

Ahora lo que quería era que Randal recuperase los papeles antes de que Rafiq hubiera podido alimentar su odio con aquella información.

–¿Qué estás haciendo en casa a esta hora del día, Sofía? –cambió de tema–. Creí que estabas trabajando en los juzgados.

–El caso fue aplazado –explicó Sofía–. Y mañana tengo que estar en Manchester, así que he decidido volver a casa a preparar la maleta y tomar hoy el avión. Tengo amigos allí a los que hace mucho tiempo que no veo... Pero ahora he cambiado de parecer –agregó–. Me voy a quedar contigo, por si...

–No, no te preocupes –le advirtió Melanie–. He tenido una mala experiencia hoy, pero estoy bien –insistió, y para demostrarlo, recogió las tazas y las llevó al fregadero–. Tal vez hasta haya sido bueno para olvidarme del pasado.

–¿Crees que puedes olvidarlo? –preguntó Sofía con escepticismo.

–No me queda otra opción. Porque no voy a repetir el mismo error.

«Si recupero los papeles», pensó Melanie.

No había más que decir.

Sofía se fue a los diez minutos, y Melanie se quedó sola, rumiando sus pensamientos.

Llamó a Randal tres veces sin resultado. Hasta llamó a la oficina de Rafiq para hablar con su secretaria... Pero cambió de parecer al recordar las últimas palabras de Rafiq... No conseguiría nada de él...

¿Cómo podía querer humillarla de aquel modo? Sintió ganas de llorar.

Tragó saliva y subió a la habitación para cambiarse. Después de quitarse la chaqueta, se miró en el espejo; llevaba un sujetador de encaje negro. Se estremeció al recordar los dedos de Rafiq. Se odió por ser tan débil.

Se quitó el traje y se puso unos vaqueros viejos y una sudadera grande.

Cuando bajó, ya tenía el aspecto de la Melanie que su hijo acostumbraba a encontrar cuando volvía del colegio. No quedaba rastro de su traje de diseño, ni de lo que había hecho aquella mañana.

Robbie llegó del colegio corriendo y gritando. Apoyó la mochila en el suelo con un golpe.

Melanie dejó de cortar verdura y alzó la vista para verlo llegar. Tenía la corbata del uniforme torcida, y la camisa fuera del pantalón gris, y su cabello negro estaba despeinado como si se hubiera peleado con alguien.

Ella se estremeció al verlo, porque a pesar de su apariencia desaliñada, se parecía mucho a su padre.

—Hola —dijo Robbie—. ¿Sabes qué hemos hecho hoy?

—¿Qué?

—¿Estás resfriada? —preguntó el niño frunciendo el ceño.

—Solo tengo la garganta un poco irritada —Melanie volvió a tragarse las lágrimas—. Entonces, dime, ¿qué habéis hecho hoy?

—Hemos ido al parque a recoger hojas caídas que parecían esquiletos. Luego hemos vuelto para pegarlas en los cuadernos y para dibujarlas.

—Esqueletos... —lo corrigió.

—Esqueletos —repitió obedientemente Robbie—. ¿Quieres verlas?

—Por supuesto. Pero antes quiero un abrazo.

Robbie abrió sus brazos y fue en dirección a su madre. Era alto para tener siete años. Al abrazarlo sintió una profunda emoción. Debió de gemir, porque su hijo giró la cabeza.

–¿Estás segura de que no estás acatarrada? –preguntó otra vez, clavando sus ojos negros llenos de amor.

–Robbie, no estoy acatarrada, ¿de acuerdo? –dijo en tono de madre segura.

–Iré a buscar la mochila.

Desde que había muerto William, Robbie se había quedado con miedo de que ella pudiera morirse también. Se sobresaltaba por todo.

Melanie suspiró.

Jugaron con las hojas, dibujaron otras, cenaron, vieron televisión, y luego subieron para seguir jugando mientras él se bañaba. Más tarde Melanie acostó a su hijo. A las ocho Robbie estaba profundamente dormido.

Ella estuvo ocupada en las tareas de la casa durante la siguiente hora. Antes tenía una mujer que la ayudaba, pero la mujer había decidido jubilarse cuando se había muerto William, y ahora que eran dos ya no tenía sentido emplear a nadie.

Pero la casa era muy grande, demasiado grande para dos. Era una casa eduardiana con cinco dormitorios y cuatro salones, que se merecía una ruidosa familia que la llenase, no dos personas que parecían perderse en ella.

Melanie echaba de menos a William, echaba de menos a Lucy, el ama de llaves, echaba de menos el tener a alguien cuando le hacía falta compañía. Como en aquel momento...

Decidió darse un baño caliente para relajar la tensión de su cuerpo. Pero un ruido de coche afuera, llamó su atención. Se acercó a la ventana y abrió la cortina. Al ver el coche negro frente a la puerta de entrada se sobresaltó.

Rafiq salió de su coche y lo cerró, luego miró hacia la casa de Melanie. Era una casa sólida con fachada de ladrillos, estilo eduardiana, con un portón de hierro que daba a un pequeño jardín y a un estrecho porche. Dos ventanales daban al porche, y había tres ventanas en el piso de arriba.

¿Sería alguna de esas ventanas la habitación de su hijo? La sola palabra «hijo» parecía sacudirlo.

Vio moverse una cortina en una de las ventanas de abajo, sintió un viento frío borrando el poco color que le quedaba en la cara.

Aquello no sería fácil, pensó Rafiq. Aún estaba en estado de shock, y Randal le había aconsejado que se mantuviera alejado hasta que hubiera tenido tiempo de recuperarse. Pero Randal no era él. Ni estaba sufriendo aquel desequilibrio emocional. Era imposible que sintiera lo mismo que él. Había pasado toda la tarde con Randal Soames sintiendo una mezcla de sensaciones: rabia hacia Melanie, desesperación y angustia por lo que había estado a punto de perder aquel día.

La cortina de abajo volvió a moverse. Un momento antes de volver a su sitio vio el rostro de Melanie. Ella lo había visto. Debía entrar ahora.

Hacía media hora había estado caminando de una punta a otra de su apartamento como un animal enjaulado, pero no recordaba más. Había perdido el control de sus actos. Él era un hombre muy controlado, se jactaba de serlo, pero el control lo había abandonado por completo. Desde que había visto aquellos papeles que incluían el nombre de Robert Joseph Alan Portreath ya no sabía nada, ya no estaba seguro de nada...

Robert había sido el nombre del padre de Melanie, pero Joseph Alan era el nombre suyo. Rafiq ben Jusef Al Alain Al-Qadim.

Tragó saliva, sus ojos empezaron a brillar desesperadamente cuando tocó el portón. Se abrió con un ruido de hierro viejo. Cuando lo atravesó, vio una figura detrás del cristal esmerilado, y supo que Melanie iba a abrir.

«¡No toques el timbre!», rogó Melanie por dentro, angustiada ante la posibilidad de que pudiera despertar a Robbie.

Era como una pesadilla, en que abres la puerta y te encuentras con la más terrible de las figuras... Rafiq, grande, alto, moreno, todo vestido de negro, tapaba la luz que llegaba de la calle.

Había creído lo que ponían los documentos. Se le notaba en la cara.

—Invítame a pasar...

—Es tarde —contestó Melanie, con el corazón latiendo desesperadamente—. Yo... iba a irme a dormir. ¿Por qué no vienes mañana y...?

—Déjame pasar, Melanie —repitió.

—¿Para que vuelvas a insultarme?

—Probablemente. No estoy seguro de lo que puedo hacer. Estoy en estado de shock.

Melanie lo notó.

—Con más razón, es mejor que vuelvas mañana, cuando...

Él le clavó la mirada. Fue la única advertencia que recibió antes de que los brazos de Rafiq la levantasen y la llevasen al cuarto de estar.

—¿Cómo te atreves...?

Él no se molestó en contestar. Se dio la vuelta y volvió al vestíbulo, dejándola allí, temblorosa.

Melanie oyó la puerta de entrada, luego sus pasos nuevamente dentro. Entró en la habitación; después cerró la puerta de allí.

Se notaba que estaba furioso.

—Creo... Creo que tienes que calmarte. Estás en estado de shock, y es posible que no sepas lo que estás...

—Shock. ¿Piensas que esto es un shock? —repitió él.

—Enfadado, entonces —corrigió ella, encogiéndose de hombros—. Comprendo por qué puedes sentir que tienes derecho a estar enfadado, pero...

–Dejemos una cosa clara –él se acercó a ella–. Tengo derecho a estrangularte por lo que me has hecho. ¡Pero lo único que te pido son algunas respuestas aceptables!

–Entonces, será mejor que te marches.

Rafiq no podía creerlo. Miró a aquella bella cara atemorizada y pestañeó, incrédulo. Estaban a escasos centímetros, de hecho él estaba tan cerca, que ella se estaba arqueando en un esfuerzo por mantener la distancia.

No podía salir de su asombro. Cuando la había visto con aquellos vaqueros abriendo la puerta, había visto a la antigua Melanie, y él había sentido que los años se habían borrado...

Pero aquello...

Jurando interiormente, se dio la vuelta. Detrás de él, sentía su respiración agitada, su miedo. Cerró los ojos e intentó controlarse.

–Te pido que me disculpes –musitó Rafiq.

–Está bien...

Oyó un ruido metálico y se dio la vuelta. Lo que vio lo turbó completamente: Melanie tenía un atizador de hierro de la chimenea en una mano. ¿Lo creía capaz de hacer algo tan terrible que tenía que armarse?

–No necesitas eso, Melanie –dijo él sensualmente.

Él no se había visto la cara, pensó Melanie.

–Cuando te calmes, lo dejaré.

Pero ella estaba temblando por fuera y por dentro. Por el modo en que la miró, ella sospechaba que no le llevaría más de dos segundos desarmarla si decidía hacerlo. Era grande, fuerte, y un experto en combates sin armas. Lo había visto una vez luchando deportivamente con su hermano, el jeque Hassan, en el gimnasio de los Maitland. Había estado desnudo hasta la cintura, y su figura la había impactado. Su hermano también había estado desnudo de cintura para arriba, pero ella apenas lo recordaba.

Y Hassan tampoco le había prestado atención a ella.
Rafiq, en cambio, le había clavado la mirada. Aunque
luego había dejado de mirarla, en unos segundos su
hermano lo había tirado al suelo. «No es justo con semejante distracción», le había dicho Rafiq a Hassan. Su
hermano había alzado la vista para ver a qué se refería.

La escena había sido turbadora: hombre sobre
hombre, fuerza contra fuerza. Los músculos masculinos brillantes, el aire con la fragancia de su sudor animal... Ella se había dado la vuelta y se había marchado corriendo.

Cuando vio que Rafiq se acercaba a ella, pensó
que tal vez en aquel momento debiera hacer lo mismo
que había hecho aquel día en el gimnasio. Pero no podía. Aquella era su casa. Su hijo estaba durmiendo
arriba. Así que apretó los dedos contra el hierro y se
preparó para defenderse.

Él extendió la mano y le quitó el arma suavemente.

–Así, no. Te derribarían al primer movimiento.
Úsalo de este modo... –Rafiq le tomó la mano y le colocó el atizador de hierro entre sus pechos, luego con un
movimiento, dirigió el arma hacia su cuerpo–. De esta
manera tienes la posibilidad de hacerme algo de daño.

Era una tontería, pero de pronto empezó a balbucear
y sus ojos se empañaron de lágrimas.

–No quiero hacerte daño –dijo, temblorosa.

–Lo sé. Ha sido culpa mía. Te he asustado –dijo
aquello, se dio la vuelta y caminó hacia la puerta.

–¿Dón.. Dónde vas?

–Tenías razón. No debí venir aquí esta noche. Me
iré y te dejaré ... a salvo.

–¡No! –gritó ella, sin saber por qué–. Tú... estás
aquí ahora y...

Él se detuvo. Llegó el silencio. Ella no sabía qué
decir.

–¿Quieres una copa? Puedo...

–No... Gracias.

–Tu chaqueta, entonces, dame tu chaqueta.

Cuando ella se adelantó, él la detuvo y le dijo:

–Me gustaría ver a mi hijo.

«Su hijo», pensó ella. El tono posesivo de su voz tuvo un efecto en el pecho de Melanie.

–Está dormido. No quiero...

–No quiero despertarlo, solo... verlo. ¿Es mucho pedir?

Hubo una cierta acritud en sus últimas palabras, y eso le dio a entender que él seguía con el mismo humor impredecible. Así que ella agitó la cabeza.

–Tiene un sueño ligero. Lo único que le falta es despertarse y descubrir un extraño de pie a su lado.

–¿De quién es la culpa de que yo sea un extraño?

–Tienes que comprender algunas cosas antes de que metamos a Robbie en esto –dijo ella, ignorando sus palabras.

–¿Tales como que jamás estuviste casada con William Portreath?

–Nunca dije que lo estuviese.

–Hiciste que lo pensara.

–No me diste tiempo para que explicase nada.

Él se irguió como respuesta a la crítica. Melanie fue a dejar el atizador en su lugar. Pero cambió de idea y empezó a remover el fuego. Empezaron a restallar las chispas.

–Cambiaste tu apellido, Leggett por Portreath.

–A William le gustaba la idea de saber que Robbie llevaría su apellido –le explicó.

El aire de la habitación se hizo denso. Él pensó que Robbie tenía derecho a llevar «su» apellido, pero por el gesto de su boca, ella supo que Rafiq no iba a decirlo, al menos de momento.

–Te haces llamar «señora Portreath». ¿No significa eso que tu estado civil es casada?

—¿Por qué estás tan sorprendido por mi estado civil?

Melanie puso el atizador en su sitio.

—Soy madre soltera, y debo tener en cuenta los sentimientos de mi hijo —le recordó ella a la defensiva—. La vida de Robbie es más sencilla si me invento un marido muerto.

—Y un padre muerto.

—No he dicho eso. Robbie sabe de tu existencia, por supuesto que sí. Hubiera sido imperdonable de mi parte si hubiera fingido que estabas muerto solo por...

—¿Sabe quién soy?

—Sí. Era natural que preguntase por su padre. Y lo mejor era decirle la verdad. Pero él...

Rafiq la sorprendió con su respuesta. Se hundió en uno de los sofás y se tapó la cara con las manos.

—Rafiq...

—No. ¡Déjame un momento!

Necesitaba más de un momento para digerir aquello. Su hijo sabía de su existencia. Sabía que tenía un padre que jamás se había molestado en ir a verlo.

¡Hubiera sido menos doloroso saber que su hijo creía que estaba muerto!

—Tienes que comprender. Robbie solo...

—Cállate —contestó Rafiq enfadado—. ¡Te mataría por ocultarme a mi hijo!

—Tuviste la oportunidad de ser padre, Rafiq, y la rechazaste.

—¿Cuándo? —se puso de pie nuevamente—. ¿Cuándo me diste esa oportunidad? —gritó.

—¡Cuando me echaste de tu oficina hace ocho años!

—¿Lo sabías entonces y no me dijiste nada?

Melanie se rio.

—Fuiste tú quien me dijo que era inútil decirte nada porque no ibas a creerme.

–¿Y no fuiste capaz de insistir para que te escuchase?

Ella alzó la barbilla.

–¿Con qué finalidad? Me habrías seguido llamando mentirosa.

–Tú estabas acostándote con tu primo. ¡Claro que yo habría cuestionado el parentesco!

Si Melanie hubiera tenido el atizador de la chimenea, se lo habría tirado a la cara.

¿Quién se creía que era para estar allí, intentando echarle toda la culpa?

–¿Y qué habría pasado si hubiera ido a verte con tu hijo en brazos, Rafiq? ¿Qué, si te hubiera dicho: «mira, Rafiq, comprueba tú mismo que este niño es tuyo»? –ella dejó escapar una risa amarga–. Yo te diré qué habrías hecho. Me lo habrías quitado. ¡Habrías utilizado tus asquerosos millones para alejarme de mi hijo!

–¡No lo habría hecho! –exclamó él, asombrado de sus palabras.

–Sí. Tú creías que yo era una mujer barata que iba tras tu dinero y que te había puesto en ridículo. Habrías querido vengarte... ¡Probablemente aún quieras hacerlo! Pero ahora tengo mi propio dinero para enfrentarme a ti. Y también tengo a Robbie, que me quiere, Rafiq. ¡Me ama y es lo suficientemente mayor e inteligente como para odiar a cualquiera que intente separarnos!

Rafiq se puso pálido.

–Si piensas eso, ¿por qué has decidido hacerme partícipe de tu secreto?

–Porque Robbie te necesita –susurró Melanie.

–¿Y no me ha necesitado antes?

–No –agitó la cabeza–. Antes tenía a William.

Capítulo 4

RAFIQ se alejó, como si su respuesta lo hubiera herido. El enfado de Melanie se había disipado, y ella también se alejó, y esperó a que él se recuperase de lo que le acababa de decir.

Pero sabía que no se había terminado.

Ninguno de los dos se movió ni volvió a hablar. Rafiq no sabía bien qué sentía ante las últimas revelaciones. ¿Era un cobarde por no enfrentarse a la verdad?

¿Y cuál era la verdad?, se preguntó. La verdad era que Melanie lo había acusado de cosas que no podía refutar. No hubiera creído que su hijo era suyo, excepto si le hubieran mostrado pruebas. Habría movido cielo y tierra para quitar al niño de las manos de una mujer a la que no consideraba adecuada para criar a su hijo.

Y aún lo creía. Lo que hacía que la situación fuera peor.

—Creo que es mejor que me vaya —murmuró Rafiq.

—Sí.

—Creo que es mejor dejarlo para otro momento en que ambos estemos más tranquilos.

—Sí...

Pero él no se movió. Algo no lo dejaba marchar. ¿La necesidad de estar donde estaba su hijo? ¿O era Melanie la que lo retenía?

Él se giró para mirarla. Su cabello claro caía sobre

los hombros, que ya no estaban tan rígidos y desafiantes, sino encorvados y pesados. Llevaba un jersey ajustado que marcaba las curvas de su cuerpo, y un vaquero que seguía las líneas de sus caderas y muslos. Los dedos de una mano jugaban nerviosamente con el suéter.

Rafiq se dio la vuelta y se alejó nuevamente. Por primera vez miró la habitación. Le sorprendió la decoración pasada de moda, las cortinas de terciopelo haciendo juego con el tapizado de los sofás. Parecía una habitación decorada por la mano de un hombre, con pocos detalles femeninos, a excepción de los cojines de seda que había en los sofás y las sillas.

Le gustó, lo que le sorprendió, porque estaba predispuesto a que no le gustase nada de Melanie. ¿O se trataba del gusto de William Portreath? Volvió a sentir amargura y envidia por el hombre que había disfrutado del cariño de su hijo, hasta el extremo de darle su apellido.

Rafiq no quería marcharse. Melanie lo intuía. Aún seguía en estado de shock. Su hijo estaba allí, en esa misma casa, y necesitaba verlo, ver la verdad con sus ojos. Ella lo comprendía, y habría deseado que las cosas hubieran salido de otro modo aquella mañana. Porque podrían haberse ahorrado toda la pelea entonces, y él podría haber visto a Robbie y haber contemplado el maravilloso niño que tenían. Y lo más importante, Robbie podría haber conocido a su padre y haber sabido que ya no se quedaría solo si le pasaba algo a su madre.

¿Debería decirle que ella sabía cómo se sentía? ¿Estaría dispuesto a escucharla?

De pronto, se oyó el crujir del suelo de madera en algún lugar de la casa. Melanie se dio la vuelta hacia la puerta. Rafiq hizo lo mismo. Los dos se quedaron tan petrificados, que sus corazones parecían haberse detenido. Melanie conocía todos los ruidos y crujidos de la casa.

–¿Qué? –preguntó Rafiq.

–Robbie –dijo ella–. Quédate aquí –le advirtió, mientras abría la puerta. Luego desapareció.

Rafiq se quedó inmóvil, en una actitud que solo había experimentado cuando había estado a punto de perder a su padre, un hombre al que amaba sobre todas las cosas de la vida. Y ahora podía correr el riesgo de perder a un niño de siete años.

¿Traería Melanie al niño y se lo presentaría sin prepararlo antes?

Robbie estaba saliendo del cuarto de baño cuando Melanie llegó a la planta de arriba.

–¿Todo bien? –le preguntó suavemente.

–Mmmm... –murmuró el niño, soñoliento–. Me ha parecido oír voces.

–La televisión, probablemente –mintió su madre con una sonrisa, y lo acompañó a su dormitorio. Luego, lo arropó.

–He tenido un sueño esta noche, pero no ha sido malo –le dijo Robbie.

–Bien –Melanie le acarició la cabeza.

–Había un hombre subido a un gran caballo negro, y se paró y dijo: «¿Eres Robbie?», y yo dije: «Sí», y él sonrió y dijo: «La próxima vez puedes montarte conmigo si quieres».

–¡Qué amable! –sonrió Melanie, pensando que no le gustaba la idea de que un extraño lo invitase a cabalgar.

–Mmm... –Robbie bostezó–. Llevaba una túnica blanca... y tenía una cosa de esas en la cabeza, como la que usan los árabes.

A Melanie se le hizo un nudo en el estómago. Ella no era de las personas que opinan que los sueños predicen el futuro, pero era evidente que soñar aquello exactamente aquella noche era algo premonitorio; aquello hizo que se pusiera más nerviosa aún. Robbie sabía de su ascendencia árabe... William se había pasado horas en su estudio contándole historias que habían despertado su fantasía.

–Duérmete –le susurró Melanie.

–Tú no te irás, ¿verdad?

–No –le prometió suavemente–. Solo bajaré a ver la televisión –agregó, por si el niño esperaba que se quedara con él el resto de la noche. No era la primera vez que lo hacía.

Pero aquella noche no era de esas. Robbie volvió a dormirse sin problemas. Ella se quedó unos minutos en su habitación para asegurarse de que estaba profundamente dormido. No quería que Robbie se apareciera abajo, como tantas veces, en una noche que ya era lo suficientemente complicada como para agregarle más problemas.

Melanie se puso de pie y se marchó de la habitación después de cerrar la puerta, por si acaso alzaban la voz.

Al bajar, se encontró con que Rafiq se había quitado la chaqueta. Llevaba un suéter blanco de cuello vuelto, y estaba frente al fuego. Se dio la vuelta sobresaltado, seguramente esperando ver a Robbie.

–Se levantó para ir al cuarto de baño –le explicó–. Luego se volvió a dormir.

Rafiq asintió con la cabeza, con una expresión de alivio y pesar al mismo tiempo. Ella sintió cierta compasión por aquel hombre que parecía luchar con sus emociones.

Tenía el atizador de la chimenea y la pala en la mano.

–Un leño ha caído al fuego –dijo él cuando ella se acercó.

No estaba usando el atizador ni la pala. Estaba mirándolos sin verlos.

Melanie se los quitó y los dejó a un lado.

–Rafiq... Siento haberte dicho lo que te he dicho antes. Estaba enfadada y...

–Necesitabas decir esas cosas, y supongo que yo necesitaba oírlas.

–Toma... –dijo Melanie, y sacó una foto del bolsillo de sus vaqueros–. He pensado que te gustaría tener esto.

Era Robbie, con el uniforme de la escuela.

Si Rafiq hubiera tenido la oportunidad de entrar en el estudio de William se habría encontrado con un montón de retratos de Robbie. A William le gustaba tenerlos allí, y ella no había tenido el valor de cambiar nada en la casa desde su muerte.

–Se la hicieron en el colegio hace una semana –explicó ella–. Se parece mucho a ti... Tanto, que fue un shock verte esta mañana... Cuando entré en tu despacho y me di cuenta de...

Melanie se interrumpió porque se dio cuenta de que Rafiq lo estaba viendo por sí mismo. Tenía los ojos fijos en la foto.

Melanie sintió que en aquella habitación faltaba el aire. Sintió la necesidad de dar a Rafiq cierto espacio e intimidad para lo que estaba experimentando, pero no pudo moverse. Sintió un nudo en la garganta, ganas de llorar y una opresión en el pecho.

Desesperadamente, tomó el atizador y la pala y se puso a recoger la ceniza desparramada que había en el hogar.

Era horrible. «Di algo», le habría querido decir. «¡Necesito saber qué piensas del hermoso niño que hemos engendrado!».

Rafiq le quitó el atizador y la pala y los dejó a un lado.

Ella sintió miedo, sobre todo porque Rafiq le sujetó los brazos y la puso de pie. Se sintió pequeña al lado de él.

Lentamente lo miró, y se estremeció al ver lo que decía el brillo de sus ojos.

«¡No!», habría querido decirle. Pero no tuvo tiempo.

Rafiq la besó, pero no tan apasionadamente como aquella mañana, sino con reverencia. La abrazó tiernamente.

Luego la dejó y se dio la vuelta. Recogió la chaqueta y salió de la habitación. Y después se marchó de la casa, dejándola con el calor de aquel beso latiendo aún en sus labios, y con la visión de unos ojos húmedos que jamás hubiera creído capaces de llorar.

Se había marchado antes de dejar fluir toda la emoción que había supuesto aquel impacto con la realidad.

Y ella había logrado aquello. Con su estrategia había reducido al llanto a un hombre orgulloso. Jamás se había sentido tan avergonzada.

Rafiq miró el documento que había estado preparando toda la noche. Sabía hacer muy bien esas cosas. Poner la energía en el dinero y no en las emociones. Sabía invertir el dinero de la gente, pero no sabía desenvolverse en las cosas básicas de un ser humano.

El teléfono sonó, impidiendo que se le cerrasen los ojos.

—¿Estás seguro de que quieres esto? —era Randal Soames.

—Exactamente como te he dicho.

—Tienes que pensar que tal vez te cases algún día, y tengas más hijos...

«No», pensó Rafiq.

—¿Has hablado con Melanie? —preguntó Rafiq.

—No estaba. Tenía una función o algo así en el colegio del niño, me parece recordar. La volveré a llamar más tarde.

Una función en el colegio. Algo más que él no sabía, pensó Rafiq después de colgar. En su cartera tenía una foto que era una versión de sí mismo con siete años... ¡Y él no sabía nada de ese niño! «!Maldita sea!», se dijo. Se levantó de la silla, puso las manos en los bolsillos y se asomó a la ventana. Era un día de lluvia tan oscuro y triste como él.

El niño parecía un clon suyo. ¿Dónde estaban los genes de Melanie? ¡Parecía el resultado de un experimento científico en lugar de ser el producto del amor! «Amor», pensó con acritud. Maldijo esa palabra. Él quería a su hijo, pero no había hecho nada por acercarse a Robbie. Él quería a su padre, a su hermano, y a la esposa de Hassan, Leona... pero de otra manera. El amor por ellos era un amor seguro. Con su hijo, no se sentía seguro en el amor.

Y en cuanto a Melanie...

Había amado a Melanie cuando habían concebido a su hijo, pero prefería no acordarse de ello. ¿Y ahora? ¿Cuál era o sería su relación con ella? ¿Una relación en la que solo hubiera fríos acuerdos en cuanto a su hijo?

Oyó que golpeaban la puerta. Kadir se asomó. Tenía unas gotas de lluvia en los hombros.

—¿Has estado fuera con este tiempo, Kadir?

—Sí, señor. Acaba de llegar una nota para usted —explicó Kadir, y se adelantó para dársela.

Rafiq la miró sin intentar agarrarla.

Era un sobre pequeño y blanco, y el remitente era una mujer, daba la impresión, por la letra. No había dirección ni sello de correos, lo que quería decir que la habían llevado en mano.

—¿De quién es?

Kadir carraspeó.

—Ha llegado en otro sobre dirigido a mí. Eso es todo lo que sé.

Rafiq sacó las manos de los bolsillos y la aceptó.

¿Puedo subir? Estoy abajo, en la calle, ponía la nota.

Fue hasta la ventana y miró hacia la calle, borrosa por la lluvia. Una figura se guarecía en el edificio frente al suyo, debajo de un paraguas negro muy grande.

«Melanie», pensó él.

–Prepárame el coche –instruyó a Kadir mientras se dirigía a la puerta. Luego, se detuvo y agregó–: Y no adquieras la costumbre de mentirme, Kadir.

Luego se fue.

–No, señor –agregó Kadir.

Bajó en el ascensor y salió a la calle. En los pocos segundos que tardó en cruzar, lo empapó la lluvia.

Melanie no lo vio hasta que lo tuvo frente a ella. Rafiq le quitó el paraguas y lo subió un poco para meterse debajo él también.

–¿Estás loca? ¿Por qué estás de pie, aquí?

–No quería que los vigilantes de seguridad me echasen del edificio –le explicó–. Pero necesitaba hablar contigo.

Por el gesto que hizo, Rafiq parecía haber olvidado las órdenes que había dado a sus empleados.

Al ver que ella estaba temblando, él le agarró el brazo y la metió debajo del primer portal que encontró, cerró el paraguas y lo puso a un lado. Luego se quitó la chaqueta y se la puso a ella encima de los hombros.

–Estás helada. No puedo creer que hayas venido aquí vestida así.

Melanie llevaba de nuevo el traje de diseño. Le había parecido apropiado cuando había decidido ir. Ahora agradecía el calor de la chaqueta de Rafiq.

–No estaba... lloviendo tanto cuando me fui de casa y... y ahora no puedo pensar con claridad.

–Comprendo –murmuró él.

–Tú también estás mojado... –continuó ella, agitada–. Debiste enviar a Kadir para...

–¿Para que transmitiera más mensajes?

Ella alzó la mirada, vio sus ojos y dejó escapar un suspiro.

–Te lo ha dicho, ¿verdad?. Prometió no decirlo. No quería que él se metiera en problemas por mi culpa.

–¿Crees que me habría enfadado con él?

–Hace dos días...

Ella llevaba dos días esperando, sobresaltada, cada vez que sonaba el timbre.

–Kadir cumplió tus instrucciones con la carta. En cuanto al resto... Me lo imaginé.

–¡Qué omnipotente! –murmuró ella.

Para su sorpresa, Rafiq se rio. Ella lo miró. Se encontró con unos ojos negros cálidos que la miraban intensamente.

«No me mires así», le habría dicho. Una corriente de intimidad los estaba envolviendo en demasiado poco tiempo, y era peligroso.

–Necesitaba tiempo para pensar –murmuró él.

–Sé que debes de sentirte herido, pero yo... tenía que protegerme.

–¿Del omnipotente árabe con deseos de venganza? –sonrió él.

–Lo siento, pero sí. Tú...

Él alzó una mano para quitarle de la cara un mechón mojado. Afuera, la lluvia golpeaba intensamente. El mechón dejó un trazo mojado y él movió su dedo para borrarlo de su mejilla.

Alguien entró en el portal, se detuvo para quitar el paraguas de Melanie del paso y los miró con curiosidad.

Melanie habría querido esconderse dentro de su chaqueta. Estaban muy cerca el uno del otro.

Rafiq dejó escapar un suspiro. Ella se quedó mirando su corbata roja, subiendo y bajando con la respiración.

–No creo que este sea un lugar apropiado –dijo ella.

–No –asintió él, pero no se movió.

Hubo un silencio.

Entonces, Rafiq deslizó sus manos por debajo de la chaqueta azul marino hasta llegar a sus pechos.

Ella suspiró, y por un momento pensó que él iba a besarla.

Melanie tembló de frío, cuando él se apartó para recoger el paraguas. Lo abrió, la hizo meterse debajo y luego la acompañó afuera.

Corrió con ella hasta el coche. Ella se sorprendió, porque había pensado que la llevaría al banco.

Rafiq subió con ella. Tenía la camisa mojada y el cabello chorreando. Se inclinó para tomar un teléfono que había en el coche, dio una orden en árabe y luego volvió a echarse atrás con un suspiro.

–¿Dónde vamos? –preguntó ella.

–A algún lugar donde podamos hablar.

–¡Oh! Creí que el banco...

–No –dijo él.

–Rafiq...

–Randal ha intentado ponerse en contacto contigo.

–¿Sí?

–Me ha dicho que estabas fuera, en alguna función o algo así.

–A primera hora de la mañana, sí –asintió–. Hacen una función para Navidad en el colegio de Robbie. Representan Cenicienta. Hubo un ensayo esta mañana. Y yo... fui a ayudar.

–¿En qué escuela?

Ella se lo dijo. Pero se sentía insegura con un hombre tan impredecible como Rafiq. Nunca se sabía si estaba tramando una venganza o su seducción. Porque algo había surgido entre ellos en el portal. Y no era justo. Porque solo aquel hombre había hecho que ella sintiera ese deseo solo con su presencia.

Aquella sensación había estado presente desde el primer día, desde la primera vez que le había rozado el brazo, cuando ella había estado sirviendo en la mesa de los Maitland. Ella tenía la ingenuidad de los veinte años, pero la había conmovido su tono sensual, su risa profunda... Y la respuesta de ella había sido tan primitivamente sexual, que había derramado la salsa en el mantel.

Luego había venido el humillante sermón de Sally Maitland.

—Cuidado con él —le había advertido Sally Maitland—. Los árabes suelen sentirse atraídos por las rubias delgadas. Te sacará lo que le interesa, y luego te despreciará por ello.

Había tenido razón. Rafiq la había perseguido como un loco hasta que había derrumbado sus defensas. Le había prometido todo: amor, matrimonio, todo en un hermoso paquete. Pero en cuanto había conseguido lo que había querido, la había despreciado por dárselo. Había visto en ella una furcia dispuesta a dárselo a cualquiera.

Él se movió, y ella lo miró acusadoramente.

—¿Qué? —preguntó él, sorprendido.

—Nada —ella desvió la mirada. Tenía la esperanza de que ocho años de abstinencia le hubieran servido para construir alguna defensa contra él. ¿Por qué pensaba que necesitaba aquello?

Porque Rafiq aún la deseaba. Tres encuentros, dos besos, y ya estaba la pasión instalada otra vez entre ellos.

El coche paró frente a un lujoso edificio de apartamentos. Rafiq salió del coche y fue abrir su puerta.

–No creo... –empezó a balbucear Melanie.

Él la hizo salir y la apuró para entrar rápidamente en el edificio. En el movimiento, casi se le cayó la chaqueta de Rafiq.

Un guardia de seguridad vestido de uniforme lo saludó.

–Buenos días, señor, señora... ¡Un tiempo horrible!

Rafiq murmuró una respuesta. Melanie sonrió, nerviosa, y se preguntó qué estaría pensando el hombre.

–No me parece buena idea esto... –dijo ella.

–A mí, sí.

–No –dijo ella, e intentó liberarse de la mano que le sujetaba la muñeca.

El hombre de seguridad debió de pensar que ellos eran dos amantes tan impacientes que no podían esperar a estar solos.

Las puertas del ascensor se cerraron. Los ojos de Rafiq la quemaban. Ella sintió que se le aceleraba la sangre en las venas.

–¿Cómo te atreves? ¡Se supone que se trataba de hablar de Robbie!

Rafiq se rio.

Durante dos días, él se había estado preguntando por qué se estaba conteniendo para ir a ver a su hijo. Y no había encontrado ninguna respuesta convincente. Pero una sola ojeada a Melanie, y la respuesta había aparecido en su mente. No podía resolver el problema de su hijo si antes no resolvía el problema con la madre de su hijo. Él la deseaba... Quería todo lo que había rechazado hacía ocho años. ¡Quería que ella compartiera con él su cama, su vida! ¡Y estaba decidido a conseguirlo, sin esa cosa llamada «amor» empañando su entendimiento!

–Voy a estrecharte en mis brazos y te voy a besar hasta no poder más... Voy a quitarte la ropa y a disfrutar de tu exquisita piel. Te llevaré a mi cama y voy a gozar de cada centímetro de ti –dijo sensualmente Rafiq–. Voy a salir de aquí y te voy a comprar un anillo que demuestre que me perteneces. ¡Entonces, y solo entonces, iré a conocer a mi hijo! Me debes esto, Melanie, la del rostro bello y el corazón embustero... ¡Me lo debes por los ocho años de amargura, y los siete años de vida de mi hijo!

Capítulo 5

ESTÁS loco –dijo Melanie.

–Es posible –contestó Rafiq, pero se dio cuenta de que ella se sentía atraída por los planes, a pesar de estar temblando como un pajarillo atrapado.

–¿Cuánto tiempo hace que un hombre no te toca, Melanie? ¿Cuánto hace que un hombre no te hace sentir su ardiente empuje volviéndote loca de deseo?

Ella estaba temblando. Le brillaban los ojos. Podía pensarse que era por miedo. Pero él conocía ese perfume casi imperceptible de su excitación endulzando el aire. Conocía esa fragancia, la había olido la primera vez que se habían encontrado, y siempre aparecía cuando estaban cerca. Ocho años no habían cambiado nada entre ellos.

–El sexo... nos envuelve –dijo Rafiq inclinándose hacia ella–. Se siente... Deja de fingir.

–¡Si no paras esto, voy a gritar!

Su respuesta fue poner una mano en su nuca. Ella vio su intención. Rafiq bajó la cabeza y la besó. Besó su boca ardiente y temblorosa, que se abrió para recibirlo. Ella apretó sus dedos sobre la camisa de él, y respiró contra su pecho viril, rozando levemente sus pechos en cada inhalación. Luego las piernas de Melanie se arquearon en su deseo de sentir su contacto, y entonces lo besó.

Ella gimió al sentir su lengua. Él rio roncamente, mostrando su triunfo. Ella se aferró a su cuello y le clavó las uñas. A él no le importó. Le gustaba sentir aquellas uñas afiladas en su piel. Le hacía sentir que aquello podía ser tan desenfrenado como él esperaba. Lo hacían sentir vivo, con energía.

Con Serena había sido sexo. Con aquella mujer era... algo más.

Las puertas del ascensor se abrieron. Sin dejar de besarla, la alzó en brazos y la llevó hacia la puerta de su apartamento. Fue difícil abrir con la llave sin dejar de besarla, pero al final lo logró. Entró y luego pateó la puerta para cerrarla. Caminó por el corredor hacia el dormitorio.

La chaqueta de Rafiq se le cayó de los hombros al suelo, pero quedó allí. Rafiq entró en el dormitorio y cerró la puerta.

Había una cama enorme con una colcha azul de seda.

Cuando la dejó de pie, en el suelo, ella estaba temblando. Apenas podía mantenerse de pie sin ayuda. Sus ojos estaban muy abiertos; su boca roja y deseosa de la de él.

–Ahora dime que no –le dijo él, desafiante.

Ella no podía contestar. Cuando ella extendió una mano para recuperar firmeza, él la tomó y se la puso en el pecho. Ella sintió su vello áspero. Lo había vuelto a hacer: sin darse cuenta, ella le había desabrochado la camisa mientras iban por el pasillo.

–Sí –susurró él. Se aflojó la corbata y se la quitó. Luego se desabrochó el último botón de la camisa.

–¡Oh, Dios santo! –se le escapó a ella.

Pero entonces él le desabrochó la chaqueta del traje de diseño. Esta se resbaló de sus hombros. Su blusa salió despedida por la cabeza, y él la besó, ferozmente, por si ella se arrepentía y decidía parar aquello.

Pero Melanie no estaba en condiciones de parar nada. Estaba perdida en una ardiente pasión que la unía a aquel cuerpo y al poder de su beso. Cada vez que respiraba, se ahogaba en su fragancia, y cada vez que se movía sentía el impacto de su fuerza. La boca de Rafiq la consumió con hambre voraz. Las caricias de sus manos eran como un afrodisíaco. Ella no tenía voluntad, ni pensamiento, ni deseo de hacer otra cosa que estar allí. Los ocho años que habían transcurrido desde que había estado con él de aquel modo parecieron no importar. Sus sentidos lo recordaban, lo deseaban y pedían que los alimentase.

–Esto es una locura –dijo ella.

Él no contestó. Sus manos estaban intentando quitarle el sujetador.

El encaje negro dejó al descubierto unos pechos redondos con unos pezones erguidos. Él los tocó. Ella gimió. Y simplemente se apretó contra él. Aquella piel cobriza le produjo una sensación eléctrica contra la suya. El roce de su vello la excitó. El beso era una seducción interminable. Cuando él intentó abrir la cremallera para quitarle la falda, ella lo ayudó moviendo las caderas para facilitarlo. La poderosa muestra de su erección fue evidente cuando ella se apretó contra él. Rafiq respiraba agitadamente, su cuerpo estaba tenso de deseo. Deslizó las manos por el último trozo de encaje negro que quedaba. Luego tiró de ella y la rodeó en su abrazo.

Ella le tomó la cara entre las manos y la besó, urgentemente, desesperadamente, acariciándola y probándola, arrancándole a él sonidos de placer.

Él era suyo. Aquel hombre, aquel gigante de piel oscura le pertenecía. Lo había creído hacía ocho años y lo creía ahora. Una parte de ella debía de estar gritando «¡Tonta!», pero no le importaba.

Rafiq sujetó las caderas de Melanie y la levantó, alzándola contra él. Ella le rodeó el cuello. Él empezó a llevarla en brazos otra vez, y la dejó en la espaciosa cama. La tibia piel sintió la suavidad de la seda. Sus piernas se extendieron sensualmente. Lo observó quitarse lo que le quedaba de ropa. Miró fascinada aquellos músculos, hasta que recordó cómo era sentirse poseída por él.

Luego Rafiq se echó a su lado y rodó con ella. Era piel contra piel; una sensación insuperable de placer. Rafiq la besó y sus manos empezaron a acariciarla mágicamente, recorriendo sus pechos, su vientre, la parte interna de los muslos. Melanie todavía tenía las medias y las braguitas. Él se las quitó. Ella se movía y respondía a cada una de sus caricias. Rafiq dejó de besarla. Ella estaba perdida, mirando unos ojos tan negros que parecían tragarla. Amándolo, deseándolo.

–¿Paramos? –preguntó él.

¿Paraban?, se preguntó ella.

Por primera vez intentó enfocar lo que veía. Él estaba excitado, lleno de pasión. Su boca, grande de deseo. Su hermoso cuerpo estaba a su lado.

–Si continuamos, tendrás que aceptar mis intenciones.

–¿Quieres parar? –preguntó ella.

Él le acarició el labio con la lengua.

–No –contestó Rafiq.

–Entonces, ¿por qué preguntas?

Él sonrió apenas y dibujó sus labios con la punta de la lengua.

–Entonces, sigamos.

La pasión se desató como un león salvaje entre ellos. Él tomó uno de sus pechos con su boca, succionó su pezón y lo mordisqueó con los dientes. Cuando ella gimió, él volvió a hacerlo. Y la atormentó con la boca, con las manos. Luego, deslizó sus dedos por su muslo hasta el vello dorado que había entre sus piernas.

El placer se apoderó de ella. Donde él tocaba, ella pedía más. Los dedos de Melanie cavaban, temblaban, apretaban músculos masculinos. El notar que él tenía la respiración agitada la excitaba más aún. Rafiq la deseaba desesperadamente, igual que ella a él.

Melanie sabía que no debía estar haciéndolo. Pero una sola pizca de sensatez habría estropeado aquel momento. Ella dejó escapar un suspiro, y entonces él invadió la suavidad de su femineidad con el toque de un maestro, y la sensatez se perdió completamente. Porque ella estaba volando, o como si lo estuviera haciendo, aferrada a él, pronunciando su nombre y pidiéndole que no parase.

El calor de su aliento humedecía su rostro; el sonido de su respiración agitada llenaba sus oídos... Él se movió encima de ella. Melanie sintió el vello de sus piernas rozando las suyas. Una mano se deslizó debajo de sus caderas para apretarla más contra su cuerpo, y ella sintió su erección dentro. Luego Rafiq le alzó la cabeza para que abriese los ojos y lo mirase. Parecieron advertirle lo que iba a suceder. Entonces sintió su empuje en el mismo momento en que él acallaba el grito de ella.

Era la posesión en su significado más completo. Él se movió, y ella respondió con gemidos de placer que parecían gritar que era suya. Cada empuje era más profundo, cada retirada la dejaba temblando y pidiendo más. Cada movimiento de los cuerpos era un exquisito tormento que la llevaba más lejos.

Cuando él incrementó el ritmo, ella dejó que la dirigiese. Era un cuadro de piel exquisitamente blanca contra musculoso bronce, miembros delgados y femeninos entrelazándose a los de él. El contraste entre la oscuridad de su piel y la luz de la de ella formaban una gloriosa única entidad. Él la sumergió en el éxtasis, y luego hizo que perdiera el escaso control que le quedaba con un beso que la enajenó totalmente y la llevó a la cima del placer.

Rafiq estaba tumbado a su lado, con el pecho aún agitado de los últimos retazos de satisfacción. Una mano cubría sus ojos. Melanie no se movió. No podía. Cuando pudo abrir los ojos, sintió el frío en su piel y vio el día gris invadiendo la habitación. El dormitorio de seda azul era un lugar frío como cualquier otro donde dos personas no se hubieran dado más que placer sexual. El momento glorioso de después de hacer el amor había sido reemplazado por la realidad, por la sensación de horror.

¿Qué habían hecho?, se preguntó Melanie.

Quería morirse. Quería cerrar los ojos y morirse, antes que enfrentarse a lo que había hecho.

La verdad. La fría verdad... Ella había esperado que él se vengase de algún modo u otro, pero no había esperado algo así.

—Te odio —susurró temblorosa.

Él dejó de respirar. Bajó la mano de la cara.

—Has hecho esto a propósito. Has querido destruirme —con los ojos llenos de lágrimas, se levantó de la cama.

—Por si no te has dado cuenta, yo también estoy destruido —dijo él.

—Es distinto. Tú eres un hombre. A ti se te permite comportarte así.

—¿Así cómo?

—Como un animal. Me miras y ves a una mujer occidental. ¡Fácil de comprar y fácil de tener! Hiciste esto la otra vez. Querías tener algo y lo tuviste, ¡y luego me despreciaste por dártelo!

—Te desprecié por ir de mis brazos a los brazos de tu primo.

—¡Primo político! ¡Y no pienso hablar de eso contigo!

—¿Por qué no? —con un solo movimiento, Rafiq se levantó de la cama y fue hacia ella.

Desnudo, fuertemente masculino...

–Porque tuviste la oportunidad de escucharme hace ocho años, y decidiste que no valía la pena –Melanie recogió su ropa y se tapó con ella. Luego miró alrededor con desesperación–. ¡No pienso defenderme ante ti! ¿Dónde está el cuarto de baño?

–Espera un momento...

–¡No! –ella se soltó de sus manos–. ¡No vuelvas a tocarme! –exclamó ella a punto de llorar. Y quería desaparecer antes de que ocurriese–. Yo te adoraba –susurró penosamente–. Y tú lo sabes. ¡A ti... te pareció muy gracioso quitarle a una inocente su virginidad!

–¿Gracioso?

Ella lo miró. Fue un error.

Él se estaba riendo de ella. Era la humillación final. Melanie se dio la vuelta y corrió hasta la puerta más cercana. Se encontró en un pasillo con suelo de parqué y paredes azules pastel. ¿Adónde iría ahora? Cualquier puerta le venía bien.

Corrió a la que tenía más cerca y la abrió.

Era un cuarto de baño en colores azul y marfil. Se puso la falda y cerró la cremallera. No tenía sujetador, ni medias, ni braguitas. Una camiseta negra ajustada cubrió sus pechos. Sintió el tacto de la tela en sus pezones. Se estremeció al sentirlo. Se puso la chaqueta. Luego se dio la vuelta para salir, y descubrió su imagen en un espejo. Tenía ojeras, los ojos opacos, la boca roja... El cabello despeinado. Estaba provocativa y desaliñada. ¡Barata y fácil!, se acusó.

Ahora tenía que volver a su casa y enfrentarse a su hijo, sabiendo lo que había estado haciendo con su padre. Sintió náuseas. Se dio la vuelta, preguntándose dónde estaría su bolso. Decidió que no le importaba. Se marcharía andando si fuese necesario. ¡Cualquier cosa con tal de salir de allí!

Cuando salió, se encontró con Rafiq esperándola.

Se había puesto un albornoz que no lo cubría demasiado. Ella no pudo resistir cierta excitación al verlo.

—Quítate de mi camino —le ordenó ella.

—No pienso dejar que te marches —se interpuso Rafiq—. Hemos hecho un trato.

—¿Un trato?

De pronto, recordó las palabras de Rafiq: «tendrás que aceptar mis intenciones».

—¡Dios santo! —exclamó Melanie.

—¿Te acuerdas? Bueno, eso lo hace más fácil.

—Quiero irme a casa.

—Más tarde —dijo él y extendió una mano—: ¿No quieres ponerte esto?

Él le dio las medias, el sujetador y las braguitas.

—No tengo problema en que elijas un anillo sin ponerte esto. De hecho, sería excitante saber que solo tú y yo sabemos que no llevas nada debajo. Pero las medias, tal vez, puedan protegerte del frío.

—¿Anillo? ¿Hablabas en serio cuando lo dijiste?

—Todo lo que he dicho lo he dicho en serio. Hablé de poseer tu cuerpo, el anillo, mi hijo... Nos casaremos teniéndolo a él a nuestro lado. Seremos una familia...

Una familia con ocho años de retraso, pensó Melanie.

De pronto se sintió débil al darse cuenta de lo que significaría todo aquello. Se apoyó en el quicio de la puerta para sujetarse, decidida a no llorar.

Cuando vio que Melanie perdía la voluntad de pelear, Rafiq sintió un estremecimiento en su corazón. Suspiró y dejó la ropa interior a un lado.

—Yo no creo que tú seas barata y fácil. Más bien pienso que soy yo el que es así. Pero quiero que dejemos el pasado en el pasado y que miremos hacia el futuro. Nuestro hijo merece todo nuestro esfuerzo.

—Ni siquiera lo conoces, y estás planeando su vida...

–Pero lo conozco en parte... Yo sé lo que es tener un solo padre. Sé lo que es sentir el rechazo de uno de tus padres... A mí me ha sucedido eso –agregó con tensión–. Es muy doloroso. Y yo no quiero que Robbie siga sintiéndolo.

–William lo amaba.

Si lo que había querido era herirlo, lo había conseguido. Rafiq se apartó de la puerta y dijo:

–Mi hermanastro, Hassan, me quiere mucho. Pero no puede ser la madre que me faltó, ni llenar el vacío que su ausencia me dejó en el corazón.

Rafiq volvió al dormitorio, turbado por su confesión. Melanie lo siguió.

Pero él quería estar solo.

–¿Quién era tu madre?

–Una francesa, parisina. Morena, guapa, con la suficiente astucia como para atraer a un árabe rico con los trucos más viejos del mundo –Rafiq la miró, y vio una belleza muy diferente a la que estaba describiendo.

Se acercó al ropero. Melanie no lo había chantajeado con su embarazo, ni lo estaba haciendo en esos momentos, debía admitir. Pero ella había visto la oportunidad de casarse con un hombre de dinero y no lo había dudado.

Sintió rabia. Se lamentó de no haberse casado con ella aunque solo fuese por venganza. Al menos habría conocido a su hijo entonces, lo habría visto crecer en el vientre de ella y lo habría querido tanto, que el niño no habría tenido que pasar por momentos en que se hubiera sentido rechazado y herido.

–Cuando ella descubrió que mi padre ya estaba casado y que su esposa estaba embarazada, no le gustó.

–Yo no la culparía –respondió Melanie–. Me parece que tu padre se merecía aquello. Él jugó con ella, obviamente.

–Es verdad –sonrió Rafiq un poco forzadamente. Sacó una camisa limpia de una percha–. Él era joven, arrogante... Pero cuando mi madre decidió abortar, mi padre se opuso... convenciéndola de que no lo hiciera... O mejor dicho, dándole dinero –agregó cínicamente–. Dio igual. Murió en el parto.

–Lo siento.

–No te preocupes –buscó un traje oscuro y lo sacó–. El trato fue que ella entregaría el niño a mi padre cuando pudieran arreglar los papeles.

–¿Y crees que eso te da derecho a no sentir pena por su muerte? Es una bajeza, Rafiq.

Rafiq se quedó inmóvil al escucharla mientras buscaba ropa interior.

–Es posible que hubiera cambiado de opinión.

–¿Como me ha ocurrido a mí con mi hijo? –él se giró y la miró.

Ella bajó la mirada, con culpa. Él sintió rabia.

–Sí –Rafiq se acercó a ella–. Hemos llegado a lo mismo de siempre –Rafiq le tomó la barbilla–. Tú me has negado la posibilidad de cambiar de opinión, del mismo modo que yo no le doy la oportunidad a mi madre.

–Ahora te la doy –Melanie le quitó la mano de la barbilla–. Pero no hay necesidad de que haya un anillo de por medio.

–Sí, la hay. Porque mi hijo no será bastardo. ¡Mi hijo debe crecer rodeado de amor! ¡Mi hijo no estará expuesto a que tú te cases con otro hombre que pueda tratarlo como un hijo de segunda!

–¿Quién te hizo eso? –preguntó Melanie, mirándolo fijamente.

–No importa...

–Rafiq... –ella le tocó el brazo solidariamente.

Rafiq sintió que el dolor brotaba de nuevo de su corazón.

–¡Vete! –exclamó él–. Vete de aquí, Melanie, ahora que puedes.

Melanie se acercó a él y lo envolvió con sus brazos... Como lo hacía con su hijo.

–Lo siento. Lo siento. Yo no sabía...

Él quiso quitarle los brazos. Necesitaba distancia de ella. Pero Melanie no lo dejó. Lo miró con comprensión... ¡Y él no quería comprensión de nadie!

–Soy peligroso –le advirtió él.

Ella se acercó y lo besó. Era una tonta por acercarse a él, así, sin miedo, confiada, cuando era sabido que él descargaría su emoción del único modo que sabía hacerlo.

Rafiq la besó, la levantó y la acorraló contra la pared. Le subió la falda. Ella lo envolvió con sus piernas. Él la penetró sin preliminares.

Una cascada de sensaciones los envolvió. Ella se agarró a sus hombros y lo besó apasionadamente.

Fue todo tan intenso, que ella ni notó cuando él llegó a su cima con un estremecimiento entre gemidos que parecían provenir del infierno.

Cuando todo acabó, ella sintió que las piernas no podían sostenerla; eran como de cera.

Turbada, exhausta por haber llegado ella también a la cumbre del goce, en estado de shock por aquella experiencia salvaje, se quedó mirando el pecho de Rafiq, ensimismada.

Entonces, otra vez cayó sobre ella el golpe de la realidad. Del horror. ¡Cómo podía ser tan primitiva!

Ella apagó un sollozo. Él dijo algo en árabe, luego balbuceó palabras de disculpa en inglés, de arrepentimiento, de autodesprecio... La alzó en brazos y la llevó al salón.

La dejó en un sofá de piel. Dijo algo que ella no comprendió y salió.

Sonó un timbre. Debía de haber ido a abrir, porque

oyó voces. Luego hubo silencio hasta que él volvió a
aparecer. Se agachó a su lado y le ofreció algo de beber. Era coñac. Ella aceptó. Le quemó la garganta
cuando bebió. Él sorbió también.

—No sé qué decirte —dijo Rafiq.

Ella lo miró. Estaba muy pálido.

—Me casaré contigo —susurró ella—. Me casaré contigo.

—¿Por qué? —preguntó él, sorprendido.

Ella tenía los ojos llenos de lagrimas. ¡Lo deseaba
tanto! ¡Tenía sentimientos muy contradictorios: rabia,
dolor, resentimiento, confusión... deseo!

Pero entonces, de su boca surgieron las palabras.
Ella lo amaba aún, a pesar de todo. Pero no podía decírselo.

—Robbie te necesita —dijo Melanie.

Él se puso de pie. Era un rechazo en cierto sentido.

—Sí. Claro. Iré a vestirme. Puedes usar el cuarto
de baño... para vestirte y asearte antes de que nos
marchemos.

RAFIQ llevaba un traje azul oscuro, casi negro, de un tejido de seda, una camisa blanca y una corbata azul.

Estaba recién afeitado y cuidadosamente peinado.

Melanie tuvo que morderse los labios para no hacer algún comentario sobre lo atractivo que estaba. Si pensaba que vistiéndose de aquel modo iba a ser más fácil ganarse a Robbie, no podía estar más equivocado. Su hijo iba a sentirse inhibido. Rafiq era un hombre frío, acostumbrado a un palacio de cristal, mármol y acero.

Melanie se miró el anillo. Era de oro con diamantes. Ella lo había elegido de entre una bandeja llena de anillos, en la intimidad del salón del apartamento de Rafiq. Mientras ella había ido a vestirse al cuarto de baño, Rafiq había llamado a una joyería de Londres para que le llevaran una selección de anillos a su apartamento. Rafiq representaba el poder del dinero.

Melanie se estremeció nuevamente.

Estar sentados en el coche era lo más cerca que habían estado el uno del otro desde que él le había ofrecido el coñac; aun así se miraban y hablaban como si hubiera una pared de cristal entre ellos. Porque habían compartido algo prohibido que jamás deberían haber compartido. Los había expuesto demasiado. Era preferible resguardarse.

Y allí estaban, de camino a otra escena difícil.

Melanie miró de lado. Vio que Rafiq tenía la mano encima de su muslo, la cara seria y la boca implacable. Si se lo imaginaba con ropa árabe, se habría transformado en el príncipe que era.

Pero esos recuerdos pertenecían a otro tiempo, y no ayudaban nada a tranquilizarla. En cierto modo, lo prefería sumergido en la cultura occidental, en vez de ver al hombre que había conocido hacía tiempo y que había roto su corazón con su desprecio. Volvió a sentir un estremecimiento, pero lo controló.

—Es posible que Robbie mencione a tu padre.

—¿Conoce a mi padre?

—A William... le gustaba contarle cosas... de tu país. En la prensa salen noticias acerca de la débil salud de tu padre cada tanto —le explicó Melanie—. Y hace unos meses hubo una fiesta a la que le dieron mucha importancia. ¿Un aniversario?

Rafiq asintió.

—Robbie pensó que la enfermedad de tu padre debía tenerte en su casa... Y que ese era el motivo de tu ausencia. Robbie... se preocupa por esas cosas, así que le vino bien inventarse esa razón para que no vinieses a Londres.

—Si no hubieras tenido el dinero de William Portreath, ¿habrías venido a decirme lo de Robbie alguna vez? —preguntó acusadoramente Rafiq.

—Hace solo un año que Robbie empezó a hacer preguntas acerca de ti. Nunca pidió verte, pero si lo hubiera hecho, supongo que habría hecho algo.

—¿Supones?

—Yo tenía que protegerme a mí y a Robbie.

—¿De mí?

—¡De esto! —gritó ella, rompiendo la barrera entre ellos—. ¡Mira lo que has hecho! ¡Aun protegiéndome con el dinero de William, ¡has hecho lo que has querido conmigo! Ya lo hiciste una vez. ¡Me envolviste con tu seducción y luego me abandonaste cuando pensaste que no satisfacía tus expectativas!

–Estás tergiversando la verdad.

–No –contestó Melanie–. Si Robbie no cumple con tus expectativas, ¿qué ocurrirá? ¿Lo abandonarás? ¿Realmente piensas que estoy tan segura de estar haciendo bien haciéndote aparecer en nuestra vida? ¡No es así! ¡Eres demasiado duro e impredecible! –ella se irguió en el asiento–. No se sabe nunca lo que vas a hacer, y me asusta pensar que he podido equivocarme en esto. ¡Siento que puedo haber jugado a la ruleta rusa con una criatura!

–¡No lo abandonaré! –exclamó Rafiq–. Ni a ti. Y si aún lo crees así, ¿por qué has venido a verme?

Melanie miró sus manos entrelazadas, luego dirigió la mirada a través de la ventanilla, con el pecho oprimido por algo que no quería decir.

–La muerte de William tuvo un profundo efecto en Robbie. De pronto se dio cuenta de que sin William solo quedaba yo para cuidarlo. Y tiene miedo de que yo...

–Te puedas morir y que se quede solo –dijo Rafiq.

Melanie se sobresaltó al ver la comprensión que mostraba Rafiq. Lo miró y descubrió en su mirada un brillo más blando que parecía evocar los sentimientos de una infancia igual a la de su hijo.

–Tú... tenías a tu hermano –dijo Melanie.

Rafiq sonrió tensamente.

–Hassan es solo seis meses mayor que yo. Cada vez que su madre me miraba, veía la prueba de que su marido le había sido infiel durante su embarazo. ¿Crees que ella no deseaba que llegase un día en que pudiera echarme de su casa? Al final, ella murió antes de poder hacerlo. Pero yo sabía que mi situación era muy vulnerable.

–Lo siento, no sabía...

–Es normal que no lo supieras. No son recuerdos que uno quiera compartir con otras personas.

¿Ni siquiera con la mujer con la que quería casarse?, pensó Melanie. Si hubiera sido más abierto hacía ocho años, tal vez ella hubiera sido capaz de comprender por qué se había transformado en el hombre que era, y quizás hubiera manejado el asunto de Robbie de forma diferente.

–¿Así que Robbie está preocupado?

Ella asintió.

–Tiene pesadillas –le confesó Melanie–. Se asusta hasta si estornudo. Como te he dicho...

–Me necesita. Como refuerzo –dijo Rafiq.

Sonaba muy frío dicho de aquel modo. Pero...

–Sí –dijo ella.

–¿Y si yo no hubiera llegado con ese refuerzo?

Ella desvió la mirada y no contestó.

Rafiq le tomó la barbilla.

–En lo que concierne a mi hijo y a su madre, no voy a desaparecer. Así que será mejor que te olvides de otras opciones, Melanie. Porque el anillo de tu dedo irá acompañado de otro, y no tendrás que buscar nada en otro sitio, ¿comprendes?

Sí, pensó ella, y asintió.

Empezaba a comprender un montón de cosas horribles, que no la dejaban relajarse.

Con cada palabra que pronunciaba, Rafiq revelaba más afinidad con su hijo, y esto prometía transformarse en un lazo como ningún otro. ¿Quién se transformaría entonces en la persona prescindible? Ella. Ahora se daba cuenta de lo que era sentirse tan vulnerable.

El coche se detuvo delante de la casa. Melanie tuvo la excusa perfecta para mover la cara y soltarse de sus dedos en la barbilla. Pero él no la dejó escapar hasta que ella se dio por vencida y lo miró.

Sus ojos se fijaron en ella de un modo peligroso.

La atracción sexual era impresionante, y su reacción emocional amenazaba con desnudarla. Saltaron las chispas. Ella sintió que le costaba respirar. Por un momento tuvo que hacer un esfuerzo para no girar la cabeza y decirle algo tan terrible como: «todavía te quiero».

Ella tenía ganas de correr. Y él no la culpaba. Los dedos hubieran deseado acariciar aquella piel, y su boca hubiera deseado probarla. Sentía un deseo compulsivo de poseerla. No se atrevía ni a respirar por si cedía a su magnética pulsión.

Él le había confesado lo peor de sí aquel día, no obstante, ella seguía allí, mirándolo con aquellos ojos hambrientos. ¿Por qué?, se preguntó Rafiq. Melanie llevaba el anillo y estaba dispuesta a casarse con él aunque pudiera pensar que los argumentos suyos para la boda eran algo insustanciales, y pudiera no aceptarlos.

¿Lo hacía por su hijo? ¿Un hijo que jamás había visto a su padre y que cuando lo hiciera podría decidir que no le gustaba lo que veía? ¿Qué haría Melanie entonces?

Rafiq bajó la mano y desvió la mirada. Melanie se estremeció.

El chófer le abrió la puerta. Ella bajó y caminó de prisa por el sendero buscando la llave de la puerta. El traje oscuro realzaba su figura y contrastaba con su cabello claro. El corazón de Rafiq dio un vuelco. Era miedo. Debía superarlo.

Había dejado de llover, pero el aire estaba húmedo y frío. Cuando Rafiq salió del coche, sintió el frío en los huesos. Deseó estar en su casa, bajo el calor del desierto.

Pero tenía que conocer a su hijo y construir una relación con él. Sintió otra punzada en el corazón, pero diferente. Miró la casa de Melanie, por donde ella había desaparecido. El coche se marchó al ver que él avanzaba por el sendero.

Cuando entró en la casa, esta pareció estremecerse también, como si fuera un monstruo que se despertaba de un oscuro sueño al sentir el olor de la amenaza.

¿Amenaza para quién? ¿Para Melanie y su hijo? ¿Sería el fantasma de William que se estaba agitando en las sombras y creando una atmósfera de amenaza?

Rafiq se burló de sí mismo. No solía ser supersticioso en general.

Se oyó un ruido en el salón. Cuando él se acercó, encontró a Melanie de rodillas frente al fuego, encendiéndolo. Luego se puso de pie y encendió las viejas lámparas del salón.

–Ponte cómodo –le dijo–. Tengo que subir a cambiarme antes de... No hará falta que te ocupes del fuego. He encendido la calefacción central para que la casa se caliente rápido.

Rafiq, hombre poco acostumbrado a plantearse esas cosas cotidianas, la miró con curiosidad.

Melanie desapareció por el corredor. Él oyó los pasos subiendo las escaleras, una puerta que se abría y se cerraba. Unos minutos más tarde, el reloj que había encima de la chimenea dio la media hora. Rafiq miró instintivamente su reloj de pulsera. El viejo reloj estaba en hora.

Eran las tres y media, vio Melanie. Quedaban diez minutos para que volviera Robbie del colegio. No sabía qué pasaría, pensó ella mientras se quitaba el traje, se ponía unos vaqueros y un suéter azul claro. Se cepilló el cabello, pero sin mirarse al espejo, porque... Se estremeció al recordar lo que había sucedido hacía una hora...

Se había comportado como una cualquiera. ¿Qué pensaría él de ella?

Él, Rafiq ben Jusef Al Alain Al-Quadim... Su nombre le evocó un cuerpo desnudo, musculoso, de piel morena, vello oscuro en el pecho...

Pestañeó y trató de borrar aquella imagen.

Al oír un ruido de motor, bajó las escaleras. Se oyó la puerta y un grito de:

–¡Adiós!

Melanie sintió un nudo en el estómago. Siempre dejaba la puerta abierta para que Robbie pudiera entrar. Su mochila apareció primero y aterrizó en el suelo de madera. Luego apareció él.

Llevaba la corbata floja, el cuello de la camisa hacia arriba.

–Hola –dijo al verla. Y cerró la puerta.

–Hola –respondió ella caminando hacia él con las piernas temblorosas–. ¿Has tenido un buen día?

–Hemos hecho postales de navidad –dijo Robbie, cuando ella se agachó frente a él–. La señora Dukes va a hacer muchas copias para que podamos enviarlas a nuestros amigos.

–Bueno, es una idea estupenda... –sonrió ella con esfuerzo mientras le enderezaba el cuello de la camisa y acariciaba su cabello.

–¿Para qué me haces esto? –comentó Robbie–. Voy a cambiarme enseguida.

–Porque tengo una sorpresa para ti –contestó Melanie, tensa.

–¿Una sorpresa? –preguntó Robbie.

–Sí –ella sonrió y se irguió. Luego le tomó la mano y agregó–: Una sorpresa maravillosa. Ven y lo verás.

Lo llevó al salón. Lo hizo detenerse frente a la entrada. Sintió que el niño se ponía tenso al ver a Rafiq.

Este estaba donde ella lo había dejado, en medio del salón. El aire estaba tenso. El instinto maternal la hizo poner a Robbie delante de ella, rodearlo con sus brazos y decir, mientras sentía el latido del corazón de su hijo:

–Rafiq, es...este es Robbie –lo presentó.

–Robbie, este es...

–Mi papá –dijo el niño.

Nadie hubiera podido predecir que Robbie dijera aquello, cuando no sabía cómo era su padre. Rafiq se quedó perplejo.

–Te vi en una foto que me mostró William –aclaró Robbie–. Estabas en Egipto con una señora, pero no ibas vestido así –dijo el niño, frunciendo el ceño mientras miraba el traje italiano–. Tú tienes ropa árabe en la foto, y la señora lleva un vestido rojo de seda en la foto.

Mientras el niño describía la foto, se iba soltando de la mano de su madre y acercándose a Rafiq, como si lo conociera desde que había nacido, y hubiera estado esperando que fuese a verlo, simplemente.

Melanie los observó con los ojos llenos de lágrimas. Rafiq estaba fascinado. El niño se le acercó sin dejar de mirarlo.

«¡Muévete!», le habría dicho Melanie. «¡Reacciona! ¿No te das cuenta lo valiente que es acercándose así?

Como si la hubiera escuchado, Rafiq se relajó y se agachó, hasta el nivel de su hijo.

–Hola –murmuró

–Hola –respondió Robbie.

Se miraron un momento. Luego Robbie hizo el siguiente movimiento, y ofreció una mano a su padre. Rafiq la tomó. Melanie observó la escena entre lágrimas.

Fue el primer contacto. Luego no vio nada más, porque las lágrimas le empañaron la escena. El silencio parecía ahogarlos. Luego Robbie volvió a hablar.

–¿Sabes montar en camello?

–Sí.

–William me dijo que sabrías montar en camello. William dijo...

Ella desapareció cobardemente, y se marchó a la cocina. Se sentó en el suelo, en un rincón, con la cara entre las manos, tratando de digerir tantas emociones.

El teléfono empezó a sonar. Se levantó, se secó las lágrimas y contestó.

Era Sofía para decirle que había decidido quedarse en Manchester el fin de semana.

–¿Qué tal va todo?

–Robbie está con su padre en la otra habitación –contestó.

–Así que se acordó de aparecer...

Sofía había seguido la historia de cerca, y a medida que transcurría el tiempo, era más hostil hacia Rafiq. Le reprochaba que no hubiera aparecido.

–Si le hace daño al niño...

–¡Se han encontrado y han reaccionado como si fueran viejos amigos! ¡Dentro de poco me van a dejar a un lado! ¡Y van a echarme la culpa de que no se hayan conocido antes!

–Entonces, no dejes que lo hagan. Tú sabes perfectamente por qué has mantenido en secreto a Robbie. ¡Recuerda que el desgraciado te abandonó sin motivo! ¡Se dejó llevar de mentiras de gente muy retorcida! ¡Tuviste que afrontar sola todos los problemas!

–Gracias –dijo Melanie.

–No hay de qué. ¡Yo no me olvido de cómo llegaste a casa de William! ¡Sola y embarazada! Sin hogar, sin amor... ¡Y sin poder comunicarte con ese cerdo!

–Él no lo sabe.

–Bueno... ¡Díselo!

–No. Eso es pasado ya, y yo quiero concentrarme en el futuro –hizo una pausa. Luego agregó–: Nos... Nos vamos a casar.

–¿Qué?

Melanie hizo una mueca de dolor.

–Hemos decidido que era lo mejor para todos.

Robbie lo necesita... Hasta tú estabas de acuerdo en esto... ¡El matrimonio es lo mejor para darle seguridad a Robbie!

−¿Estás loca? ¡Voy para allá! −dijo su vecina.

−¡No! ¡No hagas eso, Sofía! Sé lo que estoy haciendo... Yo...

−¡Eres una niña en lo referente a los hombres, eso es lo que eres, Melanie Portreath! ¿Te has detenido a pensar un solo instante cuáles son sus motivos para casarse?

Claro que Melanie lo había pensado. «Sexo, sexo caliente», pensó.

−¡Te va a encerrar en un castillo en el desierto! ¡Así son las cosas en su país!

−Rafiq no es así −contestó Melanie.

−¡Todos los hombres son así si los dejas!

−Tú no lo conoces...

−¡Tú tampoco! ¡Solo te has acostado una vez con él!

Dos veces, la corrigió mentalmente Melanie. Tres veces, con la última experiencia.

−Te quitó la virginidad... Y te colgó el cartel de «zorra» en la frente.

Melanie pestañeó. Sofía tenía razón. Se había pasado años sintiendo que llevaba esa palabra escrita en la frente. Y eso la había marcado en la relación con otros hombres. No se atrevía a acercarse a ellos, por miedo a que estos pensaran lo mismo que Rafiq.

−Hazme un favor, Melanie. No hagas nada estúpido hasta que regrese yo. Luego buscaremos a tu abogado y nos sentaremos con él a hablar de todo esto.

−De acuerdo. Pero no interrumpas tu fin de semana, porque no te lo perdonaría.

Terminó la conversación. Sofía aceptó a regañadientes esperar hasta el lunes para empezar la cruzada para salvar a Melanie.

Melanie se sintió mejor después de hablar con Sofía. Le había dado fuerza.

Pero no le duró más que lo que tardó en preparar la comida favorita de Robbie: pasta con bonito. Luego fue a buscar a Rafiq y a Robbie. Los encontró en el estudio de William. En cuanto los vio, su fuerza se desvaneció.

La habitación era una evocación del hombre que la había frecuentado. Las paredes estaban llenas de libros. Los muebles eran viejos y las sillas que había frente al fuego apagado parecían llevar siglos allí. Como la habitación se usaba muy poco, estaba fría. Alguien había cerrado las pesadas cortinas de terciopelo y había encendido las viejas lámparas.

El escritorio de William estaba en el centro. Robbie había acercado una silla para arrodillarse encima mientras Rafiq permanecía de pie, a su lado. Ambos se habían quitado las chaquetas e inclinaban sus cabezas de cabello negro encima de un enorme mapa desplegado sobre el escritorio.

Robbie le estaba explicando a Rafiq lo que sabía de los árabes de Rahman, como si hubiera vivido allí todo el tiempo.

–William me dijo que, gracias al río, el valle es muy fértil. Y que las montañas tienen nieve en invierno –le explicó–. Me dijo que puedes caminar durante seis días sin ver otra cosa que arena, y que tu papá construyó este enorme sitio... Aquí... –Robbie señaló el lugar en el mapa–... Para las caravanas de los camellos, cuando necesitan descansar.

Rafiq no miró el mapa. Estaba fascinado, mirando a su hijo.

–William me dijo que tú tienes el oasis más grande del país. ¿Es cierto? –Robbie alzó los ojos y miró a su padre.

–Es de mi padre –asintió Rafiq–. Se llama el oasis de Al-Quadim. Mi... casa está allí.

–Sí –el niño desvió nuevamente la mirada, con cierta preocupación–. William dijo que tu padre está enfermo... ¿Está mejor? ¿Es por eso por lo que has venido a visitarme?

–Yo he venido porque... Sí... –Rafiq hizo una pausa, luego contestó–. Está mejor.

–Bien –asintió Robbie–. William estuvo enfermo mucho tiempo antes de... ¿Quieres que veamos las fotografías ahora?

–¿Qué te parece si cenamos primero? –dijo Melanie, tratando de disimular la emoción en el tono de voz.

Ambos alzaron la mirada.

–Hola –dijo Robbie–. Le estaba contando a mi papá lo de Rahman.

«Mi papá», sonó en la cabeza de Melanie. Sintió ternura por su hijo.

–¡Qué bien! –ella intentó sonreír, pero no pudo–. Pero se está haciendo tarde. ¿Por qué no te lavas y te cambias? He preparado tu comida favorita.

–¿Espaguetis con bonito? ¡Genial!

De pronto, Robbie volvió a ser su niño, lleno de sonrisas y energía. Saltó de la silla a la alfombra. Fue hacia su madre, se detuvo y dejó de sonreír al dirigir la mirada a Rafiq.

–No te irás mientras subo, ¿verdad?

–No, te prometo que no.

–¡Genial! –Robbie repitió–. ¡Genial! –y salió corriendo de la habitación, dejando sorprendidos a los dos adultos.

En el momento en que estuvieron solos, Rafiq miró a Melanie y le dijo:

–Jamás te perdonaré por esto.

–¿Que no me perdonarás por qué cosa? –lo desafió.

–¡Por esto! –señaló el mapa–. ¡Sabe más sobre

Rahman que yo! ¡Te marca el camino en el desierto desde una de mis casas a la otra! ¡Y lo ha aprendido todo de otro hombre!

–William...

–¡Sí, William! Creo que es hora de que me cuentes la historia de William Portreath.

Rafiq sentía amargura y rabia... Era evidente que Rafiq sentía celos del amor de Robbie por William.

Capítulo 7

—William
la historia de William Portreath?

RAFIQ no sabía lo que sentía. La última hora había sido el infierno y el paraíso a la vez. Jamás había sentido un lazo tan intenso con otro ser humano como con su hijo. Y de lo único de lo que hablaba era de William Portreath.

Miró a Melanie. Era evidente que ella no quería hablar de aquello con él.

—Por favor... —dijo él.

—De acuerdo. ¿Qué quieres saber?

Rafiq apretó los dientes. ¡Maldita sea! ¡Tenía derecho a saber!

—¿Qué relación tenías exactamente con William Portreath?

—Si hubieras leído los documentos, lo habrías sabido —contestó ella—. William era tío abuelo por parte de mi madre. Hizo su fortuna viajando como comerciante de diamantes antes de jubilarse y volver a Inglaterra.

Melanie miró su anillo. Rafiq hizo lo mismo. De pronto, recordó la caja de seguridad que figuraba entre sus bienes actuales. Estaba llena de diamantes que podrían eclipsar el brillo del que ella lucía en el dedo.

—Tú has sido su única beneficiaria —dijo él, como si aquello tuviera algo que ver. Pero no había relación. Él solo estaba relacionando un pensamiento con otro.

—Yo no lo supe hasta después de que se muriese —aclaró Melanie—. De hecho, ni siquiera sabía de la existencia de William hasta que cumplí veintiún años,

cuando llegó una carta de Randal informándome de
que yo era la heredera de William y que quería cono-
cerme –explicó–. Así que acepté venir aquí a verlo, y
me encontré con esta casa algo excéntrica –sonrió débilmente y continuó–. Tuvimos una discusión...

–¿Acerca de qué?

–William sabía desde que habían muerto mis padres que yo heredaría su fortuna. También sabía que
me habían enviado a vivir con mi otro tío, pero, como
no quería aceptar la responsabilidad de una criatura
que le complicase su vida solitaria, prefirió ignorar mi
existencia hasta que... yo fuera lo suficientemente mayor como para no ser un estorbo, como dijo él –Melanie torció la boca, expresando su amargura–. Pero se
encontró con otros problemas. Yo estaba muy enfadada con él. Estaba embarazada de varios meses, y no
había ningún hombre a mi lado dispuesto a darnos el
apellido a mi hijo y a mí.

–Comprendo... –dijo Rafiq.

–William me dijo unas cuantas cosas ofensivas. Y
yo le respondí con otras tantas. Decidí irme de su
casa. William se puso de pie para detenerme, se tropezó con su bastón, y yo lo sujeté para que no se cayese.
Fue... como agarrar un saco de huesos en mis brazos
–recordó Melanie, sin darse cuenta de la reacción de
Rafiq al reconocer perfectamente aquella sensación–.
Me pidió que me quedase –continuó Melanie–. Estaba
muy solo. Yo... tenía necesidad de un techo... y entonces me quedé.

El gesto de Melanie parecía decirle que ahí se ter-
minaba la historia. Pero para él solo empezaba.

–¡Entonces permitiste a William Portreath que fuera padre y abuelo de mi hijo al mismo tiempo!

–¿Es que debo sentirme culpable por permitir que
William diera a Robbie algo que nadie más le daría?

–Sí... Deberías sentirte terriblemente culpable.

Melanie no se sintió impresionada.

—Eso lo dices ahora —se burló—. Pero los dos sabemos que tú no hubieras pensado lo mismo hace ocho años. Tú me abandonaste, simplemente.

—Yo no sabía que abandonaba a un hijo.

—No quisiste saberlo.

—¿Cómo puedes decir eso? ¿Cómo te atreves a decir eso cuando nunca me has dado la oportunidad de tomar esa decisión?

—Una decisión... —repitió ella—. Tú crees que eso requiere una decisión... ¿Así que tú decides si quieres a Robbie o no? ¿Cómo te atreves a ser tan engreído? —exclamó enfadada—. ¡Tú me echaste a la calle sin querer escuchar una palabra! —lo acusó—. ¡Esa fue tu decisión, Rafiq! ¡Lo que pasó después de eso fue mi decisión! Yo no decidí amar a Robbie. Yo simplemente lo amo. ¿Comprendes la diferencia?

—Jamie... —Rafiq introdujo ese tema en la discusión—. Tú, como madre, amas sin cuestionar, da igual quien sea el padre del niño. ¡Pero un padre necesita confiar en que él es el padre antes de amar al niño! Tú te acostaste con Jamie una semana después de acostarte conmigo. Así que no podías saber quién de los dos era el padre hasta que naciera el niño.

—¿Adónde quieres llegar? —preguntó ella.

—A que una vez que supiste que yo era el padre de Robert, tenías el deber moral de informarme de ello.

Ella no le contestó. Lo miró fijamente con las manos en jarras.

Él la habría obligado a hablar sacudiéndola levemente... ¡Y después la hubiera besado hasta dejarla sin sentido!

Rafiq suspiró, sin saber por qué sentía aquellas sensaciones contradictorias. Miró alrededor, a una habitación parecida a la de su padre en Rahman. Miró el mapa nuevamente y se dio cuenta de los años que había perdido por su cabezonería. William Portreath había intentado suplirlo...

–Tengo que irme de aquí –decidió de pronto Rafiq, desesperado.

Se marchó.

Cuando Rafiq estaba yendo hacia la puerta, Melanie sintió amargura, y dijo:

–O sea que sigues sin cumplir tus promesas. ¿Qué pasa con el matrimonio? ¿O con la promesa que le hiciste a tu hijo de que estarías aquí cuando baje?

Rafiq se quedó petrificado.

–¡No hay justificación posible para que mi hijo haya sido privado del amor de su padre durante siete años! ¡No hay derecho a que William Portreath haya robado algo a mi padre!

–William no le robó nada a nadie. Fui yo.

Rafiq se giró para mirarla.

–¡William te ayudó a ocultar a mi hijo!

Melanie respiró profundamente. Luego dijo algo que sabía que no quería decir.

–El día que nació Robbie, William me rogó que te lo dijera y me ofreció dinero por si me llevabas a los tribunales para quitármelo. Pero yo lo rechacé.

–No te creo –él achicó los ojos.

–No me importa lo que creas o no. Yo sé que es la verdad. El dinero no tiene nada que ver en esto. Rompiste tus promesas y nunca... ¡Jamás quisiste mirar atrás! Ahora aquí estás. Intentando hacer lo mismo otra vez. Solo que ahora vas a romper el corazón de un niño, ¡en lugar del de una estúpida joven!

–Nunca me amaste –la acusó–. ¡Solo te importaba el dinero! ¡Solo querías conseguir un hombre rico que te sacara del agujero en el que vivías!

–¿Y te elegí a ti? Piénsalo mejor, Rafiq, y dime quién persiguió a quién. ¡Porque yo me acuerdo de que tú no hacías más que asediarme!

–Tácticas tuyas –respondió él cínicamente–. Lograste que entrase en el juego.

–No –negó Melanie–. Si hubiera sido una táctica, te habría hecho esperar hasta que estuviéramos casados para tener una relación sexual . Pero no lo hice, ¡tonta de mí! –Melanie se estremeció–. Te lo di todo. Igual que hoy. Y si crees que estoy orgullosa de mí misma por ello, te equivocas ¡Porque tienes el don de hacer que me desprecie!

Melanie se dio la vuelta, disgustada por haber dicho aquello. Era como enterrar su orgullo. Se llevó las manos a la cara. Sintió el calor de las lágrimas en los ojos, y en un gesto impulsivo, antes de cubrirse el rostro, se quitó el anillo y se lo devolvió.

¡Y el muy desgraciado lo aceptó!

–Ahora puedes irte –susurró ella.

Se oyeron los pasos en la planta de arriba, bajando la escalera. Los dos dejaron de respirar y se quedaron inmóviles. Duró un par de segundos y Rafiq fue el primero en recuperarse. Ella no recibió advertencia alguna más que el brillo de sus ojos, y al instante Rafiq la abrazó y la besó. Ella intentó soltarse, pero él siguió besándola a la vez que la apartaba de la puerta para que entrase su hijo.

Robbie simplemente se quedó de pie allí, mirando aquella fascinante escena, de su madre besando a su padre.

Fue deliberado. Cuando Rafiq dejó de besarla, ella se quedó mirando su mano puesta encima de la camisa de Rafiq. En algún momento Rafiq le había vuelto a poner el anillo. Y este brillaba tanto como su hijo.

–Estabas besando a mi mamá –dijo el niño acusadoramente.

–Mmm... Me gusta besarla, y a ella le gusta que yo lo haga...

Melanie miró alternativamente el rostro de Rafiq y

el anillo. Rafiq la miró, desafiante... Como si la desafiase a negarlo.

Ella estaba turbada.

Rafiq se rio sensualmente, tomó la mano que llevaba el anillo y se dirigió al niño:

—Hemos estado hablando acerca del futuro. ¿Te gustaría que fuéramos una verdadera familia, Robert?

«Robert», pensó Melanie, recordando el nombre que usaba William con su hijo.

Robbie sonrió y preguntó excitado:

—¿Vas a venir a vivir con nosotros?

—Sí. Esta noche, creo. ¿Qué opinas? –preguntó a su hijo.

—¡Oh, sí! –exclamó Robbie, como si hiciera realidad su más grande deseo.

—Bien –murmuró Rafiq–. Luego me muestras la habitación en la que voy a dormir...

—Rafiq... –protestó ella.

—Shh... –él la acalló alzando la mano que lucía el anillo y besándola. La soltó y dio la mano a Robbie.

Melanie sintió un nudo en el corazón cuando vio a Rafiq estrechar la manita del niño.

Salieron juntos de la habitación. El parecido era tan grande que hacía daño a los ojos.

Tal vez ella exclamara algo, porque el niño se dio la vuelta y preguntó:

—¿Pasa algo?

—No, por supuesto que no. Estaba intentando decidir si comemos en la cocina o en el comedor.

—¡En la cocina, mamá! –exclamó el niño–. El comedor es muy grande y frío –tiró de la mano del padre–. Comemos en la cocina, ¿verdad?

—La cocina es ideal... –contestó Rafiq.

—Bien –respondió Robbie, feliz–. Sabía que te gustaría. A William le gustaba comer en la cocina... Aunque esta era su habitación preferida... Te gustará comer allí, ya verás. Vamos a mi habitación. Te gustará…

Robbie no notó la cara de su madre al nombrar a William, ni el brillo en los ojos de su padre al mirarla mientras se dejaba arrastrar por la escalera.

Más tarde se sentaron a comer pasta. Rafiq no debía de haber comido en una cocina en su vida, pensó Melanie. Ni haber dormido en ninguna habitación que no fuera lujosa.

Melanie recordó, de pronto, la habitación de la granja... Fría y destartalada... Y recordó al hombre que la había hecho entregarse... La cama había chirriado como una cómplice de su pecado. La habitación había estado tan fría que él había tenido que poner un pesado edredón...

Melanie se levantó de la mesa y fue al fregadero.

Alguien le tocó el hombro. Melanie se sobresaltó. Era Rafiq. Ella se apartó. Él dejó escapar un suspiro y la obligó a mirarlo.

Tenía el pecho grande, los hombros anchos... muy masculinos. Ella se excitó.

–¿Dónde está Robbie? –murmuró Melanie, vagamente consciente de que estaban solos en la cocina.

–Fue a buscar un vídeo que me quiere mostrar –contestó, evidentemente emocionado al ver que el niño deseaba compartir todo con él–. Quería pedirte disculpas por los comentarios que hice antes. Tenías razón. William Portreath no tiene la culpa de nada. Era un buen hombre. Quiso a mi hijo. Estoy muy agradecido de que haya cuidado a Robert como lo hizo. No me extraña que Robert lo eche de menos.

Ella asintió, incapaz de hablar. Él pensaba que ella había estado pensando en la discusión que habían tenido, cuando en realidad sus pensamientos habían estado perdidos en recuerdos. Debía avergonzarse de sí misma, pero no estaba avergonzada. Estaba excitada y hambrienta de él, luchando para no acortar la distancia entre su pecho viril y sus senos.

–Tú... No puedes quedarte aquí. No estaría bien –dijo ella.

–Ya está decidido. No me echo atrás en mis promesas.

–Usas a tu hijo para conseguir tus propósitos conmigo –dijo ella.

–Con ambos –insistió él–. Cuanto antes transformemos esta relación en una relación estable, mejor para Robert.

–Deja de llamarlo Robert –le dijo ella impulsivamente.

–Es su nombre –insistió él–. ¿Por qué estás temblando?

–Porque creo que voy a ahogarme en un río de lágrimas –mintió. Por no decir que lo hacía de deseo por caer en sus brazos.

Aunque no estaba tan lejos de la lágrimas. Era una combinación de lágrimas y deseo.

¿Se daría cuenta él? Seguramente, sí.

–Por favor, déjame marchar –dijo ella desesperadamente.

–Cuando me mires.

–No –no quería mirarlo, así que miró la cocina, tan familiar y anticuada. Y se preguntó por qué Rafiq no desentonaba allí.

–¿Por qué no? –la desafió.

Ella no quería rendirse.

–No te engañé con Jamie –susurró.

Rafiq le contestó acallándola con un beso lleno de ira. No la creía, pensó Melanie. No quería creerla. Porque eso sería como aceptar que se había equivocado y eso hería su ego.

Ella se apartó para evitar la tentación de algo que no era más que sexo sin respeto. Empezó a recoger los platos.

–¿Qué dormitorio has escogido? Tengo que hacer la cama –preguntó Melanie.

Hubo un silencio amenazante.

–Nuestro hijo me ha dicho que los padres de sus amigos duermen en la misma cama.

Ella se dio la vuelta. Rafiq estaba apoyado en el fregadero, con las manos en los bolsillos.

–¡Estás bromeando!

–Me impresionó lo que dijo... Me dio a elegir. Su dormitorio o el tuyo. Y como el suyo tiene solo una cama pequeña y la tuya tiene una grande, seguí su consejo y me pareció que lo mejor era hacer lo que hacen otros padres.

–Bueno, ¡yo no compartiré mi cama! –exclamó ella, irritada por su sonrisa burlona–. Nunca. ¿Entiendes?

–¿Ni siquiera cuando seamos marido y mujer?

–He cambiado de parecer. ¡No quiero casarme contigo! Tendremos... que llegar a algún acuerdo para compartir a Robbie.

–No pienso compartir eso –le advirtió él.

–¡Y yo no me casaré con un hombre que me tiene tanto resentimiento como yo a él!

–Entonces, tendremos que negociar...

–¡No me hables como si se tratase de un asunto de negocios! –exclamó ella, enfadada.

Él la levantó y la sentó en la mesa de la cocina, apoyó sus manos cercándola, luego acercó la cara y le preguntó:

–¿Prefieres que te corteje para que me aceptes?

Ella se puso rígida. Si lo había dicho para insultarla, había alcanzado su objetivo.

–Me has cortejado una vez, pero preferiría que me hiciera la corte una serpiente.

–¡No vuelvas a quitarte ese anillo, o te arrepentirás –le advirtió él.

Melanie se miró la mano y se sorprendió al ver que sus dedos estaban intentando aflojar el anillo.

–No quiero que estés aquí –declaró ella con un nudo de lágrimas en la garganta.

Él vio las lágrimas y llevó un dedo al rabillo del ojo para tocarlas.

–Demasiado tarde –anunció él.

Rafiq oyó a su hijo yendo hacia la cocina. Ella se sobresaltó. Se levantó de la mesa cuando el niño fue a buscar a Rafiq para llevarlo a ver el vídeo.

Melanie se quedó recogiendo la cocina. Luego fue a hacer la cama de la habitación de invitados. Era una habitación pequeña y oscura con una cama pequeña y fría. No sabía si un hombre del tamaño de Rafiq podría dormir en ella...

Robbie mantuvo una atmósfera agradable hasta que Melanie insistió para que se fuera a la cama. Se durmió plácidamente, con la tranquilidad de que su papá seguiría estando allí cuando se levantase.

Melanie tenía dolor de cabeza y decidió bajar a la cocina para tomar un analgésico. Al pasar por el salón vio a Rafiq de pie, hablando por el teléfono móvil. Estaba hablando en francés fluidamente. Por unos segundos pareció un auténtico francés.

Ella se obligó a seguir de largo. Había sido un día lleno de señales sexuales, y era mejor que no se quedase allí, mirándolo como una idiota obsesionada por el sexo.

Había sido un día de impulsos sexuales e impulsos de ira. Ella se había dejado llevar por el impulso de ir a buscarlo. Él la había asediado y seducido, dejándose llevar por el impulso sexual...

El dolor de cabeza aumentó. Tomó dos analgésicos y decidió preparar café.

Cuando entró en el salón, Rafiq estaba en el mismo lugar que antes, pero ahora hablaba en español, una lengua que reconocía bien porque Sofía era medio española y soltaba algunas cosas en ese idioma cuando estaba enfadada y necesitaba descargar la ira.

Rafiq se dio la vuelta cuando la oyó entrar con la bandeja. A los pocos segundos, cortó la comunicación del móvil y lo guardó en el bolsillo.

—¿Café? —le ofreció ella amablemente.

—Sí, gracias. Solo, sin azúcar.

«Solo. Sin azúcar», pensó ella, como él.

—Gracias —dijo él cuando ella se lo dio.

Vio cómo sujetaba el café con manos frías y aspecto de cansancio. Aquella casa era muy fría, a pesar del fuego. William Portreath había dado a su hijo mucho cariño, pero no había hecho lo mismo con la casa.

—En el documento no hablas de las provisiones para los arreglos que esta casa necesita.

—¿De qué estás hablando?

—Los documentos que me dejaste. Hablan mucho sobre inversiones y fondos de un fideicomiso, pero no pone nada de cuánto costará arreglar esta casa para que entre en el siglo veintiuno.

—No quiero que entre en el siglo veintiuno. Me gusta la casa como es.

—Hace frío aquí, Melanie. No veo razón para que vivamos así.

—¡Nadie te ha dicho que vivas así!

—Voy a contratar a alguien para que haga las reformas —dijo él sin hacerle caso.

Ella le clavó los ojos color dorado.

—Hace apenas dos meses que murió William, ¿y tú vienes aquí a querer cambiar treinta años de su vida? No tocarás nada. Y si no te parece bien, ¡ya sabes lo que puedes hacer!

Ella estaba dolida. Se le notaba, pensó Rafiq.

–Te he ofendido –dijo Rafiq, dejando la taza de café–. Te pido disculpas. No era mi intención...

–¿Tú... crees que no veo la diferencia entre este... hogar y el lujoso lugar donde vives tú? ¿Que no me he dado cuenta de cómo miras todo? ¿Ofende tu ego el saber que tu hijo ama esta casa?

–No. Solo pienso que necesita...

–Bueno, olvídalo –lo interrumpió otra vez y caminó hacia la puerta–. Puedes usar la habitación al final del pasillo. Apaga el fuego antes de subir. Buenas noches.

Lo dejó allí, confuso, con la sensación de que había golpeado a una mujer por primera vez en su vida.

¡Maldita sea!, se quejó. Y dio un paso para ir tras ella. Luego cambió de parecer. Ella ya había tenido bastante. ¡Y él también!

Se dio la vuelta hacia el fuego. Se estaba apagando. Como el día.

Un coche se oyó fuera. Rafiq suspiró y fue a la puerta de entrada antes de que Kadir tocase el timbre y despertase a Robbie.

Abrió y recibió la maleta de su ayudante.

–Gracias. No hace falta decirte que este asunto es privado y que no quiero que nadie se inmiscuya en él, ¿verdad?

–No, señor, por supuesto.

Él asintió, saludó y cerró la puerta.

Arriba, Melanie oyó el coche desde su cama. Se había duchado en el cuarto de baño que tenía su dormitorio y se había acostado con un camisón de algodón.

Era cierto que la casa necesitaba una reforma. Ella misma lo había estado proponiendo durante años. Pero a William no le gustaban las reformas y los cambios. Él había sido un hombre viejo con derecho a que le gustasen las cosas así. Y no se merecía que un extraño le cambiase la casa.

¿Cómo se atrevía Rafiq? ¿Se creía que podía hacer siempre lo que quería?

Había oído a Rafiq decirle a Robbie que alguien llevaría allí su maleta. ¡Ojalá hubiera cambiado de parecer y se hubiera marchado con la persona que había enviado!

Melanie intentó dormirse con ese pensamiento. Cuando estaba a punto de quedarse dormida, oyó una maldición en el corredor.

Luego alguien le levantó el edredón y un cuerpo desnudo y frío se metió en su cama, y la apretó contra él.

—¡Oh, Dios mío! ¿Qué estás haciendo? —se quejó Melanie.

—Calentándome. Quédate quieta —agregó Rafiq cuando vio que ella se movía para levantarse.

—¡Podrías haber tenido la decencia de ponerte algo de ropa!

—Si te ofende mi desnudez, considéralo un castigo por haberme dado esa cama.

¿La habría probado realmente?

—No quiero que te quedes aquí —protestó ella.

—No tienes opción. Nuestro hijo espera encontrarme en esta cama cuando se levante. La otra era un insulto.

Rafiq le puso un brazo sobre los hombros y la obligó a mirarlo.

—Eres una mujer muy dura, Melanie Portreath. Ahora me toca a mí ser duro.

Y lo fue. Abrazándose a ella para calentarse, y castigándola al quedarse dormido.

Capítulo 8

EL fin de semana fue terrible.

Durante el día, tuvo que aguantar ver a su hijo sumergirse en una total idealización de su héroe, y por la noche, compartir la cama con un hombre que claramente no quería más que eso: compartir su cama.

En su nuevo papel de padre, Rafiq intentaba conocer a fondo el mundo de su hijo. Conversaban, pasaban horas en el estudio de William, y Robbie le hacía muchas preguntas a su padre. Melanie sabía que Rafiq no le hacía ningún mal a su hijo, pero sentía un cierto dolor en su corazón. Le dolía ver que la relación del niño con Rafiq iba creciendo, y si bien se decía que eso era lo que ella había querido, se sentía un poco desplazada.

Cuando el niño se iba a la cama, Melanie también se acostaba, agotada de desempeñar el papel de madre en un segundo plano. Rafiq aprovechaba entonces para trabajar en el ordenador portátil antes de meterse en su cama, respirar a su lado, y quedarse dormido después.

No comprendía cómo podía desearla compulsivamente en un momento dado y luego permanecer impasible a su lado al siguiente.

A su hijo le encantaba ir a despertarlos, y encontrarlos entrelazados en la cama.

Pero a Melanie le costaba aguantar aquella privación a sus sentidos. ¿Habría caído tan bajo que no podía controlar su pasión?

El lunes llegó por fin. Melanie saludó a Robbie antes de que se fuera al colegio. Rafiq, vestido con un traje oscuro, iba a llevarlo al colegio, junto con otros niños.

Melanie sintió el dolor de la tensión en su cuerpo. No había dormido bien. Sintió la tentación de subir y acostarse nuevamente ahora que no estaba Rafiq.

Pero parecía estar presente en su habitación. Su ropa estaba en el ropero, la fragancia de su cuerpo en el cuarto de baño...

Se decía que ella había querido aquello, y que debía estar contenta.

Alguien golpeó la puerta trasera.

–Hola –Sofía entró en la casa. Llevaba un periódico en la mano.

–Respira hondo, Melanie, porque no te va a gustar esto...

Rafiq estaba sentado frente al escritorio. Era una oficina con calefacción central donde podría dormirse, si quería, ya que las últimas noches habían sido un castigo. No había podido dormir en aquella cama compartida con Melanie. Había sido una tortura para él.

¿Era tonto? ¿No se volvería loco haciéndose el frío? Sí, era un tonto. Porque con solo tocarla ella habría sido suya.

Pero quería demostrarle algo. Melanie le había asestado un golpe con algunas cosas que le había dicho. Lo había hecho sentir egoísta. Le había dado a entender que se cansaría de ser padre y se marcharía cuando la novedad perdiera su atractivo...

También le había dado a entender que él la consideraba barata y fácil por dejarse seducir y acostarse con él en cuanto tenía la oportunidad de hacerlo. Pero él no la había considerado barata un solo instante. Era cierto que no podía evitar verse atraído hacia ella y desear hacerle el amor todo el tiempo, pero eso no tenía nada que ver con sexo barato.

Ella le había echado en cara que hacía ocho años la había seducido y luego la había abandonado. Y ahora parecía estar esperando que él volviera a hacer lo mismo. Así que el sexo estaría fuera del trato hasta que se casaran. Si eso no le demostraba que ella era algo serio para él, entonces no habría forma de que confiara en él.

Así que había organizado una boda civil. A partir de ese momento él iba a querer todo. Esposa, hijo, pasión. Preferiblemente en una habitación en la que no se muriese de frío cada vez que se desnudaba.

Ahora lo que tenía que hacer era llamar a su casa y hablar con su hermano Hassan.

—¿Dónde te habías metido? —preguntó su hermano—. Llevo todo el fin de semana intentando ponerme en contacto contigo.

—No habrá sido urgente, porque, si no, Kadir me habría localizado.

—Lo que me ha intrigado es por qué Kadir no quería decirme dónde estabas.

—Estuve ocupado. ¿Cómo está nuestro padre?

—Está bien, y contento.

—¿Y Leona?

—Igual. ¿Qué pasa, Rafiq? Te noto raro.

—¿Crees que podrías dejarlos solos un par de días?

—Sí, si es necesario... —Hassan pareció extrañado—. ¿Ocurre algo malo en el banco?

–No. Se trata de un asunto... personal –respondió Rafiq fríamente–. Necesito que me hagas un gran favor. Si puedes estar el viernes en Londres, te lo agradecería...

–¿Rafiq necesita un favor? –preguntó Leona. Estaba tumbada en la cama. Su esposo le estaba poniendo aceite de almendras en el abultado vientre–. Bueno, es una novedad.

–No tanto. Pero ciertamente, es raro que le pida algo a alguien.

–¿Crees que el asunto de Serena Cordero le ha afectado más de lo que creíamos? – preguntó Leona, pensativa.

–Es posible –Hassan paró de darle masajes para besar su ceño fruncido–. Ha estado extraño desde el anuncio de su matrimonio con el bailarín. Me han informado de que apenas ha estado en el banco desde que apareció la noticia en el periódico, y de que es casi imposible seguirle el rastro. Nadia rehuye mis preguntas, y Kadir hace lo mismo. Así que tendré que ir a Londres para satisfacer mi curiosidad y saber en qué anda.

–Por supuesto. Pero me parece que también estás un poco preocupado por él.

–Claro. ¿Quieres darte la vuelta y que te de masajes en la espalda con el aceite?

–No, gracias. Me gusta lo que me estás haciendo ahora mismo.

–Eres una bruja. ¡No sabía que las mujeres embarazadas fueran unas máquinas del sexo! –murmuró sensualmente Hassan.

–Es un arma secreta de la naturaleza, para que los hombres no se vayan por ahí, buscando cuerpos más esbeltos –ella sonrió.

Hassan alzó una ceja.

–¿Es una indirecta referida a mi padre?

–De tal palo, tal astilla –comentó Leona.

–Sí –Hassan frunció el ceño–. Rafiq no estará planeando una venganza contra Serena, ¿verdad?

–No veo la relación.

–No hay relación.

Hassan bajó la mirada y empezó a darle masajes en el vientre, donde ya podía sentir el latido del corazón de su bebé. Leona alisó su ceño con la punta de un dedo.

Hassan levantó la cabeza, sonrió y suspiró. Luego se apoyó en la almohada.

–Rafiq sufrió un desengaño amoroso hace tiempo. Hace unos ocho años. Era una rubia hermosa, con ojos dorados y un boca tentadora. Debo decir que Rafiq nunca fue un santo. Pero se enamoró perdidamente de aquella mujer, y luego descubrió que lo había engañado.

–¿Cómo se llamaba? –preguntó Leona con curiosidad.

–No lo recuerdo. Era inglesa, como tú, y muy joven para ser tan calculadora. Era la hija de un granjero, si no recuerdo mal, y quiso enriquecerse con Rafiq. Mi hermano le pidió que se casara con él, pero luego descubrió que se estaba acostando con su primo. Rafiq terminó la relación, pero ahí no acaba la historia...

–¿No?

–No. Ella intentó ponerse en contacto con él varios meses más tarde. Fue la única vez que recuerdo que Hassan me pidiese otro favor. La chica fue al banco cuando yo estaba allí, y Rafiq estaba aquí en Rahman, tratando de curarse de su mal de amores. Ella quiso verlo. Cuando le di el mensaje a Rafiq, él me pidió que la viera para saber si estaba bien.

—¿Aún le importaba la chica?

—Estaba loco por ella. Jamás lo vi como entonces.

—¿Y qué hiciste?

—Pedí que averiguasen datos sobre ella antes de hacer nada. Descubrí que estaba viviendo con un viejo que podría haber sido su padre, y lo peor era que estaba embarazada, como tú, cariño —Hassan tomó la mano de Leona y se la besó—. Concerté un encuentro con ella. Vino esperando ver a Rafiq. Intentó convencerme de que Rafiq era el padre de su hijo. Entonces le dije lo que pensaba yo que haría Rafiq si ella intentaba convencerlo de que era cierto. Ella no insistió —concluyó con satisfacción—. Una batalla por la patria potestad en los tribunales habría sido muy duro para ella, al parecer. Desde entonces no hemos vuelto a saber nada de ella.

—¿Y qué pasa si el niño hubiese sido de Rafiq?

—No era suyo —dijo Hassan con certeza—. Conoces su pasado. Si hubiera habido una mínima posibilidad de que la hubiera dejado embarazada, él habría seguido la historia de cerca hasta estar seguro.

—¿Qué dijo él cuando supo que ella estaba embarazada?

—No se lo dije —contestó Hassan—. Le dije que no había podido encontrarla, pero que había sabido que estaba viviendo con un hombre. Rafiq no volvió a hablar de ella.

—A veces, no me gustas —le dijo Leona—. Eres tan duro que me asustas.

—Era una mujer interesada en su dinero, Leona. La gente de nuestra posición se encuentra con mujeres así todo el tiempo. Van detrás de los dólares.

—No obstante...

—¡Rafiq la sorprendió con el otro!

—¡Qué calculadora! —murmuró Leona, indignada

por la idea de que pudieran usar así a su querido cuñado.

Rafiq acababa de colgar cuando Kadir golpeó la
puerta y entró.

–Disculpe, señor, pero creo que debería ver esto...

Kadir puso un periódico en el escritorio. Con la
eficiencia acostumbrada, había doblado el periódico
para que Rafiq solo tuviera que ver lo que le interesaba.

Una foto de Serena sonriendo a Carlos Montes.
Era el mismo artículo, reproducido en inglés. Rafiq no
podía creerlo. Se puso de pie.

–¿Qué diablos ocurre?

–Al parecer, la señorita Cordero llegó a Londres
este fin de semana, señor –le explicó Kadir–. Estrena
su espectáculo en el teatro del West End el miércoles.
Su artículo tiene que ver con la promoción del espectáculo. Pensé que...

Kadir estaba hablando solo, porque Rafiq había
doblado el periódico y estaba andando como un pose-
so con el papel en la mano.

–¿Cómo has conseguido esto? –preguntó Melanie
a Sofía.

–A mi madre le gusta enviarme periódicos españo-
les para que mantenga el contacto con mis raíces –le
explicó Sofía.

Melanie asintió con pesar.

–¿Y qué dice?

–No querrás que vuelva a leértelo en voz alta, Melanie, ¿verdad? El tema es que el periódico tiene fecha
del martes pasado, que es el mismo día que fuiste a
ver a Rafiq...

–¿Qué quieres decir con eso?

–Que ese día lo habían abandonado públicamente. Rafiq estaba con ganas de desquitarse con alguien. Y lo que pienso es que tendrías que preguntarte si sus acciones desde entonces no estarán motivadas por este asunto.

–¿Para salvar la situación?

–Sí. Para hacerse rápidamente con una esposa e hijo que pueda eclipsar la historia de la señorita Cordero. Podría parecer que ella se casa por despecho, después de un año y pico de relación con él, al descubrirse la existencia de un hijo.

«Más de un año», pensó Melanie, mirando las fotos del periódico. En una estaba Serena con su nuevo marido. En la otra con Rafiq. Sintió una punzada en el corazón. Porque, en esa última, Rafiq y Serena aparecían con los atuendos que Robbie había descrito. William le había mostrado la foto a Robbie, pero no a ella. ¡Todo el mundo sabía de la relación de Rafiq con aquella mujer, incluso su hijo, todos menos ella!

¿Amaría Rafiq a aquella mujer? ¿Sería ella a quien en verdad quería y como no la conseguía se había decidido a reemplazarla por otra?

Pero no por cualquiera. Sino por aquella que venía en el mismo paquete que el hijo.

Recordó la conversación telefónica que Rafiq había tenido delante de ella, en la que no había dicho ni una sola palabra...

La mirada que le había dedicado mientras hablaba con quien fuese... La pasión que se había desencadenado... Y la frialdad de ahora.

Obviamente, había querido olvidar a la señorita Cordero, y no lo había logrado. Ella no había sido más que una sustituta. Un premio de consolación.

Oyó el ruido de la llave en la puerta de entrada. Rafiq la llamó. Sofía se irguió en la silla. Se oyeron sus pasos en el suelo de madera.

Rafiq miró a Melanie y a Sofía. Melanie miró a Sofía también, y se estremeció al ver el parecido de su amiga con Serena Cordero. Y al ver que Rafiq era incapaz de dejar de mirar a Sofía, sintió náuseas.

Rafiq no había esperado encontrarla con una visita. Por un momento se le ocurrió que podía ser Serena en persona, que había ido para causar más problemas.

Luego el parecido se fue desvaneciendo, y desvió la mirada de aquella mujer morena.

Vio el periódico encima de la mesa, y supo lo que iba a decir Melanie antes de que lo dijera.

–Tienes una amante.

–Tenía una amante –la corrigió.

–Creo que será mejor que me marche –dijo Sofía después de ponerse de pie.

–Si el periódico es tuyo, debo deducir que te gusta meter cizaña.

–No me gusta lo que te traes entre manos –Sofía no se dejó amedrentar.

–¿Y tú crees que a mí me importa lo que a ti te guste o te disguste? –contestó él, furioso.

–No creo a que a ti te importen los sentimientos de los demás, con tal de salirte con la tuya.

–Bueno, en esto no me salgo con la mía –dijo él señalando el periódico.

Rafiq se dio cuenta de lo que estaba señalando y frunció el ceño, aturdido al pensar que podía haber una mala interpretación. Melanie se levantó y corrió al dormitorio.

–¿Cómo has conseguido esto? –preguntó Rafiq.

Sofía se encogió de hombros.

–Soy española por parte de madre. Mi abuela me envía periódicos todas las semanas.

–Muy eficiente.

–Sí.

–¿Quieres herir a Melanie por alguna razón con esto?

–Eres tú quien juega con sus sentimientos. No me ha gustado desde el principio –miró el periódico–. Y aquí está la explicación.

Y a Rafiq no le gustaba esa mujer tan parecida a Serena.

–Utilizas esto para salvar la situación frente a la prensa –lo acusó.

–¿Cómo te llamas?

–Sofía Elliot.

Él frunció el ceño, porque había oído su nombre.

–Soy la vecina de al lado de Melanie, señor Al-Quadim –dijo Sofía con cinismo, dejándole bien claro que sabía quien era–. También soy muy buena abogada, así que si estás pensando en presionar a Melanie para que acepte una situación que no desea, piénsalo bien –le advirtió–. Porque pienso que no valoras sus sentimientos, y Melanie y Robbie ya han tenido bastante dolor este último año como para que encima quieras utilizarlos para...

–¿Cuál es el nombre de la firma para la que trabajas? –él la interrumpió.

Ella se lo dijo.

Él asintió y se puso de pie para abrir la puerta de atrás.

–Este es el camino por el que vas y vienes, ¿verdad? –Rafiq hizo una inclinación de cabeza a modo de saludo y fue a abrir la puerta trasera.

–¿Cómo lo sabe?

Porque su hijo le había hablado con mucha admiración acerca de su tía Sofía, al igual que de William Portreath.

–Los problemas no suelen entrar por medios convencionales –respondió Rafiq, sabiendo que ella averiguaría luego cuál era su fuente de información.

–No creo que tenga derecho a...

–Le sugiero que le diga mi nombre a su jefe antes de hablarme de mis derechos –dijo Rafiq.

–¿Es una amenaza? –preguntó Sofía.

La respuesta de Rafiq fue una inclinación de cabeza como para dejar la pregunta abierta a diferentes interpretaciones.

–Que tenga un buen día, señorita Elliot.

La mujer no era tonta, pensó Rafiq. Renunció a su actitud pendenciera y se marchó.

Él cerró la puerta. Y fue a buscar a Melanie. Estaba en el dormitorio, mirando por la ventana otro día gris y frío.

La habitación estaba helada, como la mujer que había en ella.

Rafiq estaba furioso, contra Serena, contra la prensa, contra la señorita Elliot, ¡y con todo el que se metiera en su vida!

–La cínica de tu amiga se me ha adelantado.

–No me digas que has vuelto para confesarme tus pecados...

–No es un pecado que un hombre soltero tenga una amante. Y yo me he referido a esto –golpeó suavemente el hombro de Melanie con el periódico enrollado.

Ella se dio la vuelta. Descubrió uno de los periódicos ingleses más sensacionalistas del mercado.

–Puedes leer el artículo tú misma. Le han agregado cosas desde que el artículo original apareció en España. Pero, por favor... Disfrútalo, si te gustan este tipo de basuras.

–Yo no leo nunca periódicos.

–Bueno, lee este –dijo y luego se alejó en dirección a la puerta.

–¿Adónde vas?

–Tengo cosas que hacer.

–¿Ni siquiera vas a explicarme esto?

–¿Qué hay que explicar? –preguntó Rafiq–. Serena Cordero y yo fuimos amantes hasta hace poco. Pero eso y el hecho de que ella haya querido utilizar los periódicos para anunciar el fin de la relación no tiene nada que ver contigo.

–Sí tiene que ver conmigo, puesto que ese anuncio apareció el día que fui a verte.

–¿Te parece significativa esa coincidencia?

Ella se cruzó de brazos.

–Recuerdo que, después de hablar por teléfono ese día, hubo un cambio en ti. Era ella la que estaba al otro lado de línea, ¿no es cierto? Esa llamada te dio la idea de que podías utilizarme para salvar la cara.

–Se me pasó la idea –admitió él–. Pero si recuerdas, te eché de todos modos.

Ella se estremeció al recordarlo.

–Y si crees que lo que he hecho tiene que ver con ese «salvar la cara« que tú dices, es inútil seguir hablando –dicho eso, volvió a la puerta.

–Entonces, ¿por qué te has molestado en venir aquí ahora?

–Por cortesía. Creí que te debía la cortesía de una explicación del motivo por el cual ese artículo apareció en el periódico hoy. Pero como tu amiga y tú ya habíais visto la anterior versión, veo que no tiene sentido perder el tiempo.

–Has perdido casi una semana en esta casa –dijo ella amargamente.

–¿Qué se supone que significa eso?

–No voy a casarme contigo.

–¿Por qué no?

Ella bajó la mirada.

–Estás enamorado de esa mujer. Es a ella a quien quieres de verdad.

Él se rio cínicamente.

–Si hubiera querido casarme con Serena, podría haberlo hecho antes. Pero lo que me resulta curioso es que creas que casarte con alguien lleva implícito el amor.

–No pienso eso. Simplemente no quiero casarme con un hombre que está enamorado de otra persona.

–¿Enamorado?

–Es obvio –dijo. Luego cometió el error de mirar hacia la cama.

Él siguió su mirada.

Ella se puso colorada.

–Vete, si quieres –dijo Melanie.

–He cambiado de parecer.

–No lo hagas por mí.

Ella se estremeció. Luego se quedó allí, mirándolo anonadada mientras él se desabrochaba la chaqueta y la tiraba al suelo.

–Si te acercas más, gritaré –le advirtió ella.

–Grita, si quieres. ¿Quién va a venir? ¿Tu amiga? –Rafiq se aflojó la corbata y cerró las cortinas. La habitación quedó a oscuras.

–Piensa lo incómodo que sería que viniese la señorita Elliot a auxiliarte y te encontrase rogándome que te dé placer.

–¡No te rogaré jamás! –ella lo empujó.

Él se rio.

–Un beso y no serás capaz de resistirte –comentó él–. ¿Crees que no me he dado cuenta de que apenas has dormido en esa cama porque me deseas terriblemente?

–Es mentira.

Rafiq la besó. No era mentira. Ella se sumergió en la pasión. Su respiración se hizo irregular, sus sentidos parecieron cobrar vida. Los brazos de Rafiq la hicieron prisionera. Pero no hacía falta que la apresara, porque ella se aferró a él desesperadamente.

–Te odio por hacer esto.

–Pero, como ves, no estoy llorando por un amor perdido –murmuró. Tomó una mano de Melanie y se la puso en su pecho.

Luego la besó apasionadamente.

El deseo se apoderó de ellos en oleadas de placer, una detrás de la otra. Se besaron intensamente. Se quitaron la ropa con urgencia. Sin saber cómo, llegaron a la cama.

Rafiq abrió el edredón antes de tumbarla. Se besaron y rodaron por la cama.

Rafiq le acarició los pechos. Luego deslizó una línea de besos desde allí hacia abajo. Enterró la boca entre sus muslos. Ella casi saltó en el aire por el shock, y se entregó a la sensación. La hizo derretirse de placer. No podía quedarse quieta. Él tuvo que sujetar sus caderas para poder seguir atormentándola desesperadamente, hasta que por fin ella se perdió por completo en la cima del éxtasis.

Cuando abrió los ojos se encontró con unos ojos negros que la miraban, brillantes de triunfo.

–No debiste hacer esto –dijo.

–¿Por qué no? –preguntó él.

–Porque...

Él no había disfrutado del mismo placer, y era importante que lo hiciera. Porque hasta entonces lo único que había quedado claro era que él era un experto. Pero, ¿y ella?

Así que lo tumbó y se echó encima; desplegó instintos que nunca había utilizado para llevarlo al paraíso donde había estado ella.

Rafiq dejó que ella hiciera lo que quería hacer, tendido en la oscuridad. Melanie besó su hombro, su pecho, succionó sus pezones, acarició su cuerpo mientras él gemía de placer y la besaba. Rafiq enterró los dedos en su pelo y tiró de ella. La envolvió con sus brazos y la volvió a besar apasionadamente. Entonces se preparó para poseerla con un violento movimiento de pelvis.

Se estremecieron juntos y se sumergieron en un mundo de sensaciones de goce hasta que llegaron a punto más alto. Él la besó hasta borrar los gemidos de placer. Ella quedó encima de él, extenuada e inmóvil.

Ni siquiera pudo ser consciente de que nuevamente se había entregado a él por completo.

Ella era suya. Era así de sencillo. Y así de triste.

—Nos casaremos cuanto antes —declaró Rafiq de repente.

Entonces, antes de que Melanie pudiera protestar, Rafiq volvió a rodar con ella e inició el apasionado cortejo una vez más.

Capítulo 9

MELANIE se sentó en una silla al lado de Sofía.

—¿No puedo llevar ese? —preguntó esperanzada.

—Si quieres parecer un árbol de navidad, claro que puedes llevarlo —respondió Sofía.

—No seas cruel.

—¿Quieres dejarlo sin sentido?

—No... Sí —Melanie suspiró—. Me gustaría que no estuviera tan empeñado en celebrar por todo lo alto una simple boda civil.

—Todavía sigo sin entender por qué vas a hacer esto —dijo Sofía.

—Tú misma lo has visto con Robbie —le recordó Melanie.

Con el fin de que Sofía y Rafiq suavizaran sus relaciones, Melanie había invitado a Sofía a su casa a tomar una copa. Cuando había llegado Sofía, Rafiq había estado a punto de llevar a la cama a Robbie. Esta lo había visto con el niño en brazos, recibiendo de su hijo los abrazos que Melanie había presenciado tantas veces.

—Se adoran. Aunque quisiera, me resulta imposible no casarme con él —comentó Melanie.

—¿No quieres casarte?

Melanie dudó. No pudo contestar.

—Así que eres un cordero dispuesto al sacrificio —suspiró Sofía.

«¡Oh, sí! Me sacrifico todos los días en sus brazos», le habría contestado Melanie.

Melanie se puso de pie y caminó hacia el riel donde estaban colgados los vestidos blancos.

¿Por qué había aceptado que él consiguiera su objetivo? ¿No le quedaba orgullo alguno?

Ella conocía el detonante de su pasión por ella. Con solo pensar en Serena Cordero, Rafiq estallaba en pasión y sexo salvaje.

Pero ella también se sumergía en aquella locura pasional.

—Me probaré este —dijo, eligiendo un vestido al azar.

La dependienta se lo llevó al probador.

Cuando la mujer se alejó, Sofía le dijo:

—¿Has pensado qué pasará cuándo estés casada y lleves una vida... más íntima?

—¿Estás de broma?

Sofía no estaba bromeando, sino que parecía estar preparando a su inocente polluelo para el sacrificio.

—Siento desilusionarte, Sofía. Pero, ¿qué crees que hemos estado haciendo en mi casa todo este tiempo?

Sofía pareció sufrir un shock y una incomodidad que no era característica de ella.

—¿Quieres decir que...?

Melanie se rio y se giró nuevamente hacia la hilera de vestidos colgados.

—Yo creí...

—Bueno, no pienses —le dijo Melanie.

Estaba harta de que hicieran suposiciones acerca de ella. Rafiq la creía una libertina, Sofía una inocente criatura...

La dependienta volvió a aparecer oportunamente.

—Eres tu peor enemiga —le dijo Sofía—. Toma, pruébate este —le indicó Sofía.

Había escogido un traje de seda azul claro de entre los vestidos blancos.

A partir de aquel momento, la actitud de Sofía cambió. Debió de pensar que era un caso perdido.

Melanie se compró el traje azul. Le quedaba bien. Le hacía las piernas más delgadas y realzaba su pelo dorado.

–¿Qué te parece?

Rafiq estaba en el pasillo de la casa de Melanie. Ethan Hayes estaba mirando la casa con curiosidad.

–Es una casa que tiene muchas posibilidades. Pero será difícil modernizar la casa, manteniendo todas sus características antiguas.

–En esas características está impresa la personalidad de un hombre. ¿No se puede hacer una reforma del exterior y que por dentro quede todo como está?

–Yo soy arquitecto, no hago milagros. La calefacción no sirve. Los suelos crujen, y las paredes amenazan con venirse abajo con solo quitar un cuadro. Todo eso puede arreglarse. Pero el papel de la pared tendrá que reproducirse a mano, los muebles deben mandarse a restaurar, y nada de lo que reemplacemos tendrá la pátina que tienen estos muebles por el transcurso del tiempo. Tengo la sospecha de que, si seguimos mirando, nos encontraremos con madera podrida por la humedad, por la sequedad, sin mencionar la carcoma. Para esto, necesitas a Leona, no a mí –opinó Ethan Hayes.

–Leona está ocupada con otras cosas –le recordó Rafiq–. Solo quería tu opinión, antes de decidir.

–Sería más fácil tirar todo abajo y construir todo de nuevo. Puedes ver cómo han quedado las otras casas de la calle para hacerte una idea.

–No tengo interés en que quede igual a las otras.

Aquel era el hogar de su hijo, el lugar donde Melanie y Robert habían encontrado amor y seguridad. No debía cambiar estéticamente. Estructuralmente, no quedaba otra opción que reformarla por completo.

–Si Leona no puede, ¿qué te parece si le doy el proyecto a mi esposa? –sugirió Ethan.

–¿A tu esposa? –se sorprendió Rafiq.

–Sí, la incorregible coqueta que pasó una tarde contigo seduciéndote hace un par de meses. Tiene talentos ocultos. Y uno de ellos es la reforma de casas.

Rafiq se quedó sorprendido. En el espacio de pocas semanas, Ethan Hayes había dejado de ser un enemigo de la familia Al-Quadim para convertirse en un amigo íntimo, por haberse enamorado de Eve, la provocativa nieta del millonario Theron Herakleides.

–¿La adorable Eve reforma casas para ganar dinero? –preguntó Rafiq, incrédulo.

–A mí también me dejó perplejo –confesó Ethan–. Al día siguiente de volver de nuestra luna de miel, apareció vestida con un mono y casco. Se ha dedicado a comprar, reformar y vender casas en Londres durante años, como hobby, al parecer. Le encanta ensuciarse las uñas. Le das un martillo, y te tira esa pared en media hora.

Ethan parecía divertirse hablando de su esposa, pero también había un brillo de orgullo y amor en sus ojos.

Rafiq suspiró. Su hermano Hassan y Ethan Hayes estaban profundamente enamorados. Y él, en cambio, se iba a casar con una obsesión.

Una obsesión del pasado. Una obsesión del presente. Pero sobre todo, una obsesión sexual.

Rafiq se dio la vuelta para que Ethan no viera su expresión. Algunas veces deseaba no haber ido a esa casa, no haberse encontrado con Melanie... Porque ella había puesto su vida patas arriba, lo hacía actuar como jamás lo había hecho...

¿Sería amor su obsesión?

Aquella palabra se filtró en su mente como un veneno.

Melanie volvería pronto; dedicaba unas horas a ayudar en la escuela de Robbie varias mañanas a la semana. No quería que lo encontrase con Ethan Hayes.

—¿No tienes alguna ambición? —le había preguntado una noche.

—¿Es que debería avergonzarme de querer ser madre a tiempo completo? —había respondido ella, molesta.

—No, por supuesto. Solo que pensaba...

—Bueno, no pienses. Estoy cómoda siendo como soy. Pero, si a ti no te gusta, ya sabes qué puedes hacer.

Irse. Ella nunca dejaba de decirle que tenía la opción de marcharse. Él normalmente le respondía besándola. Pero, ¿le importaría a ella que se marchase?, se preguntó Rafiq.

—Me gustaría empezar el trabajo cuando los dueños estén fuera —dijo Rafiq a Ethan—. Sería menos doloroso para ellos no presenciar las destrucción de todo lo que aman.

—¿Quién es el dueño de la casa?

—Una... amiga mía —respondió Rafiq.

Le costaba decir «mi futura esposa». ¿Se avergonzaba de ello? ¿Temía que nunca sucediera? Él se daba cuenta de que ella no estaba convencida, a pesar del sexo salvaje entre ellos. Incluso recientemente había rechazado el sexo. Le había dicho que tenía dolor de cabeza. La conocida excusa de las mujeres.

Miró el reloj, pero no vio la hora realmente, porque se acordó de que el día anterior Melanie había ido a comprarse ropa para la boda con su vecina. Frunció el ceño. Diez minutos con esa bruja podría haber sido suficiente para aumentar las dudas de Melanie.

–Esta casa no puede tocarse sin su permiso –dijo Ethan, interrumpiendo sus pensamientos.

–Tú has dicho que corre el riesgo de derrumbarse –respondió Rafiq.

–Sí. Pero aun así, necesitas el permiso expreso de su dueña para reformarla –le advirtió Ethan–. Ni la inconsciente de mi esposa se atrevería a acercarse a la casa sin un consentimiento escrito de la dueña.

–Lo conseguiré –asintió Rafiq. Pensó en la confianza con la que ella firmaba todos los papeles que le ponían delante.

Aquello era algo que le irritaba. El dinero que ahora poseía no significaba nada para ella. En cambio su hijo y aquella casa lo era todo. ¿Y él? ¿Dónde encajaba?

El teléfono del estudio de William empezó a sonar. Rafiq pensó que la llamada sería para él y se excusó para ir a contestar.

–¿Sí?

Hubo un silencio. Luego una voz insegura.

–¿Está Melanie?

Rafiq se quedó petrificado al reconocer aquel tono pueblerino en la voz. Jamie Sangster...

–No –fue lo único que pudo decir.

–¡Oh! ¿Quién eres?

–Un... amigo.

–¡Oh! ¿Puedes dejarle un mensaje? Dile que Jamie irá a la ciudad el sábado. Que me llame para cenar juntos o encontrarnos para hablar de su propuesta.

Rafiq colgó el teléfono sin responder. Detrás de la puerta del estudio, oía a Ethan Hayes caminar por el corredor. En el estudio de William Portreath solo sonaba un zumbido dentro de su cabeza.

Melanie firmó todos los papeles que Rafiq le puso delante sin molestarse en mirarlos. Estaba tan cansada, que sabía que no iba a poder concentrarse en ellos.

—Randal me ha dicho que has decidido dejar aparte un fondo —murmuró Rafiq—. ¿Es para algo en especial?

—¿Es que Randal tiene que transmitirte cada decisión que tomo? —Melanie frunció el ceño.

—Tú me has encargado ocuparme de tu dinero.

Melanie suspiró. Aquella relación no era nada sencilla.

Melanie se levantó con la intención de irse a la cama. Estaba agotada por el estrés y la tensión.

—¿Para qué es el dinero que has apartado? —preguntó Rafiq.

—Es un asunto personal —respondió ella.

—¿Un millón de libras de asunto personal?

Melanie lo miró. Había algo diferente en él aquella noche. Había estado callado y ensimismado, incluso con Robbie. Y estaba más pálido que de costumbre. ¿Estaría estresado también él?

—Podría querer gastar sin control... —ella intentó bromear con algo espinoso—. Una terapia de consumo.

—¿Crees que necesitarás una terapia después de casarte conmigo?

—Bueno, tengo un solo traje. No es nada comparado con la docena que tienes tú en el ropero —señaló ella.

—Llenar el ropero no te costará un millón.

—A lo mejor decido que quiero comprarme un cargamento de cosas. Como un coche nuevo, o dos. ¿Por qué no? ¿Hay algún límite?

—No. Pero creo que has exagerado un poco. ¿Por qué no me dejas que te pase cien mil libras a tu cuenta para empezar? No tienes más que decirlo, si quieres más.

Melanie se puso tensa. No le apetecía hablar de aquello.

–No quieras convencerme solo porque sabes más de dinero, Rafiq –le dijo ella, enfadada–. Si quisiera solo cien mil libras, habría sacado solo cien mil.

Melanie dijo eso y se fue.

–¿Adónde vas? –preguntó él.

–Estoy cansada. Ha sido un... día agotador. Quiero darme un baño caliente para relajarme y dormirme en cuanto ponga la cabeza en la almohada.

–¿Qué...? ¿Otra vez?

Ella no quería que él estuviera con ella pensando en otra mujer.

–Ni siquiera estamos casados y ya pareces un marido. Debe haber algo más en esta relación que sexo, si no, cometeremos un grave error.

Ella notó un brillo amenazador en su mirada, como si estuviera a punto de decirle algo desagradable.

Pero él no dijo nada. Se quedó mirándola.

Aquella mirada parecía hipnotizarla. Sus sentidos cobraban vida cuando la miraba, y ella sentía una tentación irresistible.

–Claro. Perdóname. Perdona mis torpes instintos.

Sus instintos no eran nada torpes.

–Rafiq...

Rafiq se dio la vuelta y se alejó.

–Me iré mañana por la mañana temprano y no volveré a dormir. Robert lo sabe, pero, por favor, dile que lo llamaré por teléfono antes de que se vaya a la cama.

Sin saber por qué, ella sintió temor.

–¿No vas a volver? –balbuceó ella.

Él la miró.

–Un coche te vendrá a buscar el viernes por la mañana. Por favor, procura estar lista.

Ella sintió alivio al oír esas palabras. No concebía la vida sin él.

—Sí —susurró Melanie—. Buenas noches.

Y se marchó antes de que le fallaran las piernas.

Rafiq se sentó en el asiento de atrás del coche con chófer y miró por la ventanilla. Otro día gris y húmedo en Londres.

A su lado estaba Kadir Al-Kadir. Parecía en estado de shock. ¿Y quién no estaría después de que lo hubieran sacado de la cama a las seis de la mañana?

Hassan no había podido ir a Londres. Un asunto de estado lo había retenido. Si le hubiera dicho a su hermano cuál era el asunto, este habría revuelto cielo y tierra para estar a su lado. Pero él no había querido hacerlo así.

Hassan había conocido a Melanie hacía ocho años, durante el fin de semana que habían pasado en la finca de Maitland. Él conocía la historia de su relación y no tenía una buena opinión acerca de ella.

De haber tenido la oportunidad y el tiempo necesario, habría impedido la boda.

Pero aun así, había querido que su hermano estuviera a su lado en aquel momento, pero sin darle tiempo para objetar en un día tan importante.

Miró el reloj. Faltaba media hora para que Melanie saliera de su casa con su hijo y su amiga.

—Averigua qué ocurre con el otro coche —ordenó a Kadir.

El joven sacó su móvil e hizo algunas preguntas.

—El coche aún está esperando a los pasajeros, señor —le informó.

Rafiq asintió. No tendría que haber preguntado. No lo volvería a hacer, porque lo ponía nervioso.

—¿Estás lista? —preguntó Sofía.

—Sí —contestó Melanie.

–Estás muy guapa, mamá –le dijo Robbie–. ¿No es cierto que está muy guapa, tía Sofía?

–Deslumbrante –respondió Sofía con un toque de cinismo–. Lo único que le falta es sonreír para que se note que está feliz.

–Por supuesto que está feliz –respondió Robbie saltando de excitación–. Hoy se va a casar con mi papá.

–Ve a ver si el coche sigue esperando, Robbie –le dijo Sofía–. La inocencia de la infancia... –suspiró Sofía cuando Robbie salió de la habitación y bajó las escaleras–. Una mirada a tu rostro y sabría que estás a punto de desmayarte...

–No seas tan exagerada –dijo Melanie–. Estoy bien. Solo que no dormí bien anoche.

–¿Echabas de menos a tu hombre?

Lo había echado de menos terriblemente, pensó Melanie.

Sonó el teléfono abajo.

–¡Contesto yo! –gritó Robbie.

–Debe de ser él. Te está controlando. No debe estar seguro de que aparezcas.

–No tiene más que pensar en mi hijo para saber que estaré allí. Estás muy guapa –le dijo a su amiga antes de que esta pudiera contestar.

Su amiga llevaba un traje de color púrpura ajustado al cuerpo. Al lado de ella, Melanie sentía que pasaba desapercibida con aquel traje tan claro y su cabello rubio poco llamativo.

–No sé...

Robbie apareció corriendo.

–¿Podemos irnos ya? –le rogó.

–¿Quién llamó por teléfono, Robbie? –le preguntó a su hijo mientras iban por el pasillo.

–El tío Jamie. Le he dicho que hoy te ibas a casar con mi papá y me ha colgado sin decirme adiós.

Los pasos de Melanie se detuvieron en el suelo encerado. Pero Robbie siguió corriendo hasta la puerta de entrada.

Un hombre estaba esperando afuera, debajo de un paraguas negro. Se acercó a ellos y acompañó a Sofía y a Robbie hasta el coche. Luego fue a buscar a Melanie.

Por un momento, Melanie sintió que quería cambiar de parecer. Pero el chófer le ofreció su refugio y le sonrió, y ella salió de la casa y cerró la puerta.

Rafiq estaba de pie al lado de Kadir, en el vestíbulo del ayuntamiento. Se abrieron las puertas y apareció su hijo. Le siguieron Melanie y su amiga. Robbie corrió directamente hacia él. La señorita Elliot se entretuvo en quitarse unas gotas del traje, Melanie miró a Rafiq y se quedó inmóvil.

El corazón de Rafiq empezó a latir aceleradamente; sus piernas parecieron pesarle más de lo normal. Su hijo le estaba diciendo algo, pero él no podía prestarle atención. Melanie estaba tan hermosa, que se sintió impresionado.

–Quédate aquí, Robert –le ordenó.

Rafiq se acercó a ella.

–Bueno, ¿estás lista? –preguntó Rafiq.

–Sí –susurró ella–. Siento haber venido unos minutos tarde. La lluvia...

Ella aspiró su fragancia embriagadora. Rafiq llevaba un traje azul de una tela suave y una camisa blanca que resaltaba su piel morena.

–¿Dónde... vamos? –preguntó ella.

–Arriba –Rafiq le dio la mano–. ¿Vamos?

Hubo otro momento de absoluta inmovilidad. Melanie miró su mano. Nunca se tocaban, excepto arrastrados por esa fuerza animal del sexo. ¿Lo sabía él?

Melanie miró a Sofía por el rabillo del ojo. Esta los estaba mirando.

Rafiq se dio cuenta y la miró, molesto. Sofía se atrevió a alzar la ceja burlonamente.

La hostilidad entre ellos se hacía presente una vez más.

Melanie le dio la mano en respuesta. Él se la apretó.

Kadir estaba de pie a un lado, mirando a Robbie, como si no pudiera creer lo que estaba viendo.

Rafiq hizo las presentaciones de rigor, aunque Melanie sospechaba que no tenía ganas de hablar. Estaba tenso. Subieron las escaleras juntos, Robbie iba tras ellos de la mano de Sofía.

A los veinte minutos, la ceremonia había terminado. Todo había sido muy rápido, muy impersonal. Pero en esos escasos minutos ella se había transformado en la señora Al-Quadim y ahora llevaba una alianza en el dedo. Y Rafiq llevaba otra en el suyo.

Rafiq la acompañó afuera con la mano en su espalda. Estaba lloviendo. Había tres coches esperándolos, con tres chóferes a su lado, sujetando un paraguas.

Con un chasquido de los dedos, Rafiq llamó a uno de ellos. Tras unas breves palabras de agradecimiento, despidió a Kadir. Entonces apareció el segundo hombre. Melanie se vio abrazada por Sofía quien exclamó:

–¡Sorpresa, sorpresa! Me quedo con tu hijo hasta mañana.

–Pero no quiero...

–No puedes elegir, corderito...

Robbie la abrazó y le contó, excitado, todo lo que habían planeado hacer con su tía Sofía, antes de pedirle a su madre que lo abrazara. Luego se lo llevaron deprisa debajo de un paraguas negro.

Melanie se quedó de pie, sola, con el hombre con el que acababa de casarse.

El último hombre de paraguas negro corrió hacia ellos y los llevó hasta el coche que quedaba.

Se sentaron en silencio. Rafiq parecía relajado, pero no había nada relajado en aquellos ojos negros que se ocultaban tras sus largas pestañas.

—No puedo creer que hayas planeado todo esto sin decírmelo.

—Es una tradición que la pareja de recién casados se quede sola.

—Esta no es una boda convencional. Hemos hecho esto por Robbie, entonces, ¿no debía estar con nosotros ahora?

—Robbie está encantado con el plan.

Pero ella no, pensó Melanie.

A través del cristal oscuro del coche, Melanie vio que estaban atravesando Londres a gran velocidad. Se dio cuenta de que iban a pasar por uno de los puentes que atravesaban el río. Y se puso nerviosa, porque ese no era el camino de su casa, ni siquiera el del apartamento de Rafiq.

—¿Adónde vamos?

—A un lugar donde mi cordero del sacrificio pueda tener intimidad.

ERA evidente que había oído a Sofía. Rafiq estaba sonriendo, pero estaba enfadado.

–Yo no soy el sacrificio de nadie –objetó ella.

–¡Qué pena! Estaba deseoso de verte tumbada en un cómodo altar cubierto de seda, ofreciéndote en sacrificio.

Ella se puso colorada.

–Vuelta al sexo –dijo.

–¿Preferirías hablar sobre otras cosas? –preguntó él.

–¿Sobre qué?

–Sobre Jamie –dijo él–. Nuestro hijo me ha dicho que ha hablado con su tío Jamie por teléfono esta mañana, pero colgó antes de que pudiera invitarlo a nuestra boda.

Ahora comprendía por qué estaba enfadado.

–Yo nunca dije que...

–Nuestro hijo parece sentir mucho afecto por su tío Jamie. ¿Crees que es porque ha estado a punto de ocupar el lugar de su padre?

–¡Es terrible lo que dices!

–Pero es la verdad.

–¡Tú no sabes la verdad!

–Jamie sigue en tu vida. Esa es claramente la verdad.

–Yo no...

–No empieces este matrimonio mintiéndome –le advirtió Rafiq.

Melanie tomó aliento para no explotar.

—Te iba a decir que ese no es asunto tuyo —dijo ella fríamente.

—A partir de ahora, todo lo que hagas es asunto mío.

—¿Significa eso que todo lo que tiene que ver contigo es asunto mío también? En este país, creemos en la igualdad. Así que, ¿por qué no me cuentas la historia de Serena Cordero.

—Estás tratando de distraerme de lo que estábamos hablando.

—No tengo nada más que decir sobre ese tema.

—Entonces, déjame que te ayude. He atendido una llamada de tu primo, Jamie, la semana pasada en el estudio de William. Esta mañana mi hijo atendió otra llamada suya. A mí, tu primo me habló de una propuesta tuya. Con Robert simplemente colgó cuando supo que te ibas a casar conmigo hoy. Tal vez, si eres lista, podrías explicarme la propuesta, y por qué este hombre forma parte de tu vida, ¡hasta el punto de que mi hijo lo llama «tío»!

—Cualquiera diría que estás celoso —exclamó ella sin pensar lo que decía.

Rafiq se movió como el rayo, tomó la muñeca de Melanie y tiró de ella. Ella se chocó con su pecho con el movimiento. La falda de seda se le subió cuando Rafiq la arrastró hasta el regazo de él. Ella se agarró a su hombro. Él le clavó la mirada.

—Empieza a hablar —le dijo él.

Ella tembló, pero mantuvo la promesa que se había hecho.

—Jamie no es un tema de conversación entre tú y yo.

—Él era tu amante hace ocho años. ¡No voy a dejar que me engañes dos veces!

Ella luchó por soltarse.

–Suéltame. ¡Me estás haciendo daño!

Para su sorpresa, él la soltó. Ella se resbaló en el asiento, al lado de él.

–Te pido que me disculpes. No suelo olvidarme de que tengo fuerza. ¿Dónde te he hecho daño? –dijo él amablemente.

–En la muñeca –ella se la frotó. Aunque en realidad no le dolía.

Lo peor había sido el miedo a que pudiera hacerle daño. Eso había provocado aquella mentira.

Rafiq empezó a suavizar con el pulgar la zona enrojecida. Era estúpido, pero su pulso empezó a galopar con aquella caricia. Él se dio cuenta de lo que ocurría y dejó de hacerlo. Ella dejó escapar un ahogado suspiro. La atmósfera entre ellos pasó de rabia a excitación tan rápidamente, que a Melanie la dejó en un estado de confusión.

A él no. Él simplemente aceptó el cambio con una mueca. Alzó la muñeca y la besó. Luego acarició con la lengua la zona enrojecida.

–Así que volvemos al sexo...

–Es culpa tuya –dijo Rafiq y volvió a tirar de ella hasta ponerla en su regazo.

–¡No! –protestó ella.

–¿Tienes miedo? ¿Porque sabes que tus defensas se derrumbarán con un solo beso? ¿O es que se te acelera el pulso porque tienes miedo de que no te bese?

–No.

Rafiq la observó mirarle los labios como una mujer hambrienta. Una de sus manos empezó a acariciar uno de sus muslos cubiertos de seda, expuestos por el movimiento de su falda. Ella se movió contra él, buscando el contacto con su pecho viril. Movió sus caderas buscando las de él, y sintió el empuje de su erección.

–No juegas limpio –gimió ella.

Él rio sensualmente, y volvió a besarla. Penetró con su lengua el terciopelo de aquella cavidad mientras le desabrochaba los botones de la chaqueta y se la quitaba. Ella llevaba debajo un body de color crema. Con un solo toque, supo que no llevaba sujetador.

–¡Muy interesante! –murmuró, deslizando el dedo por el escote de lycra. Cuando la cinturilla de su falda impidió que siguiera, Rafiq movió la otra mano y la deslizó por el otro muslo.

Metió la mano por entre sus muslos y abrió los pequeños broches que cerraban el body.

–¡Oh! –gimió ella, cuando él descubrió por sí mismo lo tibia y húmeda que estaba.

Durante los siguientes minutos, ella se entregó al placer que le daba Rafiq. Se movió y se abrazó a él. Gimió y se retorció. Él dejó de besarla en medio de la tensión, le tomó la barbilla con los dientes y la mordió suavemente, luego mordisqueó sus pechos, primero uno, luego el otro, succionándolos a través de la lycra. Ella se aferró a su cuello, a su pelo... Rogó que le diera placer, él gimió y volvió a besar su boca, en el mismo momento en que ella amenazaba con derrumbarse en un orgasmo muy poco apropiado para aquella situación.

–No podemos hacer esto aquí –susurró ella.

Con un gruñido de impaciencia, él echó su cuerpo hacia adelante junto con el de ella, y alcanzó el teléfono del coche.

Habló unas palabras en árabe, y el coche se detuvo. Diez segundos más tarde, Melanie oyó el ruido de una puerta del coche y se dio cuenta de que el chófer los había dejado solos.

Ella se sintió incómoda.

–¡Va a saber lo que estamos haciendo!

A él le daba igual. La volvió a besar, volvió a sujetar sus caderas.

Rafiq le tomó una mano y la puso contra su cuerpo. Estaba temblando tanto como ella. Un momento más tarde, ella estaba a horcajadas sobre él, besándolo apasionadamente mientras él la penetraba. Ella nunca se había sentido tan desvergonzada, nunca había pensado que pudiera comportarse de aquel modo. Se movió mientras él mantenía sus caderas quietas, imitó el movimiento con la lengua. Rafiq tenía la respiración entrecortada, el coche tenía la fragancia de sus cuerpos. Cuando ella estuvo a punto de llegar al final, tensó sus músculos fuertemente alrededor del sexo de Rafiq, de tal manera que él tuvo que dejar de besarla, echar atrás su cabeza y cerrar los ojos.

Aquel placer no podía repetirse, pensaba ella, mientras él le tomaba la cara con las manos y la miraba a los ojos. Ella dirigió las maniobras entonces. Darle placer a él era un poderoso afrodisíaco. Gritó de placer. Luego fue él quien lo hizo. Tiró de su cara hacia su hombro y la tuvo allí, mientras él se derrumbaba en la cima del placer, hasta que la debilidad del cansancio hizo que ella se sintiera débil.

No hablaron. Luego él se apartó de ella levemente y la dejó a su lado en el asiento. Hubo roce de telas cuando ella intentó ponerlas en su sitio para ganar algo de dignidad.

Entró el aire fresco cuando él bajó la ventanilla. Un minuto más tarde, el coche se puso en movimiento otra vez. La ventanilla permaneció abierta un rato, para que circulase el aire.

Entraron por un portón alto. Pasaron por un túnel de árboles.

El coche se detuvo. Rafiq salió y fue a abrirle la puerta. Melanie se puso a su lado sin atreverse todavía a mirarlo. Cuando alzó la mirada, se encontró frente a una enorme casa de piedra con grandes ventanas y una puerta de roble a la entrada.

Sin importarle qué lugar era aquel, Melanie siguió a Rafiq.

Él abrió la puerta y le cedió el paso. Una vez dentro, la levantó en brazos y la llevó.

—¿Más tradición?

—Por una vez, mantén la boca cerrada —le advirtió Rafiq.

Cerró la puerta.

Ella tuvo la impresión de que había paredes cubiertas de roble y cosas de hierro trabajado a mano, pero no prestó mucha atención al lugar. Estaba concentrada en el perfil de Rafiq, mientras él la llevaba por una escalera de caracol. Atravesaron un arco y siguieron por un corredor lleno de puertas a los lados. En una de ellas, Rafiq se detuvo y la abrió. Luego entró.

La habitación era de estilo gótico. Había una gran chimenea y una bandeja preparada para café en una mesa baja, que estaba en medio de dos sillas tapizadas en terciopelo.

Pero lo que llamaba la atención era la inmensa cama con dosel, con dos albornoces iguales a los pies. Era una pena, porque la acababan de desaprovechar.

—Siéntate —le dijo Rafiq mientras la dejaba sobre una alfombra color púrpura.

Ella casi saltó cuando lo oyó hablar. Cuando lo miró, descubrió a un hombre en guerra consigo mismo. Se quitó la corbata con dedos impacientes. Tenía gesto de contrariedad.

Ella se sofocó. Sintió ganas de llorar.

—No me gusta lo que me haces —dijo ella.

—No se te nota —respondió él.

Melanie buscó una silla.

Él desapareció por una puerta que había cerca de la cama, y cuando volvió, solo tenía puesto un albornoz.

Ella miró la cama. Se dio cuenta de que faltaba un albornoz.

Ella aún lo sentía entre los muslos, aún sentía sus besos en su lengua... Él se sentó en la otra silla. Vio que ella no había tocado el café y se inclinó hacia adelante para servirse.

En silencio, le ofreció una taza de café.

—Gracias —dijo ella.

Él dejó escapar una risa. Ella lo miró.

—¿Cómo te atreves a hacerte la remilgada cuando ambos sabemos que no lo eres?

Fue como un golpe para ella.

—No sé cómo puedes sentarte ahí y hablarme de este modo cuando hace solo una hora que te has casado conmigo —contestó ella temblorosamente.

—Y fui seducido por ti media hora más tarde.

—¡Tú empezaste!

—¡Y tú terminaste! ¡En nombre de Alá, no puedo creer siquiera que esté sentado a tu lado! Eres veneno para un hombre como yo.

—¡Oh! ¿Cómo te atreves a decir eso? —ella se puso de pie.

—La historia de tu primo me da licencia para decirte lo que quiera.

Rafiq parecía peligroso. Su rabia y desprecio la hirieron.

—Tengo que... ir al cuarto de baño —ella se dio la vuelta, mareada.

—Necesitas huir.

—¡Te odio! —gritó Melanie.

Rafiq se puso de pie. Ella tiró la taza y corrió hacia la puerta en la que se había metido él unos minutos antes. La taza de café había manchado su falda. Cerró la puerta de un portazo, y se apoyó en ella. Cuando se dio la vuelta, en lugar de descubrir un cuarto de baño, descubrió un vestidor lleno de ropa: ropa de hombre, ropa de mujer. Montones de ropa. Melanie se fijó en que los vestidos estaban sin usar. Llevaban aún la etiqueta.

¿Los había comprado para ella? No estaba segura. Ni le interesaba. Eran de su talla y eso era lo que le importaba, puesto que no había llevado ropa para cambiarse. ¡Y no veía la hora de quitarse aquel estúpido traje de boda! ¡Era una burla para la palabra «boda», y estaba impregnado de la fragancia de Rafiq!

Con dedos temblorosos empezó a quitarse el traje. Cuando acababa de quitarse el maldito body de lycra, se abrió la puerta. Ella se dio la vuelta, sujetándose el trozo de tela contra el cuerpo.

–¡Vete! –gritó.

Con la arrogancia de costumbre, Rafiq no hizo caso a la orden. Le tiró algo. Ella tuvo que tirar el body para atraparlo. Era el albornoz negro que hacía juego con el de él.

Fue la última humillación, verlo allí de pie, mientras ella agarraba a tientas el albornoz y se tapaba el cuerpo casi desnudo.

–Cuéntame la historia de Jamie.

–¿Qué versión quieres oír? ¿La versión en la que admito haber pasado de tus brazos a los de él? ¿O aquella en la que te dejas engañar fácilmente y me fallas al creer que podía ser tan calculadora como para jugar contigo?

–La verdad. ¡Simplemente, dime la verdad!

La verdad. Ella casi se rio. Aunque no le daba risa. No sabía si él estaba dispuesto a escuchar la verdad.

–La verdad es que te tendieron una trampa. Mi tío Thomas y Jamie siempre supieron que yo heredaría la fortuna de William. Mi tío William le dio dinero a mi tío Thomas para que me mantuviera. Pero mi tío Thomas era ambicioso. Quería todo el dinero de William. Y la única forma de conseguirlo era mantenerlo dentro de la familia. Él propició un romance entre Jamie y yo. Me negué a entrar en el juego. A ellos no les gustó. Empezaron las tensiones en la casa. Yo decidí que tenía que marcharme y empecé a trabajar con familias de la alta burguesía para ganar un dinero extra, para poder dejar la granja. Y así fue como llegué a conocerte –se rio amargamente, porque de no haber sido así, una mujer como ella jamás hubiera conocido a un hombre como él–. Me enamoré de ti y tú me llevaste a la cama, incluso me pediste que me casara contigo.

–¿Y a ti te pareció una idea estupenda para escapar de tu situación de esclavitud?

Melanie lo miró, sorprendida. No podía comprender cómo un hombre tan atractivo podía albergar un sentimiento de inferioridad semejante.

–Si hubiera sabido lo del dinero de William, nada habría sido diferente. ¿No te has dado cuenta de que a mí no me interesa mucho el dinero?

–Pero puedes quererlo para dárselo a tu primo.

Él estaba mezclando el presente con el pasado.

–¿Quieres oír el resto de la historia o no? –preguntó ella.

Rafiq asintió con la cabeza.

–Yo acepté tu proposición –continuó ella–. Y tuve que darle la noticia a mi tío Thomas y a Jamie. Entonces ellos planearon hacer algo para que el dinero de William no se les escapase. Y lo hicieron.

–Yo te vi con él en tu dormitorio –Rafiq le clavó los ojos–. Estabais de pie junto a la ventana de tu habitación, abrazados.

–¡Yo estaba atrapada en sus brazos! –distinguió Melanie.

Él no le creía.

–¡Os estabais besando desesperadamente!

Rafiq tenía razón. ¡Jamie la había estado besando desesperadamente mientras ella intentaba escaparse!

–Yo era muy joven y terriblemente tonta –ella admitió–. Realmente creí que Jamie me amaba. ¡Estaba intentando rechazarlo amablemente porque no quería hacerle daño!

–¿Con tu albornoz abierto? –la acusó.

–¡No es cierto! –luego se detuvo a pensar–. Tal vez un poco –admitió–. Jamie se pasó un poco y yo...

–¿Un poco? ¿Qué significa eso?

Su tono sarcástico hizo que ella se irguiera.

–Bueno, dime tú qué crees que significa, Rafiq –lo desafió–. ¿O no hace falta que pregunte? ¿Es que por haberme visto abrazada a Jamie tienes derecho a creer que estaba disfrutando? ¿No se te ocurrió, por un solo momento, que tal vez no tuviera elección?

–¿O sea que tú eras la víctima?

–Al igual que tú –respondió ella.

–Conozco tus pasiones –dijo Rafiq.

Melanie dejó escapar una risa de hiel.

–¡Crees que como me entregué a ti, soy capaz de hacerlo con cualquier otro hombre!

–Yo no he dicho eso.

–No hace falta que lo digas; lo llevas escrito en la cara cada vez que me miras. El día en que me acosté contigo, perdí tu respeto.

Melanie lo miró, disgustada. Caminó hacia Rafiq. Este se puso rígido. Nunca la había visto tan disgustada.

–Yo tenía veinte años –dijo Melanie cuando llegó hasta él–. Dejé que te llevaras algo muy especial. Eso debió de significar algo para ti, pero no fue así, si no, no te habrías marchado.

–Tu tío estuvo de mi parte cuando te encontré con Jamie. Me dijo cosas que...

–Mintió.

Melanie volvió a la habitación.

Nunca lo había mirado con tanto desprecio.

La taza de café seguía tirada en el suelo. Ella la recogió. Rafiq observó su delicado perfil, su sedoso cabello que caía al agacharse, la deliciosa boca aún apretada de disgusto.

Algo cambió en su interior. No fue solo sexo. Fue otro deseo. El deseo de derribar sus defensas, de creer aquello que muy dentro de él sabía que era la verdad.

Porque si lo que ella le contaba era la verdad, era él y no ella el culpable de todo. Melanie tenía razón. Él se había dejado engañar. Y lo peor era que la había abandonado en el peor momento.

Si era verdad lo que ella decía, él le había negado el derecho a defenderse de sus acusaciones.

Y así había destruido el amor que ella había sentido por él.

Lo único que había conseguido había sido un matrimonio lleno de amargura y resentimiento. Una esposa que jamás sería una esposa de verdad, excepto si él aceptaba su verdad y se olvidaba del pasado.

Melanie limpió una mancha de café en la alfombra con una servilleta. Había un silencio espeso. Ella lo sentía. Él se estaba debatiendo interiormente. Rafiq podía elegir. Podía creerla o no creerla. Ella no podía darle una prueba mágica para que la creyera.

—Ellos sabían a qué hora ibas a ir a recogerme aquella noche —siguió Melanie—. Cuando llegaste tú a la granja, la escena ya estaba preparada tan perfectamente, que yo no tuve la oportunidad de desmentir nada. Cuando finalmente te vi, tú ya te estabas marchando. Yo tomé el siguiente tren a Londres...

Ella se interrumpió, recordó la siguiente escena en su mente...

—Cuando volví a la granja, tío Thomas y Jamie tuvieron una pelea y yo oí que nos habían tendido una trampa. Jamie admitió su parte antes de que yo me marchase de allí. Se sentía culpable...

—¿Dónde te marchaste? —preguntó él.

—A casa de unos amigos en Winchester —respondió

ella–. Conseguí un trabajo allí, en una fábrica. Pero me echaron cuando se dieron cuenta de que estaba embarazada. Así que me vine a Londres para intentar localizarte nuevamente...

–Hassan me dijo que intentaste ponerte en contacto conmigo. Yo estaba en Rahman. Le pedí a Hassan que se reuniese contigo, pero tú no dejaste ningún número para localizarte. Él intentó encontrarte, pero no lo logró.

Melanie miró a Rafiq, decepcionada. O sea que su hermano ni siquiera le había dicho que había hablado con ella.

–Él solo me dijo que había oído que estabas viviendo con otro hombre.

Ella no pudo articular una sola palabra al oír aquello. Había demasiada amargura para agregar la historia de su hermano.

–¿Qué sucedió con Jamie? –preguntó él.

–Se fue de casa también. Se marchó al norte. No supe nada de él hasta que murió su padre –Melanie se puso de pie–. Está casado ahora, tiene dos niños hermosos y una esposa encantadora que lo adora. Jamie trabaja con el padre de su mujer en una granja en Cumbria. Podría haberse sentido satisfecho con su vida ordeñando vacas para ganarse la vida, de no haber sido por una epidemia que ha afectado gravemente a su ganado.

–¿O sea que ha recurrido a ti para pedirte ayuda?

–Ayuda económica –asintió Melanie–. Quieren dedicarse al cultivo ecológico, pero lleva mucho tiempo limpiar el terreno de pesticidas. Mientras tanto, tienen que seguir viviendo hasta que consigan sacar beneficios. Así que siguen con el ganado. Quieren especializarse, así que yo he invertido medio millón de libras en su proyecto.

–Sin esperar a que te devuelvan el dinero, porque aún te importa él –agregó Rafiq.

–¡Por supuesto que me importa! –gritó ella–. Jamie se disculpó por haber hecho lo que hizo. ¿Qué sentido tiene guardarle rencor? ¡El es el único pariente que me queda además de Robbie!

–Pero no tienes lazos de sangre con él.

–¿Y qué importa eso? ¿Quién eres tú para criticar?

–Yo tengo un padre y un hermanastro.

–¿Le darías la espalda a tu cuñada si ella te pidiera ayuda?

No, no se la daría, pensó Melanie al ver cómo Rafiq fruncía el ceño.

–Nos hemos alejado del tema –dijo Rafiq.

–Yo he terminado con el tema. Tú creíste lo que vieron tus ojos, y no crees en mis palabras. He dado a luz a tu hijo y, con la ayuda de William, lo he criado. Cuando pensé que no había peligro en presentártelo, lo he hecho, y he terminado... –miró la habitación–... casada con un hombre que no puede mirarme a los ojos sin pensar que soy una ramera.

–Yo no pienso que seas una ramera.

–Veneno, entonces.

Él dejó escapar un suspiro.

–Estaba enfadado cuando dije eso.

–Yo también. Pero, ¿sabes una cosa, Rafiq? –alzó la mirada hacia él–. Yo creía que yo te importaba. Hasta el momento en que me pusiste la alianza pensé que, muy en el fondo, debajo de la roca a la que tú llamarías corazón, yo te importaba lo suficiente como para querer que este matrimonio funcionase. Pero, ahora... –ella se dio la vuelta y se alejó–. Creo que ambos hemos cometido un terrible error.

Rafiq no protestó.

–¿Dónde está el cuarto de baño? –preguntó ella.

Rafiq abrió una puerta que ella no había visto, al otro extremo de la habitación. Melanie pasó por su lado sin mirarlo.

El cuarto de baño era muy barroco también. En medio, había una enorme bañera con una ducha de bronce. Una cortina color púrpura encerraba ambas cosas cuando estuviera desplegada. Los demás accesorios eran de porcelana antigua.

Melanie fue hacia el lavabo.

De pronto, Melanie sintió las manos de Rafiq, rodeándola. Ella se puso rígida. Él abrió el grifo. El agua cayó sobre sus manos.

«Vete», hubiera querido decirle ella, pero no pudo.

Rafiq empezó a lavarle las manos.

¡Era injusto que él la excitase de aquel modo después de todas las cosas que se habían dicho!

–Los errores más terribles pueden rectificarse. Tú lo has comprobado cuando viniste a decirme que tenía un hijo. Si yo cometí un terrible error hace ocho años, sería justo que me dieras la oportunidad de enmendarlo.

Eran palabras razonables. Prometían algo distinto, pensó ella.

–Puedo lavarme sola.

–Pero si lo hago yo, sabes que es más que la simple tarea de lavar las manos.

¡Oh! ¡Dios! ¡Tenía tanta razón!.

Melanie cerró los ojos e intentó controlar un suspiro de placer. Pero como siempre, aquel hombre le hacía perder el control, ya fuese con rabia, con odio o con sensualidad.

Su boca encontró el lóbulo de la oreja y lo besó. Mientras, sus manos acariciaban la palma de sus manos con el pulgar moviéndolo en círculos.

Estaba perdida. Gimió y se dio la vuelta para besarlo. Al parecer, ahogarían sus problemas en el calor de un beso.

El teléfono empezó a sonar en algún sitio. No contestó nadie. ¿Habría alguien más en la casa?, se preguntó Melanie.

No dejó de sonar. Con un suspiro de frustración, Rafiq dejó de besarla y fue a contestar. Caminó hasta el estudio, donde estaba el teléfono más cercano.

No conocía demasiado aquella casa. La había comprado el día antes. Había querido un lugar especial para el tiempo que durase la reforma. Y cuando la había visto, le había parecido que Melanie y su hijo encajaban perfectamente en ella. El dormitorio le había parecido ideal para llevar a una novia la noche de bodas. Aunque se habían adelantado a ese momento.

Descolgó el teléfono.

—Espero que sea algo importante, Kadir.

La llamada de Kadir le hizo jurar. Parecía otro hombre.

Melanie estaba esperándolo cuando entró en la habitación.

Por un momento, pensó en olvidarse de todo y disfrutar de aquella hermosa mujer. Luego, lo golpeó la realidad.

—Vístete. Debemos marcharnos inmediatamente.

Capítulo 11

POR qué? ¿Qué ha sucedido? –preguntó Melanie, pensando en que podría haberle pasado algo a Robbie.

–No, no le ha pasado nada a Robert –le dijo él al notar su ansiedad–. Kadir acaba de recibir una llamada de mi padre.

–¿Está peor?

Rafiq agitó la cabeza.

–Es tan raro que a mi padre se le ocurra hablar con alguien de fuera de la familia, que al oír su voz, Kadir se sintió obligado a contarle todo lo de la boda de hoy y de nuestro hijo.

–¿No sabía nada de nuestra boda?

–No. Mi familia no lo sabe –agregó–. Y ahora mi padre está en estado de shock, y muy enfadado. Tenemos que ir a verlo.

–¿Qué pretendías hacer? ¿Mantenernos en secreto a Robbie y a mí? –preguntó ella, furiosa.

–No soy tan desconsiderado –contestó Rafiq, contrariado–. Pero nuestra boda y el hecho de que tengamos un niño de siete años es algo que prefería decirle a mi padre personalmente. Es... complicado.

–Explícate... –le pidió ella.

–Él se enteró de nuestra relación hace ocho años, y está contra ti aun antes de conocerte.

Ella no dijo nada. Simplemente se dio la vuelta y se marchó.

Rafiq cerró la puerta, se quitó el albornoz y se metió en la ducha.

Se volvieron a encontrar en el pasillo. Melanie se había puesto uno de los vestidos que Rafiq había comprado para ella.

Él se había puesto una túnica blanca con una especie de chaleco rojo y un *gut rah* cubriendo su cabeza.

Al verla bajar las escaleras recordó que ella solo lo había visto una vez con aquella ropa: cuando la había echado. Él se maldijo. Una vez más se planteó dejar esperando a su padre para seducir a aquella mujer y conseguir que estuviera de mejor humor.

Pero los shocks no eran buenos para la salud de su padre, y él no se lo perdonaría jamás si le pasaba algo mientras ellos hacían el amor.

Afuera los estaba esperando un coche. En cuanto estuvieron en camino, Rafiq le dio el móvil:

–Llama a tu amiga –le dijo–. Adviértele que iremos a buscar a Robert.

Melanie no dijo nada. Simplemente llamó a Sofía.

–Tenemos que ir a Rahman –le explicó–. ¿Puedes tener listo a Robbie para cuando lleguemos a buscarlo?

La contestación de su amiga, fuera cual fuera, hizo que pusiera ojos tristes.

–No. Pero será mejor que lo prepares para un shock. Su padre se ha transformado en un árabe, así que, si lo sabe de antemano, estará preparado para reconocerlo.

Melanie devolvió el teléfono a Rafiq.

–¿Era necesario decirle eso? –preguntó Rafiq.

–Sí.

Él suspiró.

–No ha sido mi intención que suceda esto.

–Guárdate las excusas –le dijo ella–. Y para que lo sepas, solo voy porque pienso que tu padre se merece conocer a su nieto, pero... ¡Como una sola persona mire a Robbie con desprecio...!

–¿Qué harás?

–Confío en que Rahman sea una sociedad igualitaria y libre, porque si no me gusta lo que veo, Robbie y yo nos volveremos a Inglaterra.

–¿Conmigo o sin mí?

–Sin ti.

Él suspiró y no dijo nada más. ¿Porque... qué otra cosa podía hacer más que pedirle disculpas nuevamente?

Pero sospechaba que no sería suficiente para una mujer a la que se le había estropeado el día de su boda.

El resto del viaje lo hicieron en silencio. Robbie preguntó al verlo:

–¿Voy a tener que vestirme así?

–No, si no quieres –contestó Rafiq.

Sofía lo miró en silencio.

Se despidieron y en una hora estaban embarcando en el jet privado de la familia Al-Quadim, rumbo a Rahman.

Robbie se durmió al rato. Melanie se acomodó en un sofá de piel, indiferente al lujo que la rodeaba.

Rafiq decidió tomarla en brazos y ponerla en su regazo.

–¿Así estás mejor? ¿Vas a mirarme ahora?

Lo que no esperó como respuesta fueron sus lágrimas.

–Tú te avergüenzas de mí.

–No.

–Has estropeado el día de mi boda.

–Lo enmendaré.

–Tú...

Él la besó y así la silenció. Ella necesitaba que la besaran, así que él la besó hasta borrar sus lágrimas. Y la siguió besando hasta que por fin se relajó en su regazo.

Le gustaba tenerla así...

¿Qué significaba aquello?

Muy dentro de sí, sabía qué significaba. Lo había sabido siempre.

Aterrizaron al amanecer, después de sobrevolar una ciudad moderna que brillaba con el primer sol de la mañana.

Del jet pasaron a un pequeño Cessna.

Rafiq pilotó el aparato. Melanie y Robbie se dedicaron a mirar el paisaje de dunas y kilómetros de arena.

Una camioneta de tracción a cuatro ruedas los estaba esperando. Rafiq se puso al volante y empezó a conducir hasta llegar a una fortaleza con el fértil oasis de Al-Quadim de fondo.

Melanie lo sabía porque Robbie había estado comentando detalles del lugar durante todo el viaje en avión y en coche hacia el hogar de su padre. El niño estaba entusiasmado.

Unas puertas de madera se abrieron cuando se acercaron a ellas. Luego se cerraron después de que pasaran y entrasen en un hermoso patio con plantas tropicales y fuentes. Se detuvieron frente a una cúpula azul suspendida por unas columnas de piedra.

Rafiq salió del coche y ayudó a bajar a Melanie. Robbie bajó solo, y se quedó mirando todo con asombro.

Luego su padre lo llamó, y el niño se acercó a ellos con expresión de curiosidad.

–¿Vamos a vivir aquí ahora? –preguntó.

–No, seguiremos viviendo en Londres –le dijo su padre–. Y vendremos de visita aquí durante las vacaciones del colegio.

Robbie asintió con la cabeza y se relajó. Luego los acompañó, contento, al gran vestíbulo de la casa.

Hassan fue la primera persona a la que vio Melanie. Se puso nerviosa. Llevaba la misma ropa que Rafiq, y estaba de pie, al lado de una hermosa mujer de cabello pelirrojo y piel de porcelana. Se notaba que estaba embarazada.

Ambos miraron a Robbie, en estado de shock. Melanie iba de la mano de Rafiq. Ambos se miraron un momento.

El jeque Hassan miró a Melanie. Ella supo lo que le iba a decir. Y se le hizo un nudo en el estómago.

Hassan dio un paso al frente hacia ella y dijo:

—Señorita Leggett... Debo rogarle...

—Señora Portreath —lo corrigió.

Hassan achicó los ojos y la miró con desconfianza.

—Señora Al-Quadim —dijo Rafiq a ambos—. Nos casamos ayer, como seguramente sabes, Hassan.

—Claro... Si me hubieras dicho por qué querías que fuera a Londres, habría estado allí, lo sabes —explicó Hassan.

Pero Melanie sabía que no estaba contento por no haber hablado del último encuentro con ella.

Mientras los hermanos se abrazaban, el niño no dejó de mirarlos. Melanie desvió la mirada hacia la mujer, que parecía preocupada.

La mujer dio un paso y dijo:

—Bienvenida a la familia —sonrió afectuosamente—. Me llamo Leona y estoy casada con el hermano de Rafiq —le explicó—. Nuestro hijo nacerá dentro de dos meses... por si no quieres preguntármelo. Y este... —se giró para mirar a Robbie—... debe de ser el más guapo de los Al-Quadim.

Era evidente que la mujer quería agradar, pero no obstante, se notaba que estaba tensa, al igual que el jeque Hassan.

—Mi nombre es Robert Portreath —la corrigió el niño.

El tema de los nombres habría que explicarlo más tarde, pensó Melanie, mientras veía cómo Leona se agachaba para dar la mano a Robbie.

–Me alegro mucho de conocerte, Robert Portreath –dijo Leona seriamente.

–Eres inglesa, ¿verdad? –dijo el niño.

–Como tu madre –asintió Leona–. Tienes un cabello y unos ojos muy bonitos, y ese es un encanto de los Al-Quadim. Hola, Rafiq –agregó.

–Señora... –Rafiq hizo una reverencia.

Melanie se quedó asombrada. Debía de ser una broma entre ellos, porque tenían un brillo jocoso en los ojos.

Rafiq presentó su hijo a Hassan, que dio la mano al niño muy formalmente. Cuando se irguió, se encontró con los ojos de Melanie nuevamente.

Fue Robbie quien rompió el momento de tensión.

–¿Dónde está mi nuevo abuelo? –preguntó el niño.

Rafiq miró a su hermano, este respondió:

–Está en sus habitaciones. Él sabe que has llegado.

–¿Sigue enfermo?

–¡Ah! –exclamó Hassan–. Está bien. Es su humor el que amenaza con perturbarlo.

Automáticamente, Melanie dio la mano a su hijo, instintivamente, para protegerlo. Rafiq se dio cuenta, y endureció su expresión.

–Eres conocido por tu diplomacia, Hassan... –dijo Rafiq.

–Te pido disculpas –hizo una inclinación de cabeza a Melanie–. Me refería a la impaciencia de nuestro padre por estar esperando.

Era un modo de enmendarlo, pero una mentira al fin y al cabo, pensó Melanie. Rafiq agarró a su hijo de la mano y rodeó la cintura de Melanie con su otra mano. Ella lo miró como buscando que le diera seguridad.

Rafiq se la dio con una sonrisa, pero delante de su hermano y su cuñada, Melanie sabía que no podía hacer más.

Empezaron a caminar por un corredor de paredes azules y suelo color arena. Nadie habló. Hasta Robbie se dio cuenta de la tensión y se quedó callado.

Entraron en una habitación que se parecía al estudio de William en muchos sentidos, aunque era más grande y más cálida.

En medio de la habitación, reclinado en un diván, yacía un hombre muy frágil. Melanie se sintió impresionada. Era evidente que estaba gravemente enfermo. Al verlos, se incorporó, y clavó los ojos en Robbie.

Rafiq se arrodilló para abrazar a su padre. El hombre tomó la cara de Rafiq y hablaron unas palabras en árabe. Era evidente que había una relación de mucho cariño entre ellos.

Melanie esperó un momento a que ambos recordasen que Robbie y ella estaban allí con ellos.

Rafiq se giró y miró a Robbie. Los ojos de Melanie se empañaron con lágrimas al ver que el niño se acercaba a su padre y este lo rodeaba con su brazo.

Sintió un brazo en sus hombros. Era Leona Al-Quadim.

–Este es tu abuelo, Robert –explicó Rafiq.

–¿Habla en inglés? –preguntó el niño.

–Sí –contestó el viejo jeque–. Hablo en varios idiomas. Ven. ¿Me das la mano?

Era una mano débil y delgada. El niño le dio la suya sin dudarlo, y dejó que el viejo lo atrajese hacia él. Robbie soltó el brazo de su padre, y empezó a hablar.

Era su manera de actuar, pensó Melanie. Rafiq había empezado a conocerla también.

–William me dijo que estabas enfermo. ¿Vas a morirte como William? Me gusta tu habitación. Es bonita. ¿Sabes jugar al ajedrez? William jugaba conmigo al ajedrez. ¿Has leído todos esos libros?

El viejo jeque contestó cada una de las preguntas. Se enamoró del niño, como todos pudieron observar. Robbie se fue relajando hasta sentarse en el diván y casi se sentó en el regazo del viejo jeque. Estaba acostumbrado a los hombres ancianos. Había crecido al lado del mejor. Su hijo no tenía miedo a los ancianos y las arrugas. Melanie siempre había sabido que Robbie echaba de menos a William, pero no se había dado cuenta de cuánto hasta que había visto la forma tan natural en que se había acercado a su abuelo.

Los ojos de Melanie se llenaron de lágrimas. Rafiq estaba de pie, erguido e inmóvil. Leona le tocó el hombro a Melanie. Por detrás de Leona, sabía que Hassan la estaba mirando en silencio.

–Tienes un hijo hermoso, Melanie –dijo Leona.

Su voz rompió el silencio.

El viejo jeque alzó sus ojos y la miró directamente.

–Nos has fallado a todos.

Fue una acusación serena, hecha para no alarmar a Robbie. Rafiq se puso rígido. Melanie no supo qué decir. El jeque tenía razón. Los había negado. Esa culpa la acompañaría durante mucho tiempo.

–No fue ella –dijo una sobria voz–. Me temo que soy yo quien tiene la culpa de esto.

Rafiq miró a su hermano. Leona apretó el brazo de Melanie.

–Voy a llevarme a Melanie –dijo Leona–. Robert, ¿quieres venir?

Robbie sabía cuándo no podía elegir. Se levantó del diván de su abuelo y salió de la habitación con las dos mujeres.

–No te asustes –murmuró Leona–. Mi suegro es un buen hombre. Simplemente no sabe la verdad.

–Tampoco la sabe Rafiq –dijo Melanie–. No he querido que la supiera.

–Así son los Al-Quadim, no pueden vivir tranquilos sin la conciencia tranquila. Hassan necesitó contarle a Rafiq lo que había hecho hacía ocho años en el mismo momento en que oyó tu nombre.

Leona los condujo por una escalera amplia de cedro. Llegaron a una sala decorada en color marfil y turquesa, con un balcón que se abría a la brisa de la mañana.

Una chica morena apareció ante ellos. Sonrió a Robert y le ofreció la mano.

–¿Quieres venir a explorar la casa, Robert? –lo invitó.

Robbie miró a su madre. Melanie miró a Leona.

–Esta es Nina, una niñera con mucha experiencia, Robert. Si quieres ir con ella, te prometo que te lo pasarás muy bien.

El niño fue tranquilamente. Mientras se alejaba, Melanie oyó sus preguntas. «¿Hay camellos aquí? ¿Podré tocar alguno? ¿Tiene algún camello mi papá?».

–Su papá debe de estar muy orgulloso de él –dijo Leona.

–Rafiq no os ha hablado de Robbie hasta hoy, ¿verdad? –señaló Melanie, y caminó hacia una de las ventanas para mirar el paisaje.

–Rafiq es... un hombre poco corriente –respondió Leona–. Es un brillante matemático, increíblemente leal con la gente a la que ama, pero es muy severo, y siempre lo ha sido. Y nadie sabe nada de su vida privada.

–Serena Cordero no piensa lo mismo.

–¡Ah! Serena Cordero debería estar eternamente agradecida a ti por tu aparición tan oportuna –sonrió Leona–. Según Hassan, Rafiq canceló la ayuda económica para su gira. Luego, hace unos pocos días, volvió a dársela. Dijo algo así como que el resentimiento era un veneno para todo el mundo, o algo así. Sospechamos que ese cambio de parecer ocurrió porque apareciste tú, y pusiste su vida patas arriba. No obstante, tendrás que preguntárselo tú misma, porque a nosotros no nos dirá nada.

—O sea que habéis estado pensando en todo esto... —dijo Melanie.

—Sí. Estábamos preocupados por él —dejó escapar un suspiro—. Supongo que tú te reirás, pero debajo de ese aspecto tan duro, Rafiq es muy vulnerable.

Melanie no se rio.

—Debes conocer las circunstancias de su nacimiento para comprenderlo. Su infancia en este palacio fue difícil. Fue un hijo no muy bien recibido —continuó Leona, sin saber que Melanie ya conocía la historia—. Es muy orgulloso, demasiado orgulloso a veces, y es muy reservado. No permite que la gente se acerque demasiado a él. Pero, por lo que me ha dicho Hassan, hace ocho años se enamoró de ti perdidamente en cuanto te vio. Tanto que cuando...

—Si se te ocurre acusarme de traicionarlo, me iré inmediatamente —la interrumpió Melanie.

—Toma nota de ello —dijo otra voz.

Ambas mujeres se dieron la vuelta y vieron a Rafiq de pie en la puerta.

Rafiq les sonrió, pero Melanie sabía que estaba tenso, tal vez enfadado por saber que estaban hablando de él.

—Estás enfadado —murmuró Leona. Conocía muy bien a su cuñado—. Yo solo estaba intentando hacer comprender a Melanie la razón...

—Soy yo quien quiere que comprendas —la interrumpió—. Mi esposa no traicionó a nadie. Pero tu esposo posiblemente requiera de tu ayuda para que lo convenzas de que no hizo nada similar.

–Lo has hecho sentir mal –suspiró Leona.

–Lo he perdonado –respondió Rafiq.

–Bueno, ¡peor todavía! –gritó–. ¡Sabes cómo es! ¡Va a andar penando por los rincones!

Rafiq le hizo una reverencia y dijo:

–Entonces, sugiero a mi señora que vaya con él para ayudarlo –le abrió la puerta para que se fuese.

Melanie los miró con curiosidad. Leona dio un beso en la mejilla a Rafiq, le sonrió y se marchó.

–No has sido muy amable –le dijo Melanie.

–Leona es hermosa, encantadora, pero sabe que no me gusta que la gente se meta en mi vida –se quitó el *gut rah* de la cabeza y lo dejó a un lado–. En cuanto a ti... Me has mentido.

–¡No te he mentido!

–Por omisión.

–¡Si tu hermano no te lo había dicho, no había motivos para que tú lo supieras!

–¿Para que supiera que estabas embarazada de un hijo mío? ¿Para que supiera que te habías arriesgado a ser rechazada nuevamente porque te parecía importante el motivo? Aguantaste que él te dijera todas esas cosas...

–Tu hermano te quiere. Te estaba protegiendo. Ahora lo comprendo.

–No comprendes nada. Yo le pedí que averiguase cómo estabas. ¡Yo confié en él para que hiciera eso por mí!

–Yo estaba bien.

–Bueno, ¡yo no! ¡Yo estaba suspirando por ti!

Melanie pestañeó, sorprendida.

–Cuando Hassan me dijo que querías verme, yo no me atreví a ir a Londres por si caía rendido a tus pies –continuó Rafiq–. Pero necesitaba saber que tú estabas bien. Yo esperaba que ocurriese un milagro y que le dieras alguna razón mágica que pudiera borrar todo el dolor. Me quedé sentado como un tonto... esperando una llamada para viajar a Londres. Pero lo que recibí fue una llamada diciéndome que no te había encontrado, pero que había oído decir que estabas viviendo con un hombre.

–Lo siento –murmuró Melanie–. Yo no...

–¡No me toques! –exclamó él.

Por un momento, ella se quedó inmóvil. Luego hizo lo contrario. Se puso frente a él para abrazarlo. El corazón de Rafiq latía aceleradamente.

Había perdido la batalla.

Rafiq la rodeó con sus brazos.

–No sé que se supone que debo decirte, Melanie. Has hecho que me diera cuenta de lo tonto que fui hace ocho años. Has hecho que me diera cuenta del alto precio que pagué por mi estúpido orgullo. Me has hecho ver que te he tratado sin respeto, y que he hecho todo desde un lugar de superioridad que no merece más que desprecio.

–Yo no te tengo desprecio.

–Pues deberías sentirlo.

–¿Porque creíste lo que vieron tus ojos? ¿Porque caíste en una trampa muy bien preparada?

–Tu tío dijo cosas muy terribles. Echó mucho veneno, y yo, como un tonto, me lo bebí.

–Si hubieras sido tú quien hubiera estado con otra mujer, y tu hermano me hubiera echado veneno, yo también lo habría creído –dijo Melanie.

–Hassan también te echó veneno.

–¡Él me asustó por tu bien! Y lo hizo por amor, no por egoísmo. Esa es la diferencia.

–¿Crees que eso se puede perdonar?

–Tú lo has perdonado –señaló ella.

–Lo he perdonado a él.

Pero no a sí mismo, pensó Melanie.

–Dime qué quieres de este matrimonio, Melanie.

Dime qué diablos puedo hacer para arreglar esto –dijo Rafiq, apenado.

Ella lo miró.

–Me gustaría que me hicieras el amor sin pensar en que lo haces solo porque no puedes resistirte. Me gustaría estar en tus brazos después, y saber que realmente quieres tenerme allí. Me gustaría mirarte a los ojos y ver ternura algunas veces, no solo rabia y pasión.

–Quieres que te ame –dijo él.

–Quiero que me quieras y que yo te importe

–Te doy mi amor, porque siempre ha estado allí. Me enamoré de ti hace ocho años... De tu piel, del calor de tus mejillas cuando te miraba. Quería todo de ti, todo tu tiempo, todos tus besos, todas tus sonrisas... –la besó.

Fue tan tierno, que ella dejó escapar una lágrima.

–Te doy mi corazón, Melanie. No pude olvidarte. No quise olvidarte. Me sentía muy muy solo...

Ella no podía decir nada. Respondió con un beso en su cuello.

–Te amo, Rafiq. Pero tienes que creerlo para que este matrimonio sea verdadero.

–Lo creo –murmuró él–. ¿Cómo no lo voy a creer cuando sigues aquí, en mis brazos, después de todo lo que te he hecho pasar?

Pero no parecía feliz.

Ella iba a hablar, pero él la silenció.

–No digas nada. Me duele que hablemos de cosas que no podemos cambiar. Solo contéstame a otra pregunta. ¿Podemos olvidarnos del pasado y empezar otra vez?

–Por supuesto.

La sonrisa de Melanie hizo que el corazón le diera un vuelco. El brillo de sus ojos le dio calor.

Rafiq la levantó y la besó. Luego la llevó en brazos hasta otra habitación.

–¿Y Robbie? –preguntó Melanie–. Podría venir a buscarnos.

–No. Está entretenido con mi padre, viendo mapas de Rahman. Este es el comienzo de nuestra luna de miel...

–Me gustaba la decoración gótica... –comentó ella.

Él la dejó tumbada encima del satén rojo de la cama.

–La próxima vez será allí.

–¿Por qué?¿Cuántas lunas de miel vamos a tener?

–Toda una vida.

No estaba bromeando. Dos meses más tarde, estaban en Inglaterra, en su mansión gótica.

Melanie estaba en la bañera cuando Rafiq entró.

–Hassan y Leona han sido padres de un niño. La madre y el niño están bien.

–¡Oh! ¿Crees que deberías ir a Rahman? –sugirió Melanie–. No está bien que tú y yo estemos disfrutando aquí, cuando es posible que nos necesiten allí.

–No. Nuestro hijo está con su nuevo mejor amigo, mi padre. Leona y Hassan están felices con su hijo, y tú y yo, querida, estamos en nuestra segunda luna de miel aquí, mientras Ethan Hayes y su esposa están reformando la casa de William para que vayamos a vivir allí.

–Debiste decírmelo. Tengo derecho a que me consultes antes de que toquen nada.

–Pero la casa no te pertenece –le informó Rafiq–. William se la dejó a nuestro hijo, aunque no me lo hayas dicho. Así que le pedí permiso a Robert para reformarla. Estuvo encantado. No como tú. Tu hijo tiene sentido común, y sabe que la casa podía venirse abajo.

–¡No estaba tan mal! –protestó Melanie–. Y creía que Robbie la quería tal cual estaba.

–No, tiene mejor gusto que tú... Como yo... –dijo con arrogancia Rafiq, refiriéndose a su buen gusto a la hora de elegir esposa.

Dicho esto, Rafiq se metió en la bañera con Melanie y la cerró con la cortina de seda.

* * *

Podrás conocer la historia de otro marido apasionado en el Bianca del próximo mes titulado: FUEGO EN DOS CORAZONES

ANNA CLEARY
Seis años después

Un sexy italiano debería ser suficiente para alegrarle la vida a Lara. Si no fuera porque ese hombre tan increíble no era solo su nuevo jefe, sino la última persona que ella esperaba ver de nuevo... ¡y el padre de su hija!

Ahora se encontraba a las órdenes de Alessandro y él tenía en mente algo más que trabajo. ¿Cómo debía contarle que tenía una hija? Él le había pedido que entrara en su despacho, ¡pero sus exigencias se habían extendido al dormitorio!

MICHELLE REID
Pasión oriental

Rafiq Al-Qadim era un tipo poco corriente: un príncipe mitad árabe mitad francés que ponía por encima de todo su orgullo y su lealtad a la familia... Y eso era algo que Melanie había descubierto hacía ocho años, cuando se había enamorado de él. Después, Rafiq había preferido creer unas terribles mentiras sobre ella y la había sacado de su vida sin pensárselo dos veces.

ANNA CLEARY
Seis años después

MICHELLE REID
Pasión oriental

Pero Melanie nunca había dejado de quererlo y, sin que él lo supiera, había tenido un hijo suyo. Había llegado el momento en el que Robbie necesitaba a su padre y ella tenía que sacar fuerzas de flaqueza para enfrentarse a Rafiq. Melanie había tomado la determinación de hacer que aceptara a su hijo, aunque se negara a perdonarla a ella.

N.º 90

JULIA

KAREN ROSE SMITH

ILUSIONES PERDIDAS

Seis años atrás, Sara Hobart había ayudado a una pareja sin hijos a encontrar la felicidad. Ahora era ella la que necesitaba un pequeño milagro. El instinto le decía que Kyle Barclay era su hijo. Sólo había una cosa que se interponía en su camino: el padre del niño.

REFUGIO PARA UN CORAZÓN

Sam Barclay aceptaría ser el padre y Corrie Edwards conseguiría el bebé que siempre había deseado. Parecía un buen plan, hasta que Sam, su donante de esperma, decidió que quería la oportunidad que el destino ya le había negado una vez, la de ser padre en todos los sentidos.

N.º 472

CONDENA DE AMOR

Ben Barclay nunca cometía errores, y menos aún errores surgidos de aventuras de una noche. Así que, cuando descubrió que el resultado de su arriesgado y único encuentro con una bella desconocida iba a tener consecuencias muy duraderas, decidió asumir sus responsabilidades.

Sierra Girard no esperaba que Ben Barclay llegara a formar parte de su vida, por eso estaba más que sorprendida al ver cuánto insistía el abogado para que se convirtieran en marido y mujer, aunque sólo fuera por el bien del niño.

JAZMÍN

JESSICA HART
CITA SORPRESA

Finn McBride, el jefe de Kate Savage, parecía sacado del mismísimo infierno; quizá fuera guapo, pero se pasaba el día entero pegado a su mesa. Sus amigas decidieron concertarle a Kate una cita a ciegas con un atractivo viudo. Pero cuando llegó al lugar de la cita ¡descubrió horrorizada que el hombre misterioso no era otro que Finn!

KAREN ROSE SMITH
UN CORAZÓN PROTEGIDO

Era alto, moreno y muy guapo; seguramente por eso Jed Sawyer estaba en boca de toda la ciudad, y Brianne Barrington era la última víctima de sus encantos. Ella andaba buscando al hombre perfecto mientras que él sufría una verdadera fobia hacia el compromiso. ¿Cómo una mujer que creía en el "felices para siempre" había conseguido arruinar sus planes de mantener una relación estrictamente profesional?

N.º 577

LUCY GORDON
EL HIJO DEL ITALIANO

El hombre con el que Becky Hanley había estado a punto de casarse acababa de volver a su vida. Habían pasado años, pero Luca Montese estaba más guapo y sexy que nunca y la atracción volvió a surgir entre ellos con una fuerza arrolladora. Pero entonces Becky descubrió que solo había regresado para tener un hijo con ella... y lo más sorprendente era que ella estaba embarazada.

DESEO
CATHERINE MANN

TODO LO QUE DESEO

El empresario Seth Jansen necesitaba una niñera temporal y Alexa Randall parecía apropiada para el puesto. Ella aceptó pasar una temporada en una exuberante isla de Florida con aquel hombre cuya pasión le hacía cuestionarse las decisiones que había tomado.

Los bebés le hacían pensar a Alexa en la familia que siempre había querido y las noches con Seth eran incomparables. El millonario podía ser el hombre de sus sueños… si no estuviera fuera de su alcance.

HONRADAS INTENCIONES

N.º 548

El comandante Hank Renshaw lo sabía casi todo sobre Gabrielle Ballard.

Casi todo salvo cómo sería acariciarla porque era la prometida de su mejor amigo. O lo había sido hasta que Kevin murió en el campo de batalla, después de hacerle prometer que buscaría a Gabrielle.

De modo que estaba en Nueva Orleans, en el apartamento de Gabrielle, viéndola darle el pecho a su bebé. No era el honor ni el sentido del deber lo que hacía que quisiera quedarse, sino el deseo que sentía por ella, así de sencillo; el deseo de tomar a la mujer a la que siempre había amado y, por fin, hacerla suya.

DESEO

MARY LYNN BAXTER
UN AUTÉNTICO TEXANO

Grant Wilcox estaba acostumbrado a conseguir todo lo que deseaba y lo que ahora deseaba era a Kelly Baker, la bella desconocida recién llegada a la ciudad que además era una excelente abogada capaz de sacarle de una situación complicada. La relación que en principio era exclusivamente profesional no tardó en convertirse en una apasionada aventura…

JILL MONROE
CÓMO SEDUCIR AL JEFE

Era la ayudante perfecta, o al menos lo fue hasta que accedió a que la hipnotizaran durante una fiesta. De la noche a la mañana, la eficiente y recatada Annabelle Scott se convirtió en toda una seductora que se pasaba el día pensando cuál de sus atrevidos atuendos sorprendería más a Wagner Acrom, su jefe.

N.º 547

ROCHELLE ALERS
HERIDAS DE AMOR

Renee Wilson necesitaba desesperadamente conseguir ese trabajo en la granja Blackstone. No podía marcharse, pero tampoco se atrevía a quedarse con el viudo Sheldon Blackstone, ni a negar el deseo que ardía dentro de ella cuando él estaba cerca. No pasaría mucho tiempo antes de que Sheldon admitiera que, con su vulnerabilidad y su encanto, Renee estaba destruyendo la coraza de hierro con la que protegía su corazón.

BIANCA™

KIM LAWRENCE

LIBRES PARA EL AMOR

En medio del caos de una huelga de controladores en el aeropuerto, el soltero más cotizado de Madrid, Emilio Ríos, se tropezó con un antiguo amor, Megan Armstrong. En el pasado, Emilio se había doblegado a su deber como hijo y heredero, y se había casado con la mujer «adecuada», renunciando a Megan, que no era tan sofisticada.

Alejarse de ella había sido lo más difícil que había hecho en su vida, pero ahora que era libre, no iba a perder ni un minuto.

TORMENTA DE ESCÁNDALO

El corazón de Poppy se rompió siete años antes, cuando el aristocrático Luca Ranieri le dijo adiós, eligiendo el deber por encima del amor.

Ahora, Poppy se encuentra en el castillo de su abuela en Escocia, atrapada por una violenta tormenta de la que

N.º 483

también se ha refugiado un deliciosamente desaliñado Luca. Durante dos días, encerrados y solos en el castillo, Poppy vuelve a entregarle su corazón. Pero con el final de la tormenta llegará la realidad… y Luca deberá elegir de nuevo entre su deber y sus sentimientos por ella.